杨雨说词

杨雨 著

YangYu Shuo Ci

第四卷

宋 金元明清

上海教育出版社

目录

目录

宋

长亭怨慢(渐吹尽) 　　　　　　　　　　姜夔　3

扬州慢(淮左名都) 　　　　　　　　　　姜夔　12

鹧鸪天(肥水东流无尽期) 　　　　　　　姜夔　20

暗香(旧时月色) 　　　　　　　　　　　姜夔　28

疏影(苔枝缀玉) 　　　　　　　　　　　姜夔　36

沁园春(斗酒彘肩) 　　　　　　　　　　刘过　44

风入松(听风听雨过清明) 　　　　　　　吴文英　53

一剪梅(一片春愁待酒浇) 　　　　　　　蒋捷　61

虞美人(少年听雨歌楼上) 　　　　　　　蒋捷　69

金元明清

摸鱼儿(问世间,情是何物) 　　　　　　元好问　79

摸鱼儿(问莲根,有丝多少) 　　　　　　元好问　89

临江仙(滚滚长江东逝水) 杨慎 98

金明池·咏寒柳(有恨寒潮) 柳如是 107

金缕曲(季子平安否) 顾贞观 117

金缕曲(德也狂生耳) 纳兰性德 126

蝶恋花(辛苦最怜天上月) 纳兰性德 139

浣溪沙(谁念西风独自凉) 纳兰性德 148

画堂春(一生一代一双人) 纳兰性德 158

木兰花令(人生若只如初见) 纳兰性德 166

长相思(山一程) 纳兰性德 176

采桑子(谁翻乐府凄凉曲) 纳兰性德 185

临江仙(万点猩红将吐萼) 顾太清 193

琵琶仙(天际归舟) 蒋春霖 202

蝶恋花(百尺朱楼临大道) 王国维 212

减字木兰花(去年今夕) 罗庄 222

满江红(小住京华) 秋瑾 232

后记 242

宋

宋

长亭怨慢

姜夔

　　渐吹尽、枝头香絮,是处人家,绿深门户。远浦萦回,暮帆零乱向何许。阅人多矣,谁得似长亭树。树若有情时,不会得青青如此。　　日暮,望高城不见,只见乱山无数。韦郎去也,怎忘得玉环分付。第一是早早归来,怕红萼无人为主。算空有并刀,难剪离愁千缕。

　　这一讲,我们将与南宋最重要的词人之一姜夔,有一个关于爱情的约会——《长亭怨慢》。唐宋词坛是属于爱情的舞台,在这个舞台上书写过爱情的一流词人数不胜数,但即便是群星璀璨,姜夔这颗"星"仍然极其耀眼,因为他具有极为特殊的气质,让我们一眼就能将他从群星之中辨认出来。

　　在讲解姜夔的这首词之前,我有必要先简单介绍一下姜夔这个人。姜夔,字尧章,号白石道人,饶州鄱阳(今江西鄱阳)人,大约出生于南宋高宗绍兴二十五年(1155),卒于 1209 年前后,词集名《白石道

人歌曲》,存词84首。姜夔少年孤贫,屡试不第,以清贫的布衣身份终老,一生都没有做过官。少年时代的他曾跟随做汉阳县令的父亲往来于汉阳一带,父亲去世后,又跟随出嫁的姐姐寓居沔之山阳。他一生往来奔波于湖北、湖南、江西、浙江、江苏、安徽等地,过着浪迹江湖的漂泊生活。

就在淳熙三年(1176)至十三年(1186)这十年间,也就是姜夔二三十岁左右的时候,他曾几度往返于江苏、安徽等地,在合肥认识了歌女姐妹二人。合肥歌女不但没有嫌弃落魄的姜夔,还给予了他真诚的帮助。失意的姜夔终于在合肥歌女的陪伴下感受到了人生的温情,并且与歌女姐妹中的一位产生了深挚的恋情。

《长亭怨慢》就是姜夔离开合肥时与恋人的离别之作。这首词也是姜夔的自度曲,词牌《长亭怨慢》应该就是得名于词中"谁得似长亭树"一句。"慢",是词乐专业术语,即慢曲子,相对于节拍密集的急曲子而言,慢曲子节奏比较舒缓悠长,更适合抒发凄美幽怨的情感。一个"怨"字,更是流露出词人忧伤哀怨的别离之情。由此可见,《长亭怨慢》是姜夔因与恋人惜别,专门作曲、专门填词的一首新曲,同时也是他发自肺腑的一首心曲。

渐吹尽、枝头香絮,是处人家,绿深门户。远浦萦回,暮帆零乱向何许。阅人多矣,谁得似长亭树。树若有情时,不会得青青如此。　　日暮,望高城不见,只见乱山无数。韦郎去也,怎忘得玉环分付。第一是早早归来,怕红萼无人为主。算空有并刀,难剪离愁千缕。

表面上看来,这是一首咏物词。姜夔这首《长亭怨慢》,吟咏的是古典诗词最常见的意象之一——柳树。我曾经在韩翃《章台柳》一讲

中详细介绍过"柳"这个意象,但是,"柳"对于姜夔来说,具有和任何人都不同的特殊意义。这种特殊意义到底是什么,我先不急着公布答案,我们还是先来详细解读一下这首咏柳的《长亭怨慢》。

词一开篇就吹拂起了漫天飞扬的柳絮,也仿佛吹拂起了漫天飞扬的思绪:"渐吹尽、枝头香絮。"已经是暮春时节了,"是处人家,绿深门户",随着枝头柳絮飘尽,柳树已经浓荫蔽地,沿路的人家在飘扬的柳条中若隐若现、若明若暗,好像隐在柳荫深处。在这个"庭院深深深几许"的"绿深门户"中,又会隐藏着怎样的故事呢?它和词人的情绪有着怎样千丝万缕的联系呢?

此刻的词人,也许正要告别"绿深门户"而再度远游:"远浦萦回,暮帆零乱向何许。"浦,指水岸。"远浦萦回"是指远行的游子从水路,顺着曲折宛转的水道渐行渐远。在黄昏的暮色中,"零乱"的帆船不知道又要向何处漂流而去。

"远浦萦回,暮帆零乱向何许。"在寥寥几笔点染了离别的环境之后,姜夔又迅速将主题拉回到了咏物的主角——柳。

"阅人多矣,谁得似长亭树。树若有情时,不会得青青如此。"咏物词的一大特点是句句不离所咏之物,可是往往从头至尾都不出现物体的本名。这也是南宋末年词学家沈义父所说的:"咏物词,最忌说出题字。"(《乐府指迷》)姜夔此词咏柳,从头至尾都没有出现一个"柳"字,可是句句都紧紧围绕"柳"来做文章。

那么,从"阅人多矣"以下四句,如何得知仍然是在咏柳呢?

原来,这四句是化用了一个著名的典故,据《世说新语》记载,东晋桓温大司马率领大军北伐经过金城的时候,看到他以前作琅琊内史时

种的柳树如今已经长得非常粗大了,他抚摸着柳条,不由得泫然流泪,长叹一声,说:"木犹如此,人何以堪!"桓温从柳树的成长变化中,看到了时光的流逝,从而引发了具有浓厚悲情的生命意识。

姜夔写这首《长亭怨慢》时留下了一段小序,序言是这样写的:

予颇喜自制曲,初率意为长短句,然后协以律,故前后阕多不同。桓大司马云:"昔年种柳,依依汉南;今看摇落,凄怆江潭;树犹如此,人何以堪!"此语予深爱之。

序言引用的"昔年种柳"六句,其实是北周庾信在《枯树赋》中引用的桓温的话,《枯树赋》的原文是:"桓大司马闻而叹曰:'昔年种柳,依依汉南;今看摇落,凄怆江潭;树犹如此,人何以堪!'"

在桓温的感叹中,柳树的成长提醒了时光消逝的迅捷;在庾信的《枯树赋》中,柳树的"摇落"则显示了时光对人事的摧残。二者相同之处在于都是有情之人赋予了无情之物以丰厚的情感:连柳树这样的无情之物都能敏锐地捕捉到时光的巨大力量,何况是有情之人呢?"树犹如此,人何以堪"的感叹与唐代诗人李贺的"天若有情天亦老"是何等惊人的相似!

"树若有情时,不会得青青如此。"上片在这种沉痛的叹息中戛然而止。细心的读者可能已经发现,姜夔在词中是反用了桓温种柳的典故:桓温手攀柳枝发出"树犹如此,人何以堪"的感叹,是将柳树视为与人一样的有情之物,时光、人、柳三者的变化是情意相通的,而姜夔却是在质问柳的无情:如果柳树也像人一样有情,它怎么会不像人一样在岁月的摧残、在离别相思的煎熬中衰老、凋零,却依然青青如故呢?

宋

"阅人多矣,谁得似长亭树。树若有情时,不会得青青如此。"柳树的无情,更加反衬出了人的深情。姜夔的言外之意,其实是人不可能像柳树一样无知无觉。情感细腻的词人,注定要对人世间的悲欢离合有着切肤之痛!

下阕"日暮"一句,再一次强化了时光意识。"高城"也是古典诗词常用的意象,多用于表达惜别之情。例如唐代诗人欧阳詹在与一相恋女子分别时曾赠诗云:"高城已不见,况复城中人。"秦观《满庭芳》中也有这样的句子:"伤情处,高城望断,灯火已黄昏。"在诗词中,高城、庭院、楼台这一类意象作为相对固定的场所,是离别之际词人相思的落脚之地,是相思对象的长期居所;而长亭短亭、帆、舟、马、车等作为旅途常见的意象,往往代表离别的行人,表达旅途漂泊的伤感。

行人是漂游不定的,而被行人念念不忘的相思对象则是相对稳定的。

此刻,在旅途中的词人回头再想遥望"高城"的时候,他的视线已经被无数乱山给遮蔽了,他越走越远,层峦叠嶂阻隔了他的视线,他再也看不到思念的人了。

他思念的到底是谁呢?

"韦郎去也,怎忘得玉环分付"两句,又用到了一个典故。据《云溪友议》记载,唐代有一位叫韦皋的才子,曾经与女子玉箫相爱。临别时,韦皋赠给玉箫一枚玉指环作为定情信物,并且约定最长不超过七年,他一定会来迎娶玉箫姑娘。八年过去了,玉箫姑娘苦等韦皋不至,遂绝食而死。后来韦皋得到一名歌姬,长相酷似玉箫,更神

奇的是,这名歌姬的中指有一圈微微隆起的肉,很像是玉指环的印记。

姜夔用韦皋与玉指环的典故,是模仿了玉箫姑娘的口吻在悲悲切切地质问恋人:"自你去后,还记得分别时我对你的叮嘱吗?还记得玉指环代表的誓言吗?"

那么,姜夔的恋人在和他分别的时候,又有过一番怎样缠绵的嘱咐和誓言呢?

"第一是早早归来,怕红萼无人为主。"其实,恋人的嘱咐只有一句:你千万千万要早一点回来啊!

"红萼"代指花,也是女子的自拟。古代的女子,尤其是歌女,她们身份低微,人生往往不能自主,而只能把希望寄托在爱人身上。"怕红萼无人为主",这样的期盼可谓一往情深,哀婉缠绵。

"第一是早早归来,怕红萼无人为主。"恋人缠绵缱绻的叮嘱言犹在耳,可身不由己的词人在漫长的漂泊中看不到相聚的目标,他的离愁,他的相思,在越来越遥远的旅途中愈加深重。"算空有并刀,难剪离愁千缕。""并刀"即并州(今山西太原)出产的剪刀,以锋利著称。即便是锋利的并州剪刀,又怎么剪得断千丝万缕、缠缠绵绵的离愁呢?

在词的末尾,高明的词人并没有忘记咏柳的题旨,结句的"离愁千缕"又回归了咏柳的主题。在风中轻扬的千丝万缕、缠绕纠结的柳条,不正象征着词人心中剪不断、理还乱的思念吗?

既然这首《长亭怨慢》也是借咏柳来抒发离愁,那不是和前人咏柳的诗词主题也差不多吗?我们已经读过太多这类的诗词作品了,周邦

宋

彦的"柳阴直,烟里丝丝弄碧",柳永的"杨柳岸晓风残月",冯延巳的"杨柳堆烟,帘幕无重数",等等。那这首词中,从哪里可以看出柳树对于姜夔的特殊意义呢?

这就要结合姜夔与合肥女子恋情的经历来分析了。原来,合肥恋人居住的地方,正是杨柳依依的"绿深门户"。也就是说,在姜夔的词中,"柳"这个意象表达的不是泛泛的离愁,而是具体的相思对象。合肥、柳、爱情,在姜夔的文字中是三位一体的,它们表达的是同一种爱恋。

可见,每当姜夔回忆起合肥,合肥巷陌中"依依可怜"的柳就成了他回忆中最深刻的意象,柳色深处隐藏的就是他最刻骨铭心的恋情,"柳"这个意象几乎可以看成是姜夔爱情词的形象代言人!

当代词学家缪钺先生曾经以姜夔的一首诗作为例子,谈到姜夔作品的情致。姜夔的诗是这样写的:

我家曾住赤阑桥,邻里相过不寂寥。君若到时秋已半,西风门巷柳萧萧。(《送范仲讷往合肥三首》其二)

缪钺认为姜夔这首诗是"纯言情景以风韵胜者"。我也认为这首诗的风韵堪比《长亭怨慢》。姜夔的友人要去合肥,于是姜夔写了这首诗相送。合肥,本是姜夔魂牵梦萦的地方,然而他在向友人描述合肥的景致时,却只是淡然地说了一句"西风门巷柳萧萧"。

姜夔生活的时代,正是南宋朝廷以屈辱求和赢得数十年太平的时候,然而姜夔曾经频繁往返的江苏、安徽一带,因为曾经遭受金兵的洗劫,已经是一片破败荒凉,对这种国破家亡状态的感慨曾多次出现在姜夔的诗词作品中。但是就在这凄惨荒凉的合肥城中,柔情万种的柳

和柳树下居住的合肥恋人曾经给予过他温暖。"君若到时秋已半,西风门巷柳萧萧。"就因为这段恋情,清冷凄凉的合肥也变得如此令人牵挂了。

可是,世事难料,后来姜夔屡试不中,科举无望。青年时代与合肥恋人的山盟海誓——"第一是早早归来,怕红萼无人为主"渐渐成了无法兑现的诺言。想当年,他惜别恋人的时候,一定是握着恋人的手,许下过郑重的承诺:

等着我,我一定会再回来!

"韦郎去也,怎忘得玉环分付",姜夔其实从来都没有忘记过对恋人的承诺,也从来没有忘记过分别时恋人对他的依依不舍与再三嘱托。可是,怀才不遇的姜夔,一生沉沦下僚,自己都居无定所,他又能拿什么去履行自己对恋人的诺言呢?

渐吹尽、枝头香絮,是处人家,绿深门户。远浦萦回,暮帆零乱向何许。阅人多矣,谁得似长亭树。树若有情时,不会得青青如此。 日暮,望高城不见,只见乱山无数。韦郎去也,怎忘得玉环分付。第一是早早归来,怕红萼无人为主。算空有并刀,难剪离愁千缕。

从此以后,对合肥恋人刻骨铭心的思念就成了姜夔创作的重要主题,《长亭怨慢》中的"算空有并刀,难剪离愁千缕",《鹧鸪天》中的"肥水东流无尽期,当初不合种相思",《琵琶仙》中的"千万缕、藏鸦细柳,为玉尊、起舞回雪。想见西出阳关,故人初别",等等,无不寄托着词人缠绵悱恻、百转千回的情思。浪迹天涯的词人,从此就将自己无尽的相思和哀怨缠绕在了这千丝万缕的柳条之上。我想,这就是姜夔咏柳词《长亭怨慢》的主旨所在吧。

宋

【拓展阅读】

叶绍钧《周姜词·绪言》：

读姜夔的词，觉有一种自然的音节，清新而超妙。只这样低回抑扬地读着，就仿佛与之会，悠然意远。……意境的好处在淡远，在清空。用画来比，他不爱用繁多的色彩，不爱作致密的勾勒，只用轻红淡墨，疏疏地来这么几笔。

扬州慢
姜夔

淮左名都,竹西佳处,解鞍少驻初程。过春风十里,尽荠麦青青。自胡马窥江去后,废池乔木,犹厌言兵。渐黄昏,清角吹寒,都在空城。　　杜郎俊赏,算而今、重到须惊。纵豆蔻词工,青楼梦好,难赋深情。二十四桥仍在,波心荡、冷月无声。念桥边红药,年年知为谁生!

如果我没记错的话,姜夔的这首《扬州慢》是入选了中学语文课本的作品,我自己就是在上中学的时候背下来的。

可能很多人和我一样,知道姜夔这位词人,并且了解他的词,都是从这首《扬州慢》开始的,这首词也确实是被放在姜夔词集第一首的位置,它很有可能是姜夔流传到今天的创作时间最早的一首作品。

姜夔大约出生在1155年前后,这首《扬州慢》写于南宋孝宗淳熙三年,也就是公元1176年,这一年,姜夔大约二十二岁左右。姜夔是宋

饶州鄱阳人,也就是今天江西上饶的鄱阳县人。因为父亲曾任湖北汉阳县知县,少年时期的姜夔主要往来于汉阳一代,父亲去世之后,他又寄居在姐姐家。直到二十岁成年以后,因为生计的关系,姜夔才开始漫游江湖。

在南宋词坛,如果按风格简单划分流派的话,那么以辛弃疾为代表的豪放派,与姜夔代表的格律派(也称风雅派),可以说是双峰并峙、各领风骚。当然,也有词学家认为,既然婉约才是词体本色,那么在南宋词坛上,真正称得上本色当行的,还是姜夔这一派的词人。清人冯煦《蒿庵论词》云:"白石为南渡一人,千秋论定,无俟扬榷。"姜夔号白石道人,这句话的意思就是,南宋词坛第一人非姜夔莫属,这是千秋公论,没啥好争论的了。

姜夔之所以能够成为南宋风雅派或者说是格律派的领袖人物,最重要的一点就是因为他精通音律,既是音乐大家,又是填词大家。"审音之精,要以白石为极诣"(陈撰《玉几山房听雨录》),这是说,对于词音律的推敲讲究,到姜夔这里就已经是登峰造极了。甚至姜夔的名字也暗示了他与音乐千丝万缕的联系。因为"夔"就是指上古尧舜时期的一位名叫"夔"的乐官。《尚书·舜典》有这样的记载,舜帝命令夔掌管朝廷的音乐。每当夔"击石拊石"打起节奏的时候,"百兽率舞",可见夔的音乐水准是多么高超。

姜夔既然以夔为名,而且字尧章,"章"最早有乐章的意思,音乐一曲为一章。看来,姜夔"名中注定"要成为大师级的音乐家、诗人、词人啊。

这首《扬州慢》就是姜夔的自度曲,也就是说,作曲填词都是姜夔

一个人完成的。这说明,二十二岁的姜夔刚一登上词坛,就是以音乐家和词人的双重身份惊艳亮相的。

淮左名都,竹西佳处,解鞍少驻初程。过春风十里,尽荠麦青青。自胡马窥江去后,废池乔木,犹厌言兵。渐黄昏,清角吹寒,都在空城。　　杜郎俊赏,算而今、重到须惊。纵豆蔻词工,青楼梦好,难赋深情。二十四桥仍在,波心荡、冷月无声。念桥边红药,年年知为谁生!

这首《扬州慢》的艺术魅力,除了它是姜夔的自度曲之外,我觉得它还有两大特点值得我们重点关注:首先,这首词所描写的扬州这座城市的魅力;其次,扬州的城市变化引发了词人的"黍离之悲"。

首先来说扬州这座城市。既然《扬州慢》是姜夔来到扬州之后,专门为扬州"量身打造"的自度曲,那么核心意象当然是扬州这座城市了。"淮左名都,竹西佳处,解鞍少驻初程。"宋代的时候扬州属于淮南东路,又称"淮左",竹西亭是扬州的一处风景名胜,早在唐代的时候,杜牧就写过"谁知竹西路,歌吹是扬州"(《题扬州禅智寺》)的诗句。二十二岁的姜夔第一次来到扬州,也许在见到扬州之前,他对这个传说中的大都市就充满着憧憬甚至幻想吧。

在此之前,年轻的姜夔只在书本中读到过扬州。扬州自秦朝置广陵县以来,一直是水陆交通的咽喉之地;隋朝时改称扬州,到隋炀帝开凿大运河后,扬州更是达到全盛时期,这里物产丰富,商业发达,经济繁荣,四通八达的交通也为扬州带来了不计其数的才子佳人。"腰缠十万贯,骑鹤下扬州"几乎成了那时"土豪"们的人生梦想,"月明桥上看神仙"也成了诗人才子们的殷切向往;就连波斯、日本等地的商人也

宋

都慕名而来,并且在这里"乐不思蜀"。唐代诗人甚至宣称"人生只合扬州死",置身于扬州的美景之中,这辈子就没什么遗憾了,就是死也值得了。

"天下三分明月夜,二分无赖是扬州"(唐徐凝诗),春风明月,这可能是极盛时期的扬州留给人们最深刻的印象。

当然了,让姜夔印象最深刻的,还是唐朝著名诗人杜牧笔下的扬州。在这首《扬州慢》里,我们甚至可以看到杜牧的影子。"竹西佳处"已经是化用了杜牧的诗句。当姜夔在扬州停下漫游的脚步,准备好好感受一番杜牧诗中的扬州时,唐诗里的扬州和他眼前看到的扬州却有了天壤之别。

那么,杜牧笔下的扬州是什么样子的,姜夔看到的扬州又是什么样子呢?

杜牧的扬州是这样写的:"青山隐隐水迢迢,秋尽江南草未凋。二十四桥明月夜,玉人何处教吹箫?"(《寄扬州韩绰判官》)那真是一幅绝美的图画:青山在烟雨朦胧中若隐若现,碧绿的瘦西湖在城中宛如一根玉带绕城而过。即便是萧瑟的秋冬季节,在江南温润的气候滋养下,这里的花草树木依然没有凋零,不像北方那么萧瑟荒凉。

不过,山水草木还不是扬州最美的地方,扬州最让人陶醉的风景应该是久负盛名的二十四桥。

据说瘦西湖上曾经有二十四座造型优美、姿态各异的桥梁。如果仅仅是二十四座桥,也许还显不出扬州的美,历史偏偏赋予了这二十四座桥一个特别美丽而且忧伤的传说。

传说隋炀帝曾经在明月如水的夜晚携二十四名美女在桥上吹箫

作乐,箫声凄迷幽怨。春风轻轻吹过,美女们衣袂飘然,如梦如幻,远远望去,宛如天上下凡的仙女。真可谓此景只应天上有,人间哪得几回见!

这一绝美的风景虽然已经消失在变幻的历史风云中,但是历朝历代的人们只要来到扬州,仍然会在自己的想象中一遍又一遍地试图重现这幅美丽的"图画"。甚至因为这个传说,有人还得出另外一个结论:其实所谓"二十四桥"并不是真的有二十四座桥,而是只有一座桥,是因为有了二十四位美女月夜吹箫的故事,才使得这座桥有了二十四桥的美名。

因此,扬州不仅仅是风景美,这里的人更美。杜牧还有一首诗这样赞美扬州美女:

娉娉袅袅十三馀,豆蔻梢头二月初。春风十里扬州路,卷上珠帘总不如。(《赠别二首》其一)

扬州的十里长街上,美女如云,花枝招展,那是何等的令人心醉神迷啊!自从杜牧写了这样的诗篇之后,"春风十里"简直就是昔日繁华扬州的代称。

正是因为传说中的扬州如此之美,300多年后,南宋词人姜夔才对扬州充满了梦幻般的向往。

可是姜夔看到的扬州又是什么样子的呢?

"过春风十里,尽荠麦青青。"没有繁华的十里长街,没有如云的美女,却只看到四处蔓延疯长的野麦子。"春风十里"当然是化用了杜牧的诗句"春风十里扬州路",因此春风并不是实指春天的风,而是象征城市昔日的繁华。可是当年熙熙攘攘的繁华都市,现在已是一片荒凉

宋

破败了。"自胡马窥江去后,废池乔木,犹厌言兵。渐黄昏,清角吹寒,都在空城。""胡马窥江"指的就是金兵对扬州的毁灭式侵略。

姜夔来到扬州的这一天,正是公元 1176 年的冬至日,这一年,离北宋的靖康之难已经过去了 50 年。北宋灭亡之后,金兵又好几次南侵扬州。曾经繁华的国际大都市一次又一次被战火破坏。当年轻的姜夔来到扬州,他惊讶地发现,暮色下的扬州几乎成了一座空城,这里没有繁华的夜景,没有如水的月色,没有吹箫的"玉人",只有远处传来的军营的号角声,那声音此起彼伏,悲凉而空旷。

此刻,震惊而悲哀的姜夔忍不住长叹一声,忍不住对着夜空,向 300 多年前的杜牧隔空喊话了:"杜郎俊赏,算而今、重到须惊。纵豆蔻词工,青楼梦好,难赋深情。二十四桥仍在,波心荡、冷月无声。"杜郎啊杜郎,如果你和我一样,这个时候再来到扬州,看到这种残败的景象,恐怕你也会惊讶得不敢相信自己的眼睛吧,哪怕你的才华再高,诗情再好,你也写不出"春风十里扬州路""二十四桥明月夜"那样美丽的诗句了吧。

当年映照着繁华都市的明月,如今只是一轮"冷月",陪伴着同样凄冷的城市。当年的春风十里扬州路,如今再也看不到富丽堂皇的亭台楼阁,看不到容颜娇媚的如云丽人,只剩下肆意蔓延的荒草乔木和青青荠麦。

杜郎啊杜郎,如果你再来到扬州,看到这一切,你一定也会和我一样悲痛欲绝吧。

看来,姜夔真的是杜牧的铁杆粉丝,一首《扬州慢》,从上阕的"竹西佳处""春风十里",处处都有杜牧诗句的痕迹;下阕更是处处都有

杜牧的影子,"豆蔻词工"化用杜牧"豆蔻梢头二月初"的句子,"青楼梦好"则来自杜牧另外一首和扬州有关的著名诗篇:

落魄江湖载酒行,楚腰纤细掌中轻。十年一觉扬州梦,赢得青楼薄倖名。(《遣怀》)

正是深深有感于杜牧笔下"春风十里"的美丽扬州,再对比眼前一片荒凉的城市废墟,姜夔才专门作了这首《扬州慢》的歌曲,通过今昔对比,赋予《扬州慢》以深沉而悲怆的家国兴亡之感。

"念桥边红药,年年知为谁生!"二十四桥又名红药桥,据说桥边种满了红芍药。二十四桥旁边的红芍药花还在一年一年地开着,可是国家残败,山河破碎,谁还会有心思来欣赏盛开的红芍药呢?

其实,在这首词的前面,姜夔后来还补充写下了一段小序:"淳熙丙申至日,予过维扬,夜雪初霁,荠麦弥望。入其城则四顾萧条,寒水自碧。暮色渐起,戍角悲吟。予怀怆然,感慨今昔,因自度此曲,千岩老人以为有黍离之悲也。"

"维扬"是扬州的别称,序言补充说明了《扬州慢》的主要内容和基本情绪:是因为萧条荒凉的城市景象引发了词人的悲怆伤感,他才有感而发,创作了这首《扬州慢》。关键是词序的最后一句:"千岩老人以为有黍离之悲也。""千岩老人"是南宋著名诗人萧德藻,他因为欣赏姜夔的才华和人品,后来还将自己哥哥的女儿,也就是侄女儿嫁给了姜夔。

萧德藻所说的"黍离之悲"正是一语中的地概括了《扬州慢》的主旨——亡国之悲。这种说法源于《诗经》中那首著名的《黍离》诗:

彼黍离离,彼稷之苗。行迈靡靡,中心摇摇。知我者,谓我心忧;

宋

不知我者,谓我何求。悠悠苍天,此何人哉?……

《毛序》认为,这首《黍离》诗是西周灭亡之后,周大夫经过以前的宗庙宫室,看到昔日巍峨壮丽的宫殿如今却是一片残破凄凉,到处长满了荒草和野高粱、小米。诗人在宫殿遗址上踱步徘徊不忍离去,于是写下了这首思念故国的悲伤诗篇。从此,"黍离之悲"就成了因为亡国而触景生情的代名词。

淮左名都,竹西佳处,解鞍少驻初程。过春风十里,尽荠麦青青。自胡马窥江去后,废池乔木,犹厌言兵。渐黄昏,清角吹寒,都在空城。　　杜郎俊赏,算而今、重到须惊。纵豆蔻词工,青楼梦好,难赋深情。二十四桥仍在,波心荡、冷月无声。念桥边红药,年年知为谁生!

一首词,一座城,在扬州今昔对比的盛衰中,姜夔深深体会到了国家兴亡的悲怆,也抒发出了他深切的爱国情怀。

【拓展阅读】

陈廷焯《白雨斋词话》:

"自胡马窥江去后,废池乔木,犹厌言兵。渐黄昏,清角吹寒,都在空城"数语,写兵燹后情景逼真。"犹厌言兵"四字,包括无限伤乱语。他人累千万言,亦无此韵味。

鹧鸪天

姜夔

肥水东流无尽期,当初不合种相思。梦中未比丹青见,暗里忽惊山鸟啼。　春未绿,鬓先丝。人间别久不成悲。谁教岁岁红莲夜,两处沉吟各自知。

姜夔的这首词主题是元宵节。不过,这首元宵词和欧阳修的《生查子》、辛弃疾的《青玉案》都不同。我们前面讲到过,在古人的生活中,元宵节是一个自由恋爱的情人节,欧阳修的"月到柳梢头,人约黄昏后",辛弃疾的"众里寻他千百度,蓦然回首,那人却在灯火阑珊处"都说到了在元宵节的晚上,年轻人趁着看花灯的机会,去和恋人约会。姜夔却不是写情人之间的约会,而是写他做的一个梦:

肥水东流无尽期,当初不合种相思。梦中未比丹青见,暗里忽惊山鸟啼。　春未绿,鬓先丝。人间别久不成悲。谁教岁岁红莲夜,两处沉吟各自知。

宋

  这首《鹧鸪天》是姜夔在庆元三年也就是公元 1197 年的时候写的,这一年的元宵节前后,姜夔还曾一连写过四首《鹧鸪天》,第一首是《鹧鸪天·正月十一日观灯》,那时候,姜夔陪着小女儿出去看了一会儿灯,他自己却是感叹"少年情事老来悲",元宵节到底是年轻人的节日啊,自己已经老了,再也没有那种过节的兴奋和期待了,只能在孤独中回忆少年时候的爱情故事了。

  第四首是《鹧鸪天·十六夜出》,词中写道,元宵节的第二天,也就是正月十六的晚上,灯市依然还很热闹,姜夔却没有赏灯的心思,"鼓声渐远游人散,惆怅归来有月知",只有一轮明月陪伴着他啊。

  第二首和第三首都是写在元宵节当天,其中一首是《鹧鸪天·元夕不出》,他明明白白告诉我们:"元夕不出。"元宵节的晚上,我就是跟别人不一样,我哪儿也不想去:"而今正是欢游夕,却怕春寒自掩扉。"他说:我当然知道今天就是应该到外面去闹腾、去彻夜狂欢的日子,可是我偏偏把门窗紧紧关上了,为什么呢?"却怕春寒",因为我怕冷啊!

  怕冷就早早地躲到床上去吧,裹紧被子,总不会再冷了吧。"芙蓉影暗三更后,卧听邻娃笑语归。"姜夔还真的早早地上了床,而且直到三更以后,他还没睡着,还听到了邻居家的孩子们回家的声音,他们一阵阵笑语喧哗,显然玩得很开心。

  门外笑语喧哗的声音更加衬托出了姜夔的孤独。

  那么,姜夔真的是因为怕冷才不敢出门的吗?

  当然不是。

  他是有心事,所以才会提不起游玩的兴致。一个人守在家里的这

个元宵节,对他来说,又会有什么特别的事情发生呢?

第三首《鹧鸪天》就揭晓了谜底。其实这首词的词题就告诉了我们,谜底是"元夕有所梦"。在这天晚上,他一个人躺在床上,辗转反侧之后,好不容易才朦朦胧胧睡了过去,而且还做了一个梦,醒来之后,梦里的情景让他感慨万分,所以又写下了这首元宵词。

你肯定也很想知道,他到底梦到了什么吧。

"肥水东流无尽期,当初不合种相思。"姜夔挺老实的,完全没有要吊我们胃口的意思,一开始就明明白白地告诉了我们:他在梦中又回到了那个让他魂牵梦萦的地方——肥水。

肥水是在哪里呢?在今天安徽的合肥。肥水自源头向北流出三十里之后分为两条河:其中一条东流经过合肥流入巢湖,另外一条流向西北注入淮水。肥水向东这么流啊,流啊,从来都没有停止的时候。

不过肥水东流不息,这是最普通的地理常识,需要姜夔这么郑重其事地说明一下吗?

需要。因为他真正的目的不是要说肥水东流,而是要推出接下来的这句"当初不合种相思",其实真正没有"尽期"的不是肥水,而是当初在肥水这个地方种下的相思。而且他还说,悔不该当初种下这片相思,一直到今天,他还没办法从这种相思中解脱出来。

因为他相思的那个人在他心中的印象实在是太深了。想得太厉害才会梦到她,日有所思才会夜有所梦!

按照现代心理学家弗洛伊德的定义,梦就是愿望的满足。在现实中得不到满足的愿望,我们常常能够在梦中得到满足,并且得到精神上的抚慰。

宋

中国的古人更厉害,还把梦具体分成了六大类:一是正梦(无悲无喜的梦),二是噩梦(让人担惊受怕的梦),三是思梦(白天想什么,晚上就会梦到什么),四是寤梦(白天看见了什么,晚上就会梦到什么),五是喜梦(因为心生喜悦而做的梦),六是惧梦(因为担心恐惧而做的梦)。先秦时期,周王朝甚至还专门设立了"掌梦"的官职,主要负责解释那些神秘的梦境,可见古人对梦是多么重视了。

姜夔的这个梦属于哪一类呢?

我觉得,姜夔的梦既是"思梦",又是"喜梦",而且就像弗洛伊德解释的那样,他在现实中没有实现的愿望,因为长期积压在心里,才会体现在晚上的梦境里。而且,梦境果然比现实要美好太多了。

因为,他在梦中又见到了那个女子,他曾经深深爱着的,也从来没有忘记过的恋人。"梦中未比丹青见,暗里忽惊山鸟啼。"有点儿美中不足的是,梦境模模糊糊的,梦里女孩的形象毕竟没有画像画得那么清楚。"梦中未比丹青见",这说明,姜夔很有可能一直珍藏着恋人的画像,而且还经常独自长时间地端详这幅画像,用这种方法来缓解他的相思之苦。

也许正是因为这种累积的思念,他才会一次又一次梦到心爱的人。在梦中,姜夔很想将恋人再看个清清楚楚,他想知道,一别之后,恋人变了吗?还是他熟悉的模样吗?

可是,还没等他看清楚她的脸,早起的鸟儿就聒噪地叫个不停,惊醒了睡梦中的姜夔。我们应该都有过这样的经历,做美梦的时候只想一直做下去,要是突然被惊醒了,就会满肚子不开心。

唐代诗人金昌绪写过一首诗《春怨》,和姜夔的这句"暗里忽惊山

鸟啼"情节差不多:"打起黄莺儿,莫教枝上啼。啼时惊妾梦,不得到辽西。"这首唐诗写的是一个女性,一大早拿着竹竿儿去赶树上的黄莺儿。黄莺儿跟她有什么仇啊?仇恨大了!因为一大早,黄莺儿吵醒了她的美梦,本来在梦里,她正要去千里之外的辽西,和她日思夜想的丈夫见面的,这可是她盼了很久的时刻啊,偏偏几声不识趣的鸟叫,让美梦一下子就破灭了,难怪她伤心、生气啊!

对于这种感觉,弗洛伊德的心理学著作《释梦》曾经给出过解释,他说,梦用表现已得到满足的方式,对被压抑的欲望提供一种精神上的极致,它同时又用让睡眠继续的方式满足了另一种动因。在这方面,我们的自我就像个孩子,它对梦象给予信任,似乎它在说:"是的,是的,你是对的,但让我继续睡吧。"

看来,这种"打起黄莺儿"的孩子气行为还是有心理学依据的。我们明明知道梦是假的,可是我们仍然孩子气地愿意相信那是真的,并且一点儿都不想醒来。

姜夔的"暗里忽惊山鸟啼"写的就是这种感觉,他才刚刚在梦里见到心爱的女孩,连她现在的样子都没来得及看清楚,就被鸟叫声惊醒了。

要知道,他三更天的时候才勉强入睡,现在一大清早就被吵醒,好不容易盼到的美梦,还没开始就匆匆结束了,这多让人扫兴啊!

按照我们一般思维的逻辑,接下来姜夔该说自己怎么扫兴,怎么失望了吧。

偏偏没有。姜夔毕竟不是一个爱撒娇的女孩,他不可能像《春怨》里的那位女子一样,孩子气地"打起黄莺儿,莫教枝上啼"。姜夔就好

宋

像是一个腾云驾雾的仙人,只是在梦境上轻轻点了一下,立即就宕开一笔,来了个"空际转身",从朦胧的梦境直接飘回到了现实当中:"春未绿,鬓先丝。人间别久不成悲。"

正月十五元宵节,春天才刚刚开始,春寒还没有完全消退,树叶还没有萌发出新绿,可是词人自己的鬓发已经悄然发白了。

写这首《鹧鸪天》的时候,四十三岁的姜夔正住在杭州,他在梦中重新见到的人,那个让他感慨"肥水东流无尽期,当初不合种相思"的人,就是他在合肥认识的女子。

根据当代词学大家夏承焘先生的推断,姜夔应该是在二十多岁的时候往来于江淮之间,在合肥偶遇了那位女子,从此开启了持续一生的相思苦恋。

那时的姜夔只是一个落魄的书生,流落江湖。流浪到合肥的时候,他邂逅了一对姐妹花,这一对姐妹都是歌女,姐姐擅长弹琵琶,妹妹擅长弹筝。姐妹俩不但没有嫌弃落魄的词人,还给了他最真诚的帮助,让他在往来无依的江湖中,感受到了人间的温情。姜夔还深深地爱上了这对姐妹花中的姐姐——那位美丽的琵琶歌女。他甚至向恋人许下过承诺:一定要娶她为妻。

但要为歌女赎身,是需要大笔银子的啊!姜夔那个时候还只是一介布衣,连自己的衣食都没有着落,贫困交加的他,哪有那么多钱呢?他拿什么去赎回恋人的自由之身呢?而且此后的姜夔,在考场上是屡战屡败,一生都没能进入仕途。他终生沦落江湖,常常不得不靠卖字为生,甚至还不得不接受朋友的接济。

离开合肥之后,姜夔辗转江湖,怀才不遇,他没有能力去履行当年

对恋人的承诺。"当初不合种相思",这就是姜夔自己一生的遗憾,也是他对恋人一生的忏悔。

"人间别久不成悲。"都说时间是疗伤的良药,姜夔也这么希望,可是二十多年过去了,相思之苦不但没有分毫减弱,反而在这一年一度的元宵节中愈演愈烈了。姜夔的词流传到今天的有八十多首,回忆合肥恋人的就有二十多首,几乎相当于他全部词作的四分之一,可见他相思的刻骨铭心。

"谁教岁岁红莲夜,两处沉吟各自知。""红莲"指代的是元宵夜的花灯。

为什么每到元宵节,他的相思都会比平时更加浓厚呢?因为元宵节是当时的情人节,是一年当中第一个月圆的日子啊!在这一天,别的恋人都能够自由相会,花好月圆,可是姜夔和他曾经的恋人却相隔两地。二十多个情人节过去了,他的恋人一定和他一样,饱受着相思的折磨吧。

李清照曾经写过相思的名句:"花自飘零水自流。一种相思,两处闲愁。"姜夔也写下了"谁教岁岁红莲夜,两处沉吟各自知"的感慨,谁能想得到,曾经一次的爱恋,会发酵成持续一生的两地相思呢!

肥水东流无尽期,当初不合种相思。梦中未比丹青见,暗里忽惊山鸟啼。　春未绿,鬓先丝。人间别久不成悲。谁教岁岁红莲夜,两处沉吟各自知。

我想,姜夔的这首《鹧鸪天》诠释的就是这样一种爱情吧:

不能永远爱你,就让我永远想你。

宋

【拓展阅读】

姜夔《淡黄柳》

客居合肥南城赤阑桥之西,巷陌凄凉,与江左异。惟柳色夹道,依依可怜。因度此阕,以纾客怀。

空城晓角,吹入垂杨陌。马上单衣寒恻恻。看尽鹅黄嫩绿,都是江南旧相识。　　正岑寂。明朝又寒食。强携酒,小桥宅。怕梨花落尽成秋色。燕燕归来,问春何在,唯有池塘自碧。

暗香
姜夔

旧时月色,算几番照我,梅边吹笛。唤起玉人,不管清寒与攀摘。何逊而今渐老,都忘却、春风词笔。但怪得、竹外疏花,香冷入瑶席。　　江国,正寂寂。叹寄与路遥,夜雪初积。翠尊易泣,红萼无言耿相忆。长记曾携手处,千树压、西湖寒碧。又片片、吹尽也,几时见得。

《暗香》和《疏影》是姜夔吟咏梅花的姐妹篇。一听这两首词的词调名,你可能马上就猜到了"暗香"和"疏影"的来历,那就是北宋诗人林逋著名的咏梅诗《山园小梅》中的两句:"疏影横斜水清浅,暗香浮动月黄昏。"

不错,这正是《暗香》《疏影》名字的由来。姜夔不仅是南宋重要的词人,同时又是一位音乐大家,《暗香》《疏影》姐妹篇,也属于姜夔的自度曲。

宋

姜夔创作词曲的方法有很多：有时候是先写出了词，然后根据词的内容再去谱曲，比如我们此前讲过的《长亭怨慢》就是先写歌词再谱曲的；有时候是将以前有的旧词调进行裁剪修改，比如说《霓裳中序第一》；有时候是采集各个宫调合成一个新的曲调，比如说《凄凉犯》就是这样；也有将旧的曲调翻译成新谱的，例如《醉吟商小品》；也有别人先谱了曲，再由姜夔填词的，比如《玉梅令》……

总之，姜夔填词的途径已经是不拘一格，可以兴之所至，随性而发了。这说明，词发展到了南宋，不再像唐五代和北宋那样，大多数情况都是根据现成流行的曲调来填写歌词，南宋词坛更多是词人与音乐家两重身份集于一身，像姜夔、吴文英、史达祖、张炎等词人都是这样，也因此涌现出了许多新的词调。姜夔的《暗香》就是其中的翘楚：

旧时月色，算几番照我，梅边吹笛。唤起玉人，不管清寒与攀摘。何逊而今渐老，都忘却、春风词笔。但怪得、竹外疏花，香冷入瑶席。　　江国，正寂寂。叹寄与路遥，夜雪初积。翠尊易泣，红萼无言耿相忆。长记曾携手处，千树压、西湖寒碧。又片片、吹尽也，几时见得。

既然《暗香》是一首咏梅词，那么整首词当然是围绕梅花的形状、神韵和情感来写的了。不过，在详细解读这首咏梅的《暗香》词之前，我还是想先简单交代一下姜夔创作这两首咏梅姐妹篇的大致背景。

姜夔创作《暗香》和《疏影》这两首咏梅词，是为了见证一份难能可贵的亲密友情。他的这位朋友，是南宋最著名的诗人之一，和陆游齐名的范成大。范成大、陆游、杨万里、尤袤并称南宋"中兴四大诗人"。

淳熙十三年(1186),三十二岁的姜夔来到湖南长沙,结识了著名的福建老诗人萧德藻(即千岩老人)。萧德藻当时在湖南为官,对姜夔的才名早已如雷贯耳,萧德藻与他一见如故,对姜夔十分看重,以至于将自己钟爱的侄女嫁给了他。一生漂泊无依的姜夔,直到此时,方才有了一个稍显安定的家。

随后姜夔依靠萧家寓居湖州约十年之久,这期间他曾卜居弁山白石洞下,人称白石道人。凭借着萧德藻的引荐,姜夔又认识了杨万里、范成大等诗坛大家、政坛要员。

范成大是苏州吴县人,也就是今天的江苏苏州人,曾任参知政事等职,相当于副宰相的地位。范成大晚年退休后住在家乡苏州西南的石湖,并且面湖修筑了亭子,宋孝宗亲自御笔书写"石湖"二字赐给范成大,所以范成大自号石湖居士。姜夔只是无官无职的一介布衣,曾得到过范成大的许多帮助,两人的交往十分密切。

根据词学家夏承焘先生的考证,姜夔与范成大初次见面大约是在淳熙十四年(1187)夏天。这一年春天,姜夔去杭州谒见了杨万里,杨万里非常赏识他的诗文,又介绍他去苏州会见范成大。这一次见面之后,姜夔自度曲创作了一首词《石湖仙》献给石湖居士范成大,词中有"须信石湖仙,似鸱夷翩然引去"的句子,他将范成大比作是春秋时越国大夫范蠡。范蠡帮助越王勾践灭掉吴国之后,急流勇退,归隐江湖,自号为鸱夷子皮。姜夔借范蠡的传说来赞美范成大的功成身退,说他像当年的范蠡一样优游江湖,潇洒自在。或许范成大这份隐逸高洁的风骨和姜夔的个性极为相似,因此两人结为了亲密的翰墨之交。

几年之后,也就是宋光宗绍熙二年(1191)的冬天,姜夔冒雪到苏

宋

州再度拜访范成大,并且在范成大的石湖别墅小住了一个多月。姜夔来访,范成大自然不会轻易"放"过他,于是专门为姜夔准备了上好的笔墨纸砚,请他写词,而且还特地要求他必须谱写新的曲调,不能用那些陈词滥调。

于是,姜夔就奉命创制了两曲新调——《暗香》和《疏影》,并且这两首词的主题都是吟咏梅花。因为范成大和姜夔都酷爱梅花,尤其是范成大,他退休住在石湖之后,不仅种了几百株梅花,又买下邻居的七十间屋子,全部拆除之后,精心营建成为苗圃,取名"范村",苗圃中三分之一的面积都种上了梅花,几乎囊括了吴地所有的梅花品种。范成大自己不仅写了很多咏梅的诗,还专门撰写了《梅谱》,那相当于梅花的植物学著作了,范成大自己也差不多成了种植梅花的专家。

姜夔来到石湖的时候正赶上梅开雪落,洁白的雪花衬托着绽放的红梅,缕缕幽香飘送,此情此景,再加上还有一位酷爱梅花的好朋友范成大,姜夔咏梅的灵感就此爆发,于是便成就了《暗香》《疏影》两首经典的咏梅词。

"旧时月色,算几番照我,梅边吹笛。"显然,《暗香》不同于一般的咏物词,它在一开始就将梅花与人糅合在了一起。想当年,在清冷的月色之下,梅边吹笛的那个人是何等的超凡脱俗、飘然出尘。更何况,《梅花落》就是古代有名的笛曲,李白就写过《黄鹤楼闻笛》:"黄鹤楼中吹玉笛,江城五月落梅花。"

更有意境的是,倚梅吹笛的男子并不孤独,"唤起玉人,不管清寒与攀摘"。北宋词人贺铸《浣溪沙》写过"玉人和月摘梅花"的句子。雪夜、月色、倚梅吹笛恍若玉树临风的美男子,纤手摘梅的翩翩玉人,

这是何等令人神往的美景！此情此景甚至会让人怀疑,这样的意境,到底是在人间,还是只属于神仙境界呢?

的确,姜夔笔下的意境总是这么仙气缥缈的。"仙气"正是姜夔最独特的气质。

在唐宋两代,大家公认有三位最有仙气的诗人、词人,一位当然就是地球人都熟悉的李白,他被誉为"诗仙";第二位就是北宋的苏轼,号东坡居士,又称"坡仙",也称"苏仙";第三位就是南宋的姜夔,他在词坛上也有一个鼎鼎大名的外号,叫作"白石老仙"。

姜夔的很多词确实都有一种缥缈空灵的仙气,他的仙气不同于李白的飘逸绝尘,也不同于苏东坡的豪迈洒脱。姜夔笔下的仙气,是那种让人只可远观而不可亵玩的气质,是一种清高脱俗、冷艳幽雅的气质。

姜夔这位词人,本身也有一种似乎是与生俱来的清雅气质。据说他体形清瘦,举止飘逸,"体貌清莹,望之若神仙中人","或夜深星月满垂,朗吟独步,每寒涛朔吹凛凛迫人,夷犹自若也"。他的外貌气质简直是飘飘欲仙、超凡脱俗,以至于还有人将词人之中的姜夔直比作书法家中的王羲之。

也有人把姜夔直接就与神仙人物相比:"词家称白石曰白石老仙,或问毕竟与何仙相似,曰:'藐姑冰雪,盖为近之。'"(刘熙载《艺概》)用庄子笔下藐姑射之山的冰雪神女来比拟姜夔的气质,我想应该是非常接近其词之风韵了吧。

想想看,倚梅吹笛的那位男子,就是"体貌清莹,望之若神仙中人"的词人姜夔,那是何等令人神往的情景啊!

宋

"旧时月色,算几番照我,梅边吹笛。唤起玉人,不管清寒与攀摘。"这里营造的就是这样一种清高脱俗、冷艳优雅、恍若仙境的气质。这样的仙气,当然需要和它相匹配的清雅文字,可是,一般人又怎么可能拥有这样的才情和灵气,能够准确传递出这份仙境般的韵味呢?"何逊而今渐老,都忘却、春风词笔。但怪得、竹外疏花,香冷入瑶席。"

何逊这位诗人我曾经在陆游《卜算子》咏梅词中介绍过,南朝梁诗人何逊酷爱梅花,写过《咏早梅》诗,后来杜甫在《和裴迪登蜀州东亭送客逢早梅相忆见寄》一诗中说到过:"东阁宫梅动诗兴,还如何逊在扬州。"姜夔在这里是以咏梅的何逊自拟,说自己已经到了垂暮之年,当年吟咏梅花的文采飞扬,如今也渐渐忘却了,再也写不出那样优美空灵的词句了,却还怪梅花的缕缕冷香,它们幽幽地传送到精美的宴席中来,沁人心脾,撩人情思,让人欲罢却又不能啊。

"旧时月色,算几番照我,梅边吹笛。唤起玉人,不管清寒与攀摘。何逊而今渐老,都忘却、春风词笔。但怪得、竹外疏花,香冷入瑶席。"在词的上阕,姜夔并没有为我们细细描摹梅花的形状,他只是勾勒梅花的神韵,在这如仙如幻的神韵中,还衬托着清冷澄澈的月色、悠扬凄美的笛声、赏梅摘梅的玉人,以及空气中幽幽飘送的暗香。视觉、听觉、嗅觉感受融为一体,是不是让我们觉得有如仙境般缥缈、轻灵、幽静呢?

"江国,正寂寂。叹寄与路遥,夜雪初积。"江国就是指江南水乡,范成大居住的苏州石湖,正是典型的江南水乡,冬日大雪天的寂静与梅花的悠然盛开相映成趣。

"叹寄与路遥,夜雪初积"又用到了一个与梅花有关的典故。古人

有折梅寄远的传统,西汉刘向编纂的《说苑》记载:越国使者以一枝梅花赠给梁王,梁王的臣子韩子说:"哪有用一枝梅花作为礼物送给一国之君的呢!"南朝的诗人陆凯曾经从江南折了一枝梅花,寄给远在长安的好朋友范晔,并附赠了一首诗:"折花逢驿使,寄与陇头人。江南无所有,聊赠一枝春。"

姜夔这里是反用寄梅的典故,只说"叹寄与路遥,夜雪初积",感叹路途太遥远,积雪的道路太难走,恐怕想要用梅花遥寄相思也不容易吧。"翠尊易泣,红萼无言耿相忆。"翠尊是用绿色宝石镶嵌成的翠绿色的酒杯,代指美酒。既然不能折梅寄远,就只能将缠绵悠远的相思寄托在美酒中,寄托在静静开放的红梅上了。盛放美酒的翠尊,冬雪中盛开的红梅,翠尊、红萼、白雪,色彩的对比是如此鲜明,这又让我们在词人的情感抒发中,看到了一片如画的美景。

"长记曾携手处,千树压、西湖寒碧。又片片、吹尽也,几时见得。"因为无法让梅花寄托相思,于是赏梅花的词人只能沉浸在遥远的回忆当中。曾记否,那年的初春,我们同游西湖,一湖寒碧的春水,映衬着争相绽放的千树梅花。那时,我们还能一起携手赏梅,相依相伴,可如今,却只能相隔两处。梅花依然冷艳高雅,可是再美的花儿终究有随风飘尽的那一天,就像分离的人一样,想要再见,又不知是何年何月呢!

一曲《暗香》,将梅花的清雅神韵与相思怀人紧紧结合在了一起。"旧时月色"的映照下,词人倚梅吹笛,玉人折梅相依,记忆中那是何等温馨美艳的场景;而苏州石湖红梅盛开,幽香暗传,美酒相伴,景色依然美丽,可是词人却感觉到无言的萧瑟与孤独。记忆中的虚景和眼前宋

的实景就这样绾合在了一起,虚虚实实,实实虚虚,让人很难捕捉到词人的深意,却又时时能感受到意境的缥缈空灵。难怪南宋末年的著名词人张炎曾经盛赞这首《暗香》:"不惟清空,又且骚雅,读之使人神观飞越。"

　　旧时月色,算几番照我,梅边吹笛。唤起玉人,不管清寒与攀摘。何逊而今渐老,都忘却、春风词笔。但怪得、竹外疏花,香冷入瑶席。　　江国,正寂寂。叹寄与路遥,夜雪初积。翠尊易泣,红萼无言耿相忆。长记曾携手处,千树压、西湖寒碧。又片片、吹尽也,几时见得。

　　《暗香》的特点是将记忆中的虚景与眼前的实景交织在一起,有意忽略掉梅花的外在形状,而着力于呈现梅花所寄托的怀人相思之情。那么《暗香》的姐妹篇《疏影》又会如何来描绘梅花的幽雅芳姿呢?下一讲,我们继续品读姜夔的《疏影》。

疏影
姜夔

苔枝缀玉,有翠禽小小,枝上同宿。客里相逢,篱角黄昏,无言自倚修竹。昭君不惯胡沙远,但暗忆、江南江北。想佩环、月夜归来,化作此花幽独。　犹记深宫旧事,那人正睡里,飞近蛾绿。莫似春风,不管盈盈,早与安排金屋。还教一片随波去,又却怨、玉龙哀曲。等恁时、重觅幽香,已入小窗横幅。

《疏影》虽然是《暗香》的姐妹篇,写于同一时间、同一地点,但这两阕词的风格有明显的差别,绝不雷同。《暗香》的特点在于回忆的虚景与赏梅的实景交错描写,并且将折梅寄远与相思怀人的情感融入梅花的情韵之中,营造出虚实相间、缥缈空灵的意境。而且在《暗香》中处处都能看到姜夔自己的影子,他时而倚梅吹笛,时而赏梅追忆,词人的主体情意始终流转在字里行间,抒情氛围相对来说更为浓厚。这首《疏影》最重要的手法就是频繁运用历史典故来寄托幽深含蓄的情怀,

宋

词人自己则似乎更像是以一个旁观者的角度,他刻意淡化了自己的主观情感成分,却有意强化了梅花这个意象所承载的历史感。

这种历史感是如何呈现在《疏影》词当中的呢?我们不妨一边读词,一边回顾那些和梅花有关的历史典故,然后感受蕴含在其中的历史情怀。

苔枝缀玉,有翠禽小小,枝上同宿。客里相逢,篱角黄昏,无言自倚修竹。昭君不惯胡沙远,但暗忆、江南江北。想佩环、月夜归来,化作此花幽独。　犹记深宫旧事,那人正睡里,飞近蛾绿。莫似春风,不管盈盈,早与安排金屋。还教一片随波去,又却怨、玉龙哀曲。等恁时、重觅幽香,已入小窗横幅。

"苔枝缀玉,有翠禽小小,枝上同宿。"词的第一句"苔枝缀玉"用到了范成大《梅谱》中记载的"古梅",有"苔须垂于枝间"。既然《暗香》《疏影》两阕词都是在范成大的极力要求之下创作的,而且又是在欣赏了范成大种植的梅花之后写下的作品,姜夔当然时不时要在词中注入和范成大有关的元素。古梅树上点缀着洁白如玉的梅花,枝条间蔓延着青青的苔藓,小小的翠鸟在树枝上栖息着,这是一幅多么宁静和谐的图画啊。

请注意,"翠禽小小"其实已经开始在使用典故了。传说隋唐时期有个叫赵师雄的人去罗浮山,傍晚的时候他在树林中邂逅了一位美人。美人邀他一起喝酒,一旁还有绿衣童子戏舞助兴。赵师雄喝得酩酊大醉,等他酒醒以后已经是第二天早晨了,他抬头一看,身边一棵大梅花树上,翠鸟儿在枝头栖息鸣叫。赵师雄这才醒悟过来:原来他昨晚遇见的那位美人正是梅花的花神,而绿衣童子就是梅花枝上的翠鸟

了。(《类说》引《异人录》)

"客里相逢,篱角黄昏,无言自倚修竹"化用了杜甫《佳人》诗:"天寒翠袖薄,日暮倚修竹。"杜甫的诗塑造了一位幽居空谷的绝代佳人,这位佳人气质如兰,秉性高洁。显然,姜夔是将梅花也比作一位远离尘俗、清雅高洁的佳人了。

"昭君不惯胡沙远,但暗忆、江南江北。"这两句又是一个很明显的历史典故。汉元帝的时候,王昭君远嫁匈奴和亲,从此长期居留在大漠边塞之地,据说唐代诗人王建写过一首《塞上梅》诗:"天山路傍一株梅,年年花发黄云下。昭君已殁汉使回,前后征人惟系马。"姜夔暗用了这首诗的意思,仍然是将美人与梅花相比,昭君塞外和亲的历史又赋予了梅花更深厚的历史感。

"想佩环、月夜归来,化作此花幽独。"这两句承接前面王昭君的典故而来,却又引入了杜甫吟咏王昭君的诗句:"环佩空归夜月魂。""化作此花幽独"又是化用了苏轼的词《贺新郎》:"待浮花、浪蕊都尽,伴君幽独。"苏轼的原意是石榴花开在夏天,这个时候桃花、李花、杏花都已经开过了,石榴花不与群花争艳、清高不群的品格,不正像梅花独自开放在冰雪天地里的孤傲一样吗?

"苔枝缀玉,有翠禽小小,枝上同宿。客里相逢,篱角黄昏,无言自倚修竹。昭君不惯胡沙远,但暗忆、江南江北。想佩环、月夜归来,化作此花幽独。"词的上阕连续化用了这么多的历史典故和前人的诗句、词句,虽然还是没有直接描摹梅花的形态,却无疑塑造出了一个具有美艳的外形和孤傲、清高的品格,却又难免寂寞幽怨的梅花形象。

下阕依然是用历史典故继续讲述有关梅花的故事。"犹记深宫旧

宋

事,那人正睡里,飞近蛾绿。"蛾绿,指的是古代女子画眉的眉黛。这几句词是关于南朝宋武帝的女儿寿阳公主的故事。传说寿阳公主在含章殿屋檐下睡着了,梅花轻轻地飘落在她的额上,她额头上于是形成了梅花形状的花纹,好几天都没有消掉。后来,天下的女人都学着寿阳公主,在额头上画朵梅花,从此,这就演变成了古代女子喜爱的"梅花妆"。欧阳修的《诉衷情》词里就写到过:"清晨帘幕卷轻霜,呵手试梅妆。都缘自有离恨,故画作远山长。"显然,"犹记深宫旧事,那人正睡里,飞近蛾绿"还是将美人与梅花糅合在一起来刻画梅花的神韵。

后来在《红楼梦》里也有一个类似的情节:史湘云喝多了酒,趁姐妹丫鬟们不注意,偷偷溜出去,一不小心醉倒在花园里,落了一身的花瓣,惹得蝴蝶、蜜蜂都围着她转,她说着梦话还在行酒令呢:"直饮到梅梢月上,醉扶归,却为宜会亲友……"

"莫似春风,不管盈盈,早与安排金屋。"接下来几句我们继续讲故事,这又是一个什么样的历史故事呢?

原来这几句词说的是汉武帝和他的第一任皇后陈阿娇的故事。陈阿娇是汉武帝姑姑的女儿,阿娇很小的时候,她母亲抱着小刘彻,故意指着身边一群宫女问小刘彻:"你愿意娶她们为妻吗?"刘彻摇摇头。姑姑又指着阿娇问:"那我的女儿阿娇怎么样啊?"这回刘彻毫不犹豫地回答:"我若得阿娇为妻,一定专门盖一座黄金屋来让她住。"刘彻后来果然娶了阿娇,登基后便封阿娇为皇后,成语"金屋藏娇"的典故就是这么来的。

看来,姜夔真的是一个非常懂得怜香惜玉的词人。"莫似春风,不管盈盈,早与安排金屋。"因为他对梅花很怜爱、珍惜,所以他才会说,

你们可别像春风那样冷酷无情啊,一点儿都不懂得怜惜梅花的轻盈娇艳。对待如此美艳动人的梅花,一定要像金屋藏娇一样倍加珍惜、呵护才对啊!

"还教一片随波去,又却怨、玉龙哀曲。""玉龙"是笛子的美称,"玉龙哀曲"就是指著名的笛曲《梅花落》。这几句依然是表达对梅花的怜惜,可别让梅花落尽、随波而去,让《梅花落》传递着千里关山之外的哀怨悲情啊。"等恁时、重觅幽香,已入小窗横幅。"等到那时,再想寻觅梅花的幽幽暗香,它们却踪迹渺茫,只在小窗横幅之上留下了最后一缕幻影……

一阕《疏影》,将历史和传说中几位著名美女的故事与梅花的形态、神韵和它所蕴含的情感交织在了一起。传说中的梅花花神、杜甫笔下的倚竹佳人、远嫁匈奴的王昭君、发明梅花妆的寿阳公主、被"金屋藏娇"的陈皇后,她们有的象征梅花美艳的外表,有的象征梅花冰清玉洁的高雅品格,有的象征梅花的娇嫩珍贵,有的象征梅花的孤独寂寞。整首词,没有一句是直接描写梅花,可每一句都与梅花若即若离,尤其是梅花与美人相得益彰,更是这首《疏影》的独特魅力所在。

苔枝缀玉,有翠禽小小,枝上同宿。客里相逢,篱角黄昏,无言自倚修竹。昭君不惯胡沙远,但暗忆、江南江北。想佩环、月夜归来,化作此花幽独。　　犹记深宫旧事,那人正睡里,飞近蛾绿。莫似春风,不管盈盈,早与安排金屋。还教一片随波去,又却怨、玉龙哀曲。等恁时、重觅幽香,已入小窗横幅。

《暗香》《疏影》两阕咏梅词写得太美、太仙,不仅我们会折服于姜夔高妙空灵的创作笔法,就连眼光很高的范成大也为此叹赏、把玩不

宋

已,他还让家中的乐工歌女反复演奏吟唱,那音节谐婉,美妙动人。范成大曾经评价姜夔词"有裁云缝月之妙手,敲金戛玉之奇声"(毛晋《白石词跋》引),可见他是有多么欣赏姜夔的才华了。

正因为范成大太喜欢这两首词,太佩服姜夔的才华,所以他不仅挽留姜夔在石湖住了一个多月,临别的时候,他还特意将温柔美貌、多才多艺的歌女小红送给了姜夔。因此,当姜夔再离开苏州时,就有了这样一幅如仙境一般醉人的画面:

在被称为"人间天堂"的苏州,正是大雪初停的冬日,一片白茫茫的混沌天地。这时,远处传来悠扬中略带凄美的箫声,箫声中伴着少女柔美动听的吟唱。循着声音望去,只见一叶扁舟仿佛从遥远的天际顺流飘然而来,船头伫立着一位宽袍大袖、身形清瘦飘逸的男子,他正全神贯注地吹着洞箫,玉树临风;男子身边的少女,同样衣袂飘然,婷婷袅袅,用充满崇拜和爱慕的眼神凝视着他,正和着他的箫声低吟浅唱……听着这样的"仙曲",看着这样的"仙境",真令人顿生飘飘欲仙的出尘之想啊。

这幕"仙境"中吹箫的男子当然就是姜夔,和着洞箫低吟浅唱的少女就是姜夔的侍儿小红。他们演奏、演唱的歌曲,正是姜夔自度曲、自填词的经典名作《暗香》《疏影》。这段琴歌相和的诗意人生,曾让姜夔十分感慨地写下过这样的绝句:"自作新词韵最娇,小红低唱我吹箫。曲终过尽松陵路,回首烟波十四桥。"(《过垂虹》)

才子佳人相配,在崇尚风雅的南宋也许并不少见,但是像姜夔和小红这样宛如神仙眷侣的"绝配",也许只能是很多人心中可望而不可即的一个梦吧。或许,也只有这样的画面才配得上《暗香》《疏影》的

空灵绝美吧!

词解读到这里,我还想再唠叨两句。也许是因为《暗香》《疏影》写得太美、太仙,历朝历代读词的人总是不满足于词的表面,总想去揣测姜夔到底想通过这两阕咏梅词,表达怎样不为人知的深意。于是关于词作主题思想的争议就层出不穷了。

例如,有人说这两首词是表达南宋朝廷偏安江南不思恢复的忧愤愁恨(宋翔凤《乐府余论》"恨偏安也");有人说这是暗示了对宋徽宗、宋钦宗两位皇帝被俘虏流落北方的幽忧愤恨,对朝中无人奋发的痛心(陈廷焯《白雨斋词话》"发二帝之幽愤,伤在位之无人");有人说这是"暗指南北议和事"(蒋敦复《芬陀利室词话》)……当代词学家夏承焘先生则认为这两首词都是姜夔寄寓自己的身世感怀,兼有表达对合肥恋人的相思之意。后来范成大以青衣小红相赠,或许也包含着安慰姜夔合肥恋情失落的意思吧。

这种种揣测未必都是姜夔的原意,我倒是觉得,无论做何种理解,都不妨碍我们品味姜夔咏梅词的那份飘逸轻灵和忧伤婉转。

其实,对姜夔来说,无字处皆有意,无言处皆有情,行迹飘过后,清空处风韵窈然,余音不绝。

就好像刘熙载在《艺概》中所说:"姜白石词幽韵冷香,令人挹之无穷,拟诸形容,在乐则琴,在花则梅也。"

让我们再一起来回顾一下姜夔的两首咏梅词吧。

《暗香》:

旧时月色,算几番照我,梅边吹笛。唤起玉人,不管清寒与攀摘。何逊而今渐老,都忘却、春风词笔。但怪得、竹外疏花,香冷入瑶席。

宋

江国,正寂寂。叹寄与路遥,夜雪初积。翠尊易泣,红萼无言耿相忆。长记曾携手处,千树压、西湖寒碧。又片片、吹尽也,几时见得。

《疏影》:

苔枝缀玉,有翠禽小小,枝上同宿。客里相逢,篱角黄昏,无言自倚修竹。昭君不惯胡沙远,但暗忆、江南江北。想佩环、月夜归来,化作此花幽独。　犹记深宫旧事,那人正睡里,飞近蛾绿。莫似春风,不管盈盈,早与安排金屋。还教一片随波去,又却怨、玉龙哀曲。等恁时、重觅幽香,已入小窗横幅。

我想,对于姜夔其人和其词的风韵,还是以他在自然界中感受最深、最为钟爱的两类意象来概括吧:如梅花般清雅的人品和淡淡的清香,如柳枝般依依深情的含蓄,亦如柳絮般不着痕迹的飘逸洒落。南宋末年张炎曾以"清空""骚雅"评价姜夔的词,认为"姜白石如野云孤飞,去留无迹"(《词源》);直到清代初年风行一时的浙西词派也奉姜夔为雅正之体。姜夔之仙韵雅品,千载以还,仍然知音无数。

【拓展阅读】

张炎《词源》:

诗之赋梅,惟和靖("疏影横斜水清浅,暗香浮动月黄昏")一联而已。世非无诗,不能与之齐驱耳。词之赋梅,惟姜白石《暗香》《疏影》二曲,前无古人,后无来者,自立新意,真为绝唱。太白云:"眼前有景道不得,崔颢题诗在上头。"诚哉是言也。

沁园春
刘过

　　斗酒彘肩,风雨渡江,岂不快哉!被香山居士,约林和靖,与坡仙老,驾勒吾回。坡谓西湖,正如西子,浓抹淡妆临镜台。二公者,皆掉头不顾,只管衔杯。　　白云天竺飞来,图画里、峥嵘楼观开。爱东西双涧,纵横水绕;两峰南北,高下云堆。逋曰不然,暗香浮动,争似孤山先探梅。须晴去,访稼轩未晚,且此徘徊。

　　南宋词人刘过被誉为是"天下奇男子",这位奇男子的个性比起辛弃疾来,豪气纵横有过之而无不及。他的词和辛弃疾的词相比,粗犷雄壮有过之而无不及。他的词获得的评价,也是"两极分化"。欣赏他的人,高度评价他的词,如"狂逸之中,自饶俊致""足以自成一家"(刘熙载《艺概·词概》);不喜欢他的人,贬斥他的词说他只是学到了辛弃疾的一点"糟粕",说他"叫嚣淫冶",甚至将词在南宋的衰落归咎于他(陈廷焯《白雨斋词话》)。

宋

　　那么,刘过的词究竟写得好不好呢?我觉得,品词读诗,喜欢什么样的风格,不喜欢什么样的风格,大多是出于个人的主观喜好,我们读词,尤其是对那些有影响力的经典作品,也许不必非得评价说好不好,因为能够成为经典的作品一定有其独到的地方,这是经受了时间检验和历史淘汰传承下来的精品。但我们可以说喜欢不喜欢,因为作为欣赏者,我们可以见仁见智,毕竟,萝卜青菜,各有所爱。

　　刘过的词,你会不会喜欢呢?且来看看这首《沁园春》:

　　斗酒彘肩,风雨渡江,岂不快哉!被香山居士,约林和靖,与坡仙老,驾勒吾回。坡谓西湖,正如西子,浓抹淡妆临镜台。二公者,皆掉头不顾,只管衔杯。　　白云天竺飞来,图画里、峥嵘楼观开。爱东西双涧,纵横水绕;两峰南北,高下云堆。逋曰不然,暗香浮动,争似孤山先探梅。须晴去,访稼轩未晚,且此徘徊。

　　这首词其实是刘过写给辛弃疾的一封信。刘过字改之,自号龙洲道人,生于1154年,卒于1206年。刘过的词,虽然有人很喜欢,有人很不喜欢,但他却有三个铁杆知音:第一位是辛弃疾,第二位是陆游,第三位是陈亮。这四位堪称同气相求的同志,他们都是一生主战抗金、力图收复中原的爱国志士;他们都曾经慷慨上书皇帝,纵论恢复大计。在南宋词坛上,辛弃疾、陈亮、刘过这三位豪放词人鼎足而立,共同撑起了豪放词派的一方天地。陆游写过一首《赠刘改之秀才》诗,将刘过比作是汉代飞将军李广:"放翁七十病欲死,相逢尚能刮眼看。李广不生楚汉间,封侯万户宜其难。"陆游感慨:虽然他见到刘过的时候刘过已经是七十高龄、老病缠身,但他仍然被刘过的豪迈所震撼,可惜像刘过这样的英雄人物生不逢时,不能凭借赫赫战功拜相封侯。

虽然几位英雄豪杰彼此惺惺相惜,也都曾因为抗战主张被朝廷排挤打压,直至被落职罢官。可他们的个人命运却又截然不同:辛弃疾和陆游都在官场上经历过几起几落,陈亮曾经状元及第,他们的人生都曾经历过辉煌,刘过却是终生流落江湖,出身贫寒,也死于贫寒。刘过以布衣身份与辛弃疾、陈亮这些一流大词人相交,却获得了他们一致的尊重。

这首《沁园春》正是刘过答复辛弃疾盛情邀请的一封回信。南宋宁宗嘉泰三年(1203),六十四岁的辛弃疾被朝廷重新启用,他在闲居多年之后重返官场,知绍兴府兼浙东安抚使,相当于今天的绍兴市市长兼浙东军区总司令(或者公安厅厅长)。当时刘过正在南宋京城临安(杭州)。绍兴和杭州离得很近,辛弃疾便派人去邀请刘过来绍兴一聚。

不巧的是,刘过接到邀请函的时候正有其他要事缠身,怎么办呢?辛弃疾的邀请,可不能随随便便拒绝啊,刘过灵机一动,就写下了这首《沁园春》词,写这首词的主要目的,就是要陈述他不能应邀赴约的理由。可是,什么样的理由才能让辛弃疾开开心心地接受呢?这就要看刘过的智慧了。

词一开篇,刘过先大谈特谈他收到邀请之后的激动与兴奋之情:"斗酒彘肩,风雨渡江,岂不快哉!"这三句词大意是这样的:"听说你备好了整斗酒和整只猪肘子邀我相聚畅饮,这真让我感觉浑身畅快!于是我一秒钟都不想耽搁,只想第一时间启程,风雨无阻渡过钱塘江,来绍兴与你相聚痛饮啊!"

"斗酒彘肩"的典故出自《史记》里著名的"鸿门宴"桥段,樊哙为宋

了从项羽设置的鸿门宴中救出刘邦,不管三七二十一冲进项羽的军帐中,将项羽赐他的一大斗酒一饮而尽,又拔出佩剑将项羽赐的一整只猪肘子切了,大口吃光,那种声势真是气壮如牛。

刘过一开始就甩出樊哙斗酒彘肩的典故,既是赞美辛弃疾的豪迈之气,也是以这种气节自许——既表扬了对方,也没忘记夸自己,可谓一举两得。

"斗酒彘肩,风雨渡江,岂不快哉!"既然他已经迫不及待准备出发了,可是计划总没有变化快,那他为什么又没有去呢?突如其来的变化是什么呢?

原来是有三位重量级的人物突然出现了,他们一把拉住了刘过,不许他走。什么人物居然比辛弃疾还重要?刘过居然敢为了他们,拒绝位高权重、英雄一世的辛弃疾?他就不怕辛弃疾生气?

他还真不怕,因为这三个人,恰恰也都是辛弃疾心服口服的偶像。这三个人是谁呢?

"被香山居士,约林和靖,与坡仙老,驾勒吾回。""香山居士"是白居易,"林和靖"是林逋,"坡仙老"当然就是苏轼了,白居易约了林逋、苏轼一起,一把拉住了刘过的马,挡在他前面,不准他走。

这就奇怪了!白居易、林逋、苏轼当然都是顶尖级的重要人物,可是地球人都知道,白居易是唐代诗人,林逋和苏轼都是北宋人,刘过、辛弃疾却是南宋人,他们怎么也聚不到一块儿去。可刘过偏偏啥都敢想,也啥都敢做,他就是要来一段说走就走的"穿越",硬是让古人为了他,一起穿越到了他的时代,并且还成了他的铁杆好朋友。

可别以为"穿越"题材的文学作品是在当代的网络小说里面才开

始出现,其实古代文学作品中"穿越"的题材多了去了,早在战国时期的长篇诗歌《离骚》中,屈原就已经开始了穿越古今的时空漫游,而刘过又将这种穿越精神继续发扬光大了。

"被香山居士,约林和靖,与坡仙老,驾勒吾回。"我模仿刘过的语气再翻译下这三句词:"没想到,半道上杀出来三个'不讲道理'的家伙,他们一把将我拉住,不由分说命令我回来!这三个人一个是香山居士白居易、一个是和靖先生林逋、一个是东坡居士苏轼。他们仨一定要拉着我一起喝酒,我实在是拒绝不了啊!"

既然刘过这么蛮不讲理,硬是将三个不同年代的大诗人聚集到一起,那他们仨又会有什么出人意料的表现呢?他们拦住刘过不让他去见辛弃疾的理由是不是足够充分呢?

首先发言的是苏东坡:"坡谓西湖,正如西子,浓抹淡妆临镜台。"苏东坡说:"你们看你们看,这西湖多像绝色美女西施啊,她正在对着镜子淡妆浓抹,细细梳妆呢,咱们就在这儿好好欣赏西湖美景吧。"

看到这一段,你一定马上想到了苏轼那首著名的吟咏西湖的诗。的确,刘过正是化用了苏轼的诗:"水光潋滟晴方好,山色空蒙雨亦奇。欲把西湖比西子,淡妆浓抹总相宜。"(《饮湖上初晴后雨二首》其二)西湖与西子,既是美丽的自然风景,还有凄美的历史传说,这个挽留的理由足够充分吧?

并不。因为苏轼说完之后,白居易和林逋根本不响应,甚至掉过头去,满脸不屑,懒得理他,自顾自一杯又一杯喝个不停:"二公者,皆掉头不顾,只管衔杯。"既然连西湖美景的理由都不够充分,那接下来再听听白居易陈述的理由吧。

宋

"白云天竺飞来,图画里、峥嵘楼观开。爱东西双涧,纵横水绕;两峰南北,高下云堆。"白居易是这样说的:"西湖有什么好看的?天天看都看腻了,我带你们去一个神奇的地方——灵隐天竺寺。那里白云悠悠,寺庙楼观峥嵘,在那里喝酒就好比人在画中游。最可爱的是东西双涧,它们纵横交错地绕山流淌,南北两高峰直入云霄,简直是美不胜收啊!"他一边说一边还摇头晃脑做出一副沉醉其中的样子,真是个"老戏骨"!

当然,这又是化用了白居易描写杭州的著名诗句:"一山门作两山门,两寺原从一寺分。东涧水流西涧水,南山云起北山云。"(《寄韬光禅师》)

白居易的建议很诱人吧?林逋却不乐意了,这个时候林逋跳出来唱反调了:"逋曰不然,暗香浮动,争似孤山先探梅。"

"不然不然,现在正是梅花盛开的时候,暗香浮动,我倒觉得去孤山赏梅才是最佳选择啊。"

当然,我们一看就明白了,林逋反对的理由就是他咏梅的经典名句"暗香浮动月黄昏"。这句诗出自林逋的七律《山园小梅》:

众芳摇落独暄妍,占尽风情向小园。疏影横斜水清浅,暗香浮动月黄昏。霜禽欲下先偷眼,粉蝶如知合断魂。幸有微吟可相狎,不须檀板共金尊。

看来刘过不仅是豪放派词人的代表,还是一位入戏很深的"影帝"!你看他演得多像,装得多委屈、多无奈:"稼轩啊稼轩,你看看,我也是没办法啊!白居易、林逋、苏轼,这三个家伙一起拦住我,还劝我:'现在又是风又是雨的,你还是别去绍兴了,先留下来和我们一起欣赏

西湖美景吧。等到雨过天晴,你再去拜访稼轩也不迟啊。'稼轩啊稼轩,不是我不想来看你,是我实在拗不过他们仨啊!没辙,只好先陪陪他们,过些日子把他们打发走了,我再来拜访你吧。"

"须晴去,访稼轩未晚,且此徘徊。"刘过写给辛弃疾的这封回信虽是拒绝了他的邀请,却是一气呵成,豪迈洒脱又不失幽默诙谐,妙趣横生。尤其是他拒绝邀请的理由简直是前无古人后无来者:是因为白居易、林逋、苏轼拉住他不准他走。

在辛弃疾和刘过生活的南宋,这三位都早已作古,可刘过就是这么任性,他硬是让三位前代大诗人一起穿越到了南宋的杭州来陪他喝酒旅游。这三个人也是辛弃疾仰慕的大诗人,用他们来做"挡箭牌",辛弃疾总该没话说了吧。

果然,辛弃疾收到刘过的回信之后,哈哈大笑,对刘过的才情和率性拍案叫绝,这让他更加想见这个大才子了,于是又再三去信邀请,而刘过忙完手头的急事终于赴约,辛、刘两大豪放词人相见恨晚,成就了一段词坛的友谊佳话。而刘过的这首《沁园春》词也随之扬名天下,人们折服于刘过才情气势的同时,还调侃他说这首词简直是"白日见鬼"。

那么,刘过为什么不拉别人穿越,偏偏要让这三位诗人穿越到南宋呢?

最重要的原因,除了三位前朝诗人鼎鼎大名,都是偶像派加实力派之外,还因为他们仨都曾经先后在杭州或是做官,或是隐居过,都对杭州念念不忘或者干脆在这里终老,而且都留下了描写杭州美景的著名诗句。在三位"被穿越"的诗人中,林逋与杭州的渊源最深。林逋是北宋著名的学者、书画家、诗人,中年以后隐居西湖的孤山,不慕荣华宋

富贵,不逐名利虚荣,与他来往的都是高僧诗友,与他朝夕相处的是他亲手在孤山种植的梅花与他养的一只鹤。他经常独自一人泛舟西湖,若有客人来访,他的书童便会放飞那只鹤,林逋见到鹤就知道家中有事便会掉转船头,飘然而归。林逋未曾娶妻,自称以梅为妻、以鹤为子,人称"梅妻鹤子"。

林逋的那首梅花诗一出,尤其是"疏影横斜水清浅,暗香浮动月黄昏"一句,简直把梅花的神韵写绝了,他凭此立即俘获粉丝无数,连南宋的辛弃疾也成了林逋的隔代"超级粉丝"。辛弃疾曾说:"未须草草赋梅花,多少骚人词客。总被西湖林处士,不肯分留风月。"(辛弃疾《念奴娇》)他是在说:"你们那些骚人墨客可别轻易写歌咏梅花的诗句了,因为西湖的林逋处士早已经把梅花写绝了,不肯分一点儿风月留给别人去吟咏了。"连辛弃疾都在林逋的梅花诗前甘拜下风,这就难怪刘过要将林逋拉过来当作拒绝辛弃疾邀请的"挡箭牌"了——有了林逋,不怕辛弃疾不服!

斗酒彘肩,风雨渡江,岂不快哉!被香山居士,约林和靖,与坡仙老,驾勒吾回。坡谓西湖,正如西子,浓抹淡妆临镜台。二公者,皆掉头不顾,只管衔杯。　　白云天竺飞来,图画里、峥嵘楼观开。爱东西双涧,纵横水绕;两峰南北,高下云堆。逋曰不然,暗香浮动,争似孤山先探梅。须晴去,访稼轩未晚,且此徘徊。

这就是古人眼中的"白日见鬼",也是当代人眼中的"穿越"。想象一下,如果白居易、林逋、苏轼、刘过这四个人真的能够相聚在西湖,那该是多么神奇的场面!这首词别出心裁、气魄雄大、幽默风趣,也写出了刘过笔下的西湖美景和朋友情谊。

杨雨 说词 第四卷

【拓展阅读】

俞文豹《吹剑录》：

此词虽粗而局段高，固可睨视稼轩。视林、白之清致，则东坡所谓"淡妆浓抹"，已不足道。稼轩富贵，焉能浼我哉！

宋

风入松
吴文英

听风听雨过清明,愁草瘗花铭。楼前绿暗分携路,一丝柳、一寸柔情。料峭春寒中酒,交加晓梦啼莺。　　西园日日扫林亭,依旧赏新晴。黄蜂频扑秋千索,有当时、纤手香凝。惆怅双鸳不到,幽阶一夜苔生。

这首《风入松》的作者是南宋著名词人吴文英。关于这首词,我还有一个小小的秘密想告诉你。大约在我读中学的时候,我看过一部琼瑶小说改编的电视剧《婉君》,电视剧的主题歌有一句歌词:"一个女孩名叫婉君,冰肌如雪、纤手香凝。"这是形容女主角婉君的美貌。我当时就觉得"纤手香凝"这个词真是太美了,比《诗经》里面用"手如柔荑"形容美女的手更美。那个时候我就想,琼瑶阿姨真是聪明,她怎么就能想出这么美妙的词呢?可是后来我读到了吴文英的这首《风入松》,读到里面的"黄蜂频扑秋千索,有当时、纤手香凝",我才知道,原

来并不是琼瑶阿姨有多聪明,而是她也读过吴文英的这首经典名作,并且化用得很巧妙。

现在再来解读《风入松》,除了"纤手香凝"这样奇绝的想象之外,我想还有两个问题是尤其需要我们留意的。

第一个问题是:这首词的主题是什么?"听风听雨过清明",既然这首词是写在清明节之后,那么它到底是悼亡还是相思呢?

第二个问题是:吴文英在词坛上处于一个什么样的地位呢?

这两个问题,我们不妨倒过来一个个了解,先来说说吴文英这位词人。

吴文英字君特,号梦窗,词史上往往称他为吴梦窗。我们已经了解过不少词人了,欧阳修、晏殊、苏轼、韦庄等,他们往往都兼有多重身份,既是官员,又是文人,而且在他们的文学创作当中,诗文可能还占据了更重要的地位,填词只不过是他们文学成就的冰山一角。

梦窗和他们都不一样,他几乎可以说得上就是一个专业词人。梦窗是四明鄞县(今浙江宁波)人,一生主要往来于苏州、杭州、绍兴三地,在苏州居留的时间最长,终生行迹不出江南。吴梦窗大约也是个很有个性的人,从小沉浸于诗词中,对科举始终提不起什么兴趣,因此尽管身负高才,却没有像大多数人那样去博取科举出仕。为了基本的生存需要,他先后供职于不同的幕府,靠给人做幕僚为生,他一生的职业大致相当于我们今天所说的"秘书"。

但就是这样一个一辈子不做官的人,反而在词坛上获得了很高的荣誉。南宋时期,吴梦窗和辛弃疾、姜夔三足鼎立;人们往往将宋宋

代词人中的周邦彦比作是唐代诗人中的杜甫,梦窗则被比作是唐代诗人中的李商隐。到了晚清,吴梦窗更是被捧为词坛男神一般的存在,崇拜、学习、模仿他的词人占据了词坛的半壁江山:"近世学梦窗者,几半天下。"甚至有人还这么说,两宋词坛上,北宋以周邦彦为集大成者,南宋则推吴梦窗为尊,这并不是某个人的主观偏好,而是"四海之公言也",是公认的词坛"排名"。吴梦窗在词史上的地位还是挺了不起的吧!

我顺便再说说"风入松"这个词调名的来历。《风入松》本来是古琴曲,相传是魏晋时期竹林七贤之一嵇康创作的,李白有诗句说:"风入松下清,露出草间白。"唐代的诗僧皎然亦有《风入松歌》,调名即源于此。

了解了吴梦窗这位词人和"风入松"词调的来历,我们再来看看另一个问题:这首《风入松》的主题是什么呢?——是相思。

吴梦窗曾经担任苏州仓台的幕僚,在苏州逗留长达十二年,这也是他一生之中客居时间最长的地方。这十二年,无疑是他生命中最重要也最眷恋的十二年。即便是十二年之后,他离开苏州,还仍然在词中一次又一次情不自禁地回忆起那里的时光:"可惜人生,不向吴城住。"(《蝶恋花·有怀苏州》)他甚至希望这一辈子都不要离开苏州,一辈子都住在苏州。

然而,真正令他一辈子都不能忘记苏州的最重要的原因,是他在苏州邂逅的一位女子,还有他们长达十年的温馨爱情。

根据杨铁夫先生的《吴梦窗事迹考》,大约在吴梦窗来到苏州供职之后的一两年内,他就结识了一名苏州女子,并将这位女子纳为侍妾。

此后这位苏州女子便成了吴梦窗词中频频出现的女主人公。

这位苏姬姓甚名谁,现存文献没有任何详细的记载。然而,从梦窗词中可知,与苏姬朝夕厮守的十年,应该是梦窗生命中最温暖的十年。直到梦窗从苏州仓幕卸任,离开苏州第二年清明前后,苏姬离开了梦窗。

导致苏姬离去的原因我们从文献中找不到多少可靠的线索,也许是苏姬不愿意离开熟悉的苏州去往陌生的地方;也许是梦窗一直为人幕僚,生活较为清苦,令苏姬难以继续忍受,种种可能都只是我们的猜测。此时梦窗与苏姬已育有两个孩子。苏姬离去后,梦窗曾带着两个孩子一直追回到苏州,他想以母子之情来挽回爱姬的心,但他的一切努力,最终都付诸东流。

苏姬去意之坚决,令梦窗黯然神伤。梦窗等了一年又一年……苏姬毫无回心转意的意思。这首词中的"西园日日扫林亭","西园"很可能就是当时梦窗和苏姬在苏州阊门之外的居所。因为这份缠绵的爱情,连西园都成了梦窗词里的"常客"。例如:"西园有分,断柳凄花,似曾相识"(《瑞鹤仙》)"暮烟疏雨西园路"(《风入松·桂》)"往事一潸然,莫过西园"(《浪淘沙》),等等,这一次次出现在梦窗词中的"西园",承载着词人对爱姬最深挚的怀念。

更让人感动的是,因为爱姬决然离去是在清明前后,从此,几乎每年的清明寒食,梦窗都会不无辛酸地写下相思词作。如杨铁夫先生所云,吴梦窗"每逢清明、寒食,必有忆姬之作"。这首《风入松》"听风听雨过清明"也是如此,而且很可能就是在苏姬离去之后的第一个清明节写下的怀念之作。

宋

清明这个特殊的日子,在梦窗笔下从此染上了浓郁的相思悲愁。

"听风听雨过清明,愁草瘗花铭。"清明前后虽然天气总的趋势是越来越暖和,可是雨水也增多,尤其是江南一带,往往有"疾风甚雨"。春天天气善变,一忽儿风一忽儿雨,天气一会儿热又一会儿冷,盛开的百花在风雨摧残下零落成泥,词人一边听着风雨交加的声音,一边满怀愁绪写下了葬花的文字。瘗花铭,"瘗"就是埋的意思,因此"瘗花铭"即葬花、悼花的铭文。

你一定记得《红楼梦》里黛玉葬花的情节吧?就因为这个情节太有名了,以至于很多研究《红楼梦》的人都特别关注它。有人说这个情节的灵感来自于唐伯虎,唐伯虎住的地方多种牡丹,每当花落的时候,唐伯虎都要将落花装在锦囊中,葬在药栏东畔,还要写《落花诗》来祭奠。还有人说跟曹雪芹的祖父曹寅有关,因为曹寅也有过"百年孤冢葬桃花"的诗句。

可是,早在好几百年前,南宋的吴梦窗就已经有"愁草瘗花铭"的句子了。当然,葬花也并不是梦窗的发明,在更早的时候,也就是南北朝时期,诗人庾信写过一篇《瘗花铭》。梦窗引用《瘗花铭》的典故,倒并不一定是说词人真的像林黛玉一样,有过葬花的举动,而只是代指他对落花的哀悼而已。

那么,梦窗为什么会对落花有那么强烈的同情呢?那是因为他由怜惜落花进而想起了他要怀念的那个人:"楼前绿暗分携路,一丝柳、一寸柔情。"当年他和爱姬分手的楼前,如今落花遍地,树枝上原本盛开的亮丽鲜花在风雨的吹打下所剩无几,只剩下一片浓暗的绿荫。

"绿暗"和李清照"绿肥红瘦"的意思是一样的,都是指红花凋零、绿叶浓密的暮春景象。

清明、风雨、落花、柳荫……种种意象叠加出词人浓烈的相思与愁情,他也努力尝试要排遣这份愁绪。要消愁用什么最好呢?当然是酒!"料峭春寒中酒,交加晓梦啼莺。"中酒就是醉酒的意思。在料峭春寒当中,词人一场宿醉,也许在醉梦中他又和相爱的人携手相伴,可那份温馨的感觉才刚刚回来,又被清晨黄莺儿"交加"的鸣叫声惊破了美梦……

因清明风雨而惜悼落花,因落花而相思,因相思而醉酒,因醉酒而入梦,因梦醒而伤怀,词的上片将凄凉的风景与凄凉的情绪完全融合在了一起,愁之深、思之切、情之痴,令人惆怅。

"西园日日扫林亭,依旧赏新晴。黄蜂频扑秋千索,有当时、纤手香凝。"以"西园"这一特定地点为过渡,《风入松》从上片清明节的风风雨雨,转入了下片的雨过天晴:"西园日日扫林亭,依旧赏新晴。"西园的每一个角落都曾留下梦窗与爱姬的足迹,他们一起欣赏杏花疏影,一起梅边吹笛,一起轻吟浅唱,一起欢歌笑语。可是,自从爱姬离开之后,每个清明节,他只能"日日"来打扫亭前落花,雨过天晴的美好,也无法驱遣他失去爱人的忧伤。

"日日扫""依旧赏"说明词人的生活状态看似依旧,但爱侣已去,物是人非,"依旧"的动作,只能更加增添他的落寞与哀愁。

"黄蜂频扑秋千索,有当时、纤手香凝。"我个人觉得,整首词中,这是最"亮"的几句,也是最具动感、最具画面感的几句。秋千静静垂在花香醉人的西园,蜜蜂儿频频扑向垂挂秋千的绳索。词人呆呆地伫立宋

在秋千前,他恍惚好像又看到了从前:也是这样清明之后的雨过天晴,爱姬最喜欢在这里荡秋千,看着蜜蜂依恋地围着秋千转悠,他甚至好像还能闻到一股熟悉的幽香,是不是因为秋千的绳索上还残留着爱姬纤手握过的余香,所以才引得蜜蜂如此地痴迷呢?

闻到香味,这是嗅觉;看到蜜蜂频扑,这是视觉。用嗅觉感受来反映视觉感受,这就是我们所说的通感,也就是将不同的感官体验互相打通。当代作家朱自清写过一篇著名的散文《荷塘月色》,里面描写荷花的幽香,"仿佛远处高楼上渺茫的歌声似的",将嗅觉用听觉的形式表现出来,也是通感。

"黄蜂频扑秋千索,有当时、纤手香凝。"前人有评价,这几句是"痴语",是"深语"。因为思念荡秋千的人,以至于看到秋千就情不自禁想起当年爱姬握住秋千的纤纤玉手;因为黄蜂频扑而仿佛闻到了秋千索上凝结的爱姬的纤手余香。

这是何等奇绝的想象!不是痴情如梦窗,又怎能写得出如此痴绝之词?

但是无论词人有多么痴情,爱姬终究一去不复返,只留下词人无限的惆怅:"惆怅双鸳不到,幽阶一夜苔生。""双鸳"应是指绣着双鸳鸯的绣鞋,当年梦窗和苏姬曾携手一起踏遍西园的处处亭台、花径、幽阶,而如今"双鸳不到",再也不见爱姬的足迹,踪迹全无的"幽阶"已爬满苔藓。"幽阶一夜苔生",明明是写景,却蕴含着万千无法用语言表达的深情。

听风听雨过清明,愁草瘗花铭。楼前绿暗分携路,一丝柳、一寸柔情。料峭春寒中酒,交加晓梦啼莺。　　西园日日扫林亭,依旧赏新

晴。黄蜂频扑秋千索,有当时、纤手香凝。惆怅双鸳不到,幽阶一夜苔生。

无论何时,当我们吟哦起这样的词句,也许眼前都会幻化出一幅绝美的图画:雨过天晴后,在一片新绿和嫣红之中随风微微摇曳的秋千,蜜蜂、蝴蝶围绕着秋千绳索翩翩飞舞;秋千上坐着一位容颜清丽的女子,笑靥明媚,衣袂飘然,她那双白皙的纤纤玉手握住秋千的绳索,散发出来的芳香在春风中飘散——在梦窗的记忆里,那是清明时节最美、最令人沉醉的风景。

【拓展阅读】

据学者研究,吴梦窗一生经历过两次刻骨铭心的恋情,一次是与苏州爱姬的苦恋,另一次是梦窗在杭州为幕僚时娶的一位侍妾,这两位先后陪伴梦窗的女子都曾带给他无比的温暖,给他的生命留下无法磨灭的美丽印记。可是苏州爱姬的离去和杭州侍妾的夭折,让梦窗飘零的生涯更增添了几分深入骨髓的痛苦。可惜的是,由于吴梦窗的生平经历正史没有记载,相关文献又少得可怜,因此关于他与两位女子的详细事迹很难一一具体描述。甚至关于梦窗客居杭州和客居苏州先后的时间,学术界也仍有争议:夏承焘与杨铁夫先生均主张客苏在前,客杭在后;当代学者钱锡生、朱德慈、张如安等人则认为客杭在前,客苏在后。然而对于苏州爱姬和杭州爱妾持续终生的眷恋,则被公认为是吴梦窗大量清明词、爱情词的主旨。

宋

一剪梅
蒋捷

一片春愁待酒浇。江上舟摇，楼上帘招。秋娘渡与泰娘桥，风又飘飘，雨又萧萧。　何日归家洗客袍？银字笙调，心字香烧。流光容易把人抛，红了樱桃，绿了芭蕉。

蒋捷是宋末元初最重要的词人之一，这首《一剪梅》即是他的代表作。我第一次读到这首词便觉得心里一颤。尤其是读到最后三句"流光容易把人抛，红了樱桃，绿了芭蕉"的时候，竟然会有眼眶一热的感觉。我一直以为这只是我个人读词的偶然感受，直到不久前有一次和台湾辅仁大学一位同样研究古典诗词的教授聊天，他说起每次读到蒋捷的"流光容易把人抛，红了樱桃，绿了芭蕉"，总会有一种要流泪的冲动，我这才知道，原来这三句词打动的并不只是我一个人。

是的，经典的魅力，就在于它总能超越时空，在不经意间打动同样内心丰富、情感敏锐的人。也许对于每位读者来说，被打动的理由是

不一样的,但感动却是相似的。

"流光容易把人抛,红了樱桃,绿了芭蕉。"这词句为什么能够打动那么多人呢?

我想,还是因为这三句词听起来很通俗明白,可是蕴含的时光意识却极其深厚吧。我记得几年前看过一部蛮有名的电影,影片名叫《岁月神偷》,其中有一句台词一度很是流行:"在变幻的生命里,岁月,原来是最大的小偷。"

时光,是生命最大的敌人,却也是最容易被人忽略的敌人。用"小偷"来比拟无声流逝、带走青春的岁月,真的是神一样的比喻。而"流光容易把人抛,红了樱桃,绿了芭蕉"这样的句子要表达的,不正是同样的叹息吗?当时光就在我们身边流淌的时候,我们往往忘记了它的存在,我们好像总是要等到某些特定的时刻或者特定的场景,才突然被激发起强烈的时光意识。比如:突然在镜子里看到了自己的第一根白发;突然看到门口的那株银杏树变得金黄金黄;突然发现隔壁的那个小女娃娃,不知道什么时候已经长成了一个亭亭玉立的高中女生;突然发现一向很硬朗的父母不知道什么时候有了皱纹和老年斑……是的,我们总是要等到突然的某一个时刻,回望过去的时候,才会意识到时光的力量原来是一种那么强大的存在。而这个所谓"突然的某一个时刻",也许恰恰是我们最容易感到脆弱的时刻。

"流光容易把人抛,红了樱桃,绿了芭蕉。"当蒋捷貌似轻飘飘地写下关于樱桃红了、芭蕉绿了的句子时,他的内心早就被时光的利刃劈得碎了一地吧?

红了樱桃,绿了芭蕉,原本不过是再自然不过的季候变化,当我们

宋

忙着生活、忙着工作、忙着追逐成功、忙着让自己变得强大再强大的时候,我们很容易就会忽略这种变化。可是,当我们感到有些疲惫,感到有些力不从心,甚至感到内心深藏的脆弱的时候,"红了樱桃,绿了芭蕉"的自然变化,也许真的会让我们停下奔忙的脚步,在猝不及防间,泪流满面。

那么,当年的蒋捷,又会因为怎样的特殊原因,在突然发现"红了樱桃,绿了芭蕉"的那一刻,泪流满面呢?

我们还是先让时光回溯七百多年,回到蒋捷生活的那个年代去看看。

公元1279年,也就是南宋最后一个皇帝赵昺祥兴二年,元世祖忽必烈至元十六年,元军大败宋军于崖山,左丞相陆秀夫背负着八岁的赵昺纵身跃入大海,在崖山背水一战的南宋军民约十来万人也相继投海殉国,南宋王朝至此灭亡。

三年后(1282),誓死不肯投降的文天祥被元世祖忽必烈赐死。

王朝更迭的动荡,必然会影响到文学创作。词坛"宋末四大家"(周密、王沂孙、张炎、蒋捷)之一的蒋捷,此刻也面临着人生的抉择。

蒋捷,字胜欲,阳羡(今江苏宜兴)人。他的先祖本是宜兴巨族,就在南宋灭亡前五年,也即宋度宗咸淳十年(1274),蒋捷刚刚高中进士,可是此时的南宋王朝已是摇摇欲坠。五年后,所向披靡的蒙古铁骑征服了大宋,蒋捷的家乡宜兴以及常州、苏州、临安(今杭州)相继被攻占,蒋捷也沦为奔波流浪的宋朝遗民文人中的一员。

由宋入元,不少人为了生存不得不改弦易辙,成为元朝的官员。蒋捷虽然才名卓著,可是他一直坚守气节,不肯入仕元朝。青年时代

风流儒雅的蒋捷从此漂泊江湖,在贫窘交加中度过一生。有时候他为了填饱肚子,不得不低声下气地询问邻居老农:"我读书识字,随身带着毛笔,您老人家要我帮忙抄写《牛经》吗?"老头不理他,只是摇摇手——兵荒马乱的日子,糊口都不容易,谁还会请一个书生去抄书呢?

世事变幻如浮云苍狗,流落江湖的蒋捷总是会将他对人生的悲凉感悟浸透在他的词笔中。这首《一剪梅》就是蒋捷乘船经过江苏吴江时有感而作。

"一片春愁待酒浇。江上舟摇,楼上帘招。"词一开始的这三句就让我们感受到一种激烈的矛盾——词人的心情与周围环境的矛盾。词人独自漂流在吴江上,沉浸在一片浓郁的"春愁"之中,他很想借酒浇愁,暂时忘掉缠绕心头的苦闷。可周围的环境却与词人的心境是那么格格不入:"江上舟摇,楼上帘招。"春光灿烂明媚,吴江上船来船往,一派繁华热闹的景象,江边高挑的酒帘仿佛在召唤着词人靠岸小憩。可以想象,岸边鳞次栉比的酒楼里一定是红袖飘飘,酒香浓郁的,尤其对于孤独的游子来说,那是多么富有吸引力的地方!

"一片春愁待酒浇。江上舟摇,楼上帘招。"江南依然是春风十里,芬芳醉人,词人多么想畅饮几盅排遣满腹的愁绪。可是流浪的词人身不由己,当船行经秋娘渡与泰娘桥的时候,他只感受到连绵风雨的萧瑟与凄凉:"秋娘渡与泰娘桥,风又飘飘,雨又萧萧。"

秋娘渡与泰娘桥是两个地名,可是在蒋捷的词里,又不仅仅是两个普通的地名。白居易的《琵琶行》里曾经写过:"曲罢曾教善才服,妆成每被秋娘妒。"杜秋娘是唐宪宗时候的美女,金陵(今江苏南京)人,原本是唐高祖李渊祖父李虎的八世孙、镇海节度使李锜的侍妾

宋

歌女。那首非常有名的唐诗《金缕衣》"劝君莫惜金缕衣,劝君惜取少年时。花开堪折直须折,莫待无花空折枝"据说就是杜秋娘创作、演唱的。

后来李锜起兵谋反遭到朝廷镇压,他的家眷被没入宫廷,杜秋娘也成了一名地位卑贱的宫女。

随后的日子里,杜秋娘以其出众的才华,一度成为宪宗的宠妃。元和十五年(820),宪宗被宦官谋杀后,杜秋娘又得到穆宗的欣赏,被任命为皇子李凑的傅姆,专门负责教育、辅导李凑的生活和学习。然而,晚唐的政治局势波诡云谲,宦官专权,不仅皇帝被玩弄于股掌之中,毫无人身安全可言,颇得众望的漳王李凑也被诬告谋反。杜秋娘随之被削籍为民,放回原籍金陵。

大和七年(833),晚唐著名诗人杜牧出差经过金陵,偶遇杜秋娘,此时她的《金缕衣》已然是传遍天下的"流行歌曲"。杜牧听说了杜秋娘的遭遇,十分感慨:杜秋娘这一生经历了无数跌宕起伏,有过辉煌的青春岁月,也有着落魄的凄凉暮年,四十多岁的秋娘虽然饱经风霜、衰老憔悴,却丝毫未改当年的沉静与端庄。拥有如此传奇经历却依然宠辱不惊的杜秋娘赢得了诗人的尊重,于是为她挥笔写下了著名的长篇诗作《杜秋娘诗》。

后来"秋娘"就成了美女或者歌女的泛称了。北宋词人周邦彦写过"唯有旧家秋娘,声价如故"(《瑞龙吟》)的句子。

泰娘也是唐朝的一位歌女,刘禹锡专门写过一首《泰娘歌》。泰娘原本是民间歌女,她的才艺闻名京城,后被唐朝宰相韦执谊纳为己有。韦执谊死后,又归于蕲州刺史张愻,后来泰娘流落民间。"泰娘"此后

也成为歌女的泛称。

以秋娘与泰娘为地名,可见此地风情旖旎了,泰娘桥、秋娘渡也成了词中常见的意象,比如陈以庄《水龙吟·记钱塘之恨》:"向秋娘渡口,泰娘桥畔,依稀是、相逢处。"

"一片春愁待酒浇。江上舟摇,楼上帘招。秋娘渡与泰娘桥,风又飘飘,雨又萧萧。"词的上片塑造了一位忧伤而寂寞的词人,勾勒出一派风情浪漫的江南美景,也渲染出一种风飘飘雨萧萧的凄美意境。

春风十里的江南,留不住词人浪迹天涯的那一叶扁舟。

为什么繁华的沿岸酒家和旖旎浪漫的秋娘渡、泰娘桥都留不住词人漂泊的脚步呢?

换头一句就揭示了答案:"何日归家洗客袍?"原来词人是归心似箭啊!什么时候才能回家洗去满身的风尘,结束这漫长而孤独的漂泊呢?"何日归家洗客袍?银字笙调,心字香烧。"什么时候才能点燃心形的香,安然地奏一回镶着银字的笙?早已厌倦了漂泊的孤独和艰辛,温暖的家才是词人此刻最热切的渴望。可是一个又一个春天从身边无声地溜走,家,却一直还在遥不可及的远方。

"何日归家洗客袍?银字笙调,心字香烧。流光容易把人抛,红了樱桃,绿了芭蕉。"词人只能眼睁睁地看着季节流逝,樱桃红了,芭蕉绿了,春天走了,季节变了,流浪的人也憔悴了、衰老了……

"流光容易把人抛,红了樱桃,绿了芭蕉。"听上去,这只是几个平平淡淡的句子,可是只有经历过人生起伏、感受过风雨坎坷的人才能深刻体会其中蕴含的痛楚。就像《岁月神偷》那首歌里唱的那样:"岁月是一场有去无回的旅行。"

宋

或许这样的感慨,太容易引起人们的共鸣,所以此词一出,立即传唱天下,尤其因为最后几句可谓余音绕梁,蒋捷还因此获得了"樱桃进士"的美称。

"樱桃进士",不仅仅是说蒋捷这几句词写得深入人心,其实还有一个特别的典故。

原来,在唐朝,新科进士发榜的时候正好是樱桃成熟的季节。俗话说"樱桃好吃树难栽",比起别的水果来,樱桃的身价自然要高很多,于是从唐朝开始形成了一个惯例——新科进士会在庆功宴上用樱桃来款待客人。

据说唐僖宗的时候,有个新中的进士叫刘覃,他的父亲是官至宰相的刘邺。为了庆祝官二代刘覃高中进士,刘家竟然买下了几十棵树的樱桃,专门办了一个隆重的樱桃宴。要知道,对一般的老百姓来说,樱桃可不是随随便便吃得起的。当时樱桃才刚刚上市,很多达官贵人都还没来得及尝鲜。可是在刘覃的樱桃宴上,樱桃堆积如山,大家可以随意享用。

樱桃可以算得上是水果中的"骄子",新科进士又是读书人当中的"天之骄子",于是樱桃从此便代表了新科进士的荣耀和金贵。因此,人们送给蒋捷"樱桃进士"的雅号,一方面是赞美他在《一剪梅》中的名句,另一方面也同时肯定了他这个货真价实的南宋进士的荣耀。虽然他还没来得及进入仕途,南宋就灭亡了,可是宋亡之后,蒋捷隐居不仕,拒绝元朝的征召,以"抱节终身"的人品气节流芳后世。

也许,对于一位遗民文人来说,时光的意义比起一般人而言,会更加具有震撼的力量吧!

【拓展阅读】

　　蒋捷《一剪梅·宿龙游朱氏楼》

　　小巧楼台眼界宽。朝卷帘看,暮卷帘看。故乡一望一心酸,云又迷漫,水又迷漫。　　天不教人客梦安。昨夜春寒,今夜春寒。梨花月底两眉攒,敲遍阑干,拍遍阑干。

宋

虞美人
蒋捷

少年听雨歌楼上,红烛昏罗帐。壮年听雨客舟中,江阔云低,断雁叫西风。　　而今听雨僧庐下,鬓已星星也。悲欢离合总无情,一任阶前,点滴到天明。

蒋捷实在是词史上非常重要的一位词人,他生活在宋元朝代更替之际,不仅其人生经历让人唏嘘感慨,历代批评家对他在词坛上的成就也是众说纷纭,难有定论。不过,值得重视的是,词从唐代开始萌芽,经过五代的推动发展,在宋代达到最高峰,到了南宋末年,唐宋词算是走完了全部的发展历程,也积累了极为丰富的创作经验。生活在这个时期的词人,可以从前代众多经典作品和一流词人那里汲取丰厚的营养,博采众长。如果具有足够的才华,那么这个时期的词人是完全可以学习和驾驭更加丰富多样的风格的。

蒋捷,就是这样一位风格多样的词人。有人说他深受辛弃疾的影响,"明白爽快"(胡适《词选》),"自有肆放,能不为文字与音律所拘,颇有辛弃疾的精神"(胡云翼《蒋捷词钞》);有人说他和宋代诗人杨万里风格近似,"极富风趣""明白如话""逸趣横生",意思是说他的词通俗、风趣,"诗中之杨诚斋也"(唐圭璋《读词札记》);有人说他学习吴文英,颇具梦窗词"炼字精深""字雕句琢"的特点,词作密丽晦涩;还有人说他效法白石,非常讲究音律,被看作是姜夔一派的词人代表,他的词作也确实"调音谐畅",很多词人把他的作品当作填词的标准……面对同一位词人,居然会有这么多截然不同的评价,这只能说明一个问题:他的词具有多重面貌,而且每种面貌都独具特色,所以不同的读者读到他不同风格的词,就会作出不同的判断,真的可以说是一千个人眼里有一千个哈姆雷特了。

可惜,因为篇幅的限制,我们不能详细解读蒋捷所有风格的作品,只能选择其中最有代表性、知名度相对最高的词,这一讲我们要品读的,就是他的另一首代表作《虞美人》:

少年听雨歌楼上,红烛昏罗帐。壮年听雨客舟中,江阔云低,断雁叫西风。　而今听雨僧庐下,鬓已星星也。悲欢离合总无情,一任阶前,点滴到天明。

如果要用一个词语来概括这首作品的主题的话,那我会用这个词——"听雨"。

当然了,你可能会表示反对,听雨只是一个动作,或者只是一种状态,并不是一种抒情或者叙事的主题。是的,我得老老实实承认,我个人对于"听雨"这个词是有着一种"包藏私心"的偏好的。可能是因为我的名字中自带一个"雨"字吧,所以我对以"雨"为核心意象的作品,

宋

总会莫名多出一些亲切感。例如我读刘禹锡的《竹枝》:"杨柳青青江水平,闻郎江上唱歌声。东边日出西边雨,道是无晴还有晴。"就觉得无比亲切,因为词中有"杨柳"和"雨"的意象,我名字中的两个字"杨雨"都包含在里面了。

记得读大学的时候,我还给自己的小书房取了一个名字,就叫"听雨轩"。现在看来,虽然有些幼稚,可是我们也不能不承认,"听雨"确确实实是古代诗人、词人比较偏爱的活动。比如说蒋捷,他就在《虞美人》词中听了一辈子的雨。

其实除了蒋捷之外,听雨真的是古典诗词中出现频率相当之高的一种活动主题。随便举几个我们都熟悉的例子吧:

"莫听穿林打叶声,何妨吟啸且徐行。竹杖芒鞋轻胜马,谁怕!一蓑烟雨任平生。"(《定风波》)这是苏轼在听雨。

"梧桐更兼细雨,到黄昏、点点滴滴。"(《声声慢》)这是李清照在听雨。

"春水碧于天,画船听雨眠。"(《菩萨蛮》)这是韦庄在听雨。

"自在飞花轻似梦,无边丝雨细如愁。"(《浣溪沙》)这是秦观在听雨。

"听风听雨过清明,愁草瘗花铭。"(《风入松》)这是吴文英在听雨。

"更能消几番风雨,匆匆春又归去。"(《摸鱼儿》)这是辛弃疾在听雨。

"卧听疏雨梧桐,雨余淡月朦胧。"(《清平乐》)这是晏几道在听雨。

……

不要以为只有多情善感的词人才会听雨,诗人其实同样热衷于听雨。比如:

白居易经常听雨打芭蕉的声音:"隔窗知夜雨,芭蕉先有声。"(《夜雨》)

元稹是睡在船上听雨:"曾向西江船上宿,惯闻寒夜滴篷声。"(《雨声》)

陆游是睡不着觉,听了一整夜的雨:"小楼一夜听春雨,深巷明朝卖杏花。"(《临安春雨初霁》)

杨万里是睡在茅草房里听雨,又勾起了他从前在船上听雨的回忆:"归舟昔岁宿严陵,雨打疏篷听到明。昨夜茅檐疏雨作,梦中唤作打篷声。"(《听雨》)

……

这样的例子不能再举下去了,因为再举下去就没完没了了。

总之,听雨,是古代诗人、词人触发灵感、引起情绪的一种重要活动,而且是一种非常诗意的听觉活动。因为听雨包含着这么优美的诗意情怀,所以有时候连突然下雨这么煞风景的事儿,在诗人那里,都会转换为老天对诗人恩赐的灵感,就像杜甫所说的那样:"片云头上黑,应是雨催诗。"(《陪诸贵公子丈八沟携妓纳凉晚际遇雨二首·其一》)

看来下雨还有一个重要功能,就是"催诗",催着诗人写诗。

说到这里,我忍不住要感谢一下我的父母,谢谢他们为我取了这么一个诗意的名字:"从今有雨君须记,来听萧萧打叶声。"(韩愈《盆池》)

好了,我一口气列举了这么多诗人词人听雨的场景和心情,蒋捷宋

听雨和他们比起来,又有什么特别之处呢?

不知道你有没有注意到,我刚才罗列的这么多听雨的诗词,绝大多数都是描写某一次听雨:或是某个黄昏听雨,或是某个晚上听雨,或是某次在船上听雨,或是某天在茅草房里听雨。总之大多数是在某个特定的时间、某个特定地方,因为听雨而引发了某种特定的情感。这样的状态是偶发性的,并不具有长时间延续的必然性。

可蒋捷和他们所有人都不同,他不是写某一次听雨偶然发生的情绪,在这首短短的《虞美人》中,他居然用了整整一生的时间去听雨!

一辈子有多长?一场雨又能下多久?用一生的时间去聆听一场雨,这又是怎样的一种深情呢?雨,这种最常见的天气现象,又如何能够诠释一个词人的整整一生呢?

年少时候的蒋捷,常常是将光阴抛洒在歌楼上:"少年听雨歌楼上,红烛昏罗帐。"那个时候的他,无忧无虑,不识愁滋味,沉溺在寻欢作乐中,并不懂得对时光的珍惜。年少轻狂,红烛下、罗帐中的风流浪子,陶醉在红袖添香、笙歌艳舞的温柔富贵乡中。那时候,他听到的雨声,不过是为他的浪子生活平添几个浪漫的音符而已。

年少听雨,是单纯的快乐,今朝有酒今朝醉,又何必去想明天会发生什么,反正,词人有大把可以供他挥霍的青春。

光阴似箭,转眼间,无忧无虑的少年郎就变成了备尝人世辛酸的中年男。"壮年听雨客舟中,江阔云低,断雁叫西风。"中年漂泊江湖,尝尽奔波流浪的艰辛况味,备受孤独的煎熬,而他最常听雨的地方,也从金碧辉煌、珠围翠绕的歌楼,转到了孤单漂泊的客船上。漫长的漂泊流浪啊,陪伴他的,似乎只有无休无止的萧萧雨声,听雨的环境也变成了空阔的江面,失群的孤雁、凄紧的西风,孤独无依和前路茫茫之感充斥着中年词人的心田。

人的一生,能有几个最好的壮年啊!原本最应该大有作为的壮年词人,却不得不飘零在茫茫江湖上,一叶孤舟,看不清前途,看不到未来,也看不见希望。

看不到未来,可似乎仍然是一瞬间的工夫,未来就已经成了现在、眼下:"而今听雨僧庐下,鬓已星星也。"词人一转眼就成了鬓发斑白的老年人,听雨的环境,也从漂泊江湖的一叶孤舟变成了远离尘世的荒凉寺庙。"悲欢离合总无情,一任阶前,点滴到天明。"走过了大半辈子的词人,经历了年少时候的无忧无虑、中年时期的孤独彷徨,似乎已经看透了人世间的悲欢离合,当他行将暮年的时候,他终于活明白了:人生一世,不过如白驹过隙,一刹那、一弹指而已,又何必自苦呢?还不如听任自然,就像阶前的雨声一样,淅淅沥沥、点点滴滴。是下雨了还是雨停了?都不过是自然而然的过程而已,又何必苦苦追求、苦苦追问人生的意义呢?

"而今听雨僧庐下,鬓已星星也。悲欢离合总无情,一任阶前,点滴到天明。"乍一听上去,词的下阕是词人恍然大悟,也万念俱灰的宣言。就像词学研究专家彭玉平先生所说的那样:"少年的听雨为歌楼罗帐增添情趣,中年的听雨为客舟漂泊增添忧患,晚年的听雨则为僧庐前的老翁增添一种旷达和自然的意味。'悲欢离合总无情'一句是作者参透人生之语,也是一篇之主旨。少年的轻狂保留不住也无须保留,中年的忧患驱逐不去也无须驱逐,晚年的旷达足以从容应对生活的变化。'一蓑烟雨任平生',蒋捷在僧庐前的感悟,既有一种跳出忧

宋

乐后的平静,也有一种回眸平生、不胜感叹的'别是一般滋味在心头'。"(《唐宋词举要》)

不过,我觉得,这样的句子,既是词人参透人生的旷达之语,但更是词人的执着深情之语。

是的,还有哪一位诗人词人,会像蒋捷这样,用一生的时间去听雨,又用不同的雨声串起一生的记忆与领悟呢?

当我们重新再读这阕短短的小词,我们的眼前串连起三幅情景迥异的画面,仿佛如电影般演绎着蒋捷的一生:青少年时期身着华美的衣袍,自以为风流倜傥地出入纸醉金迷的歌楼,听着娇媚的歌女一声声吟唱着柔靡之音,和着窗外若有若无的雨声,室内高燃的红烛、锦绣的罗帐,让那个无忧无虑的少年沉醉其中,完全不知道风雨欲来,世道艰难。

壮年时期的词人经历了国破家亡,体验着颠沛流离的逃难生涯,第二幅画面随之变得沉重:乌云滚滚,辽阔得一望无际的江面上波涛暗涌,一叶孤舟在风浪中起伏,西风烈烈,雁鸣悲切,冷雨敲打着船篷,让孤独流浪的词人更加感到前路迷茫,心境悲苦。

晚年时期,隐居的蒋捷栖身于荒败的寺庙中,陪伴他的只有青灯古佛,两鬓苍苍的词人早已经历过无数人生的悲欢离合,然而他却并不能像佛一样心静如水,他在雨声中回忆着饱经忧患的一生,一幅幅曾经的人生画面在他眼前一一回放。对于国家的沉痛怀念、对于飞逝光阴的无限留恋,"一任阶前,点滴到天明",结句看上去是纯粹的写景,实则彻夜不停的雨声反映出的是词人的彻夜无眠——终究,他并没有看破红尘、大彻大悟,他对于人世间的挚爱深情仍然有着太多的执念与珍惜。

南宋灭亡之后,晚年的蒋捷,主要隐居在太湖中的竹山,并且自号"竹山"。元成宗大德年间,曾有人力荐蒋捷入朝为官,可是被蒋捷坚决拒绝。他曾经自嘲说:"这二十多年来,我一贫如洗,甚至没有一个可以让我高枕而卧的安稳的家,没有地方种竹子,但是我仍然愿意以竹为名。"

作为一位宋代的遗民词人,或许竹子那种宁折不弯的气节,才是蒋捷真正向往的人生境界吧。

雨一直下,是因为爱到了最深处,爱自己的生命,爱自己的家和国。

一个人,一场雨,一生情。曾经的年少轻狂与迷失,曾经的中年孤独与悲凉,如今暮年的深情与旷达,都在点滴雨声中悄悄融化了。

短短的一场雨,浓缩的,却是长长的一辈子。当词人回顾一生的时候,千言万语都化作了一声长长的叹息,伴随着阶前的雨声点点,仿佛在诉说着无尽的悲欢离合与人世沧桑。

【拓展阅读】

蒋捷《虞美人·梳楼》

丝丝杨柳丝丝雨,春在溟濛处。楼儿忒小不藏愁,几度和云飞去,觅归舟。　　天怜客子乡关远,借与花消遣。海棠红近绿阑干,才卷朱帘却又,晚风寒。

金元明清

金元明清

摸鱼儿
元好问

乙丑岁赴试并州,道逢捕雁者云:"今旦获一雁,杀之矣。其脱网者悲鸣不能去,竟自投于地而死。"予因买得之,葬之汾水之上,垒石为识,号曰"雁丘"。时同行者多为赋诗,予亦有《雁丘词》,旧所作无宫商,今改定之。

问世间,情是何物,直教生死相许?天南地北双飞客,老翅几回寒暑。欢乐趣,离别苦,就中更有痴儿女。君应有语:渺万里层云,千山暮雪,只影向谁去? 横汾路,寂寞当年箫鼓,荒烟依旧平楚。招魂楚些何嗟及,山鬼暗啼风雨。天也妒,未信与,莺儿燕子俱黄土。千秋万古,为留待骚人,狂歌痛饮,来访雁丘处。

元好问可以说是金代唯一一位在词史上占有重要地位的词人。他的那两句词"问世间,情是何物,直教生死相许"可以说是家喻户晓。

而且,据我所知,很多人知道这两句词,还多亏了金庸的武侠小说。金庸先生无疑也是元好问的铁杆粉丝,他在自己的小说中多次引用了元好问的词。比如说,我印象最深的一个情节就是出现在《神雕侠侣》当中的:《神雕侠侣》里面有一个不太起眼的人物——赤练仙子李莫愁,但正是这个不起眼的人物却"捧红"了这两句非常经典的词——"问世间,情是何物,直教生死相许"。

李莫愁在《神雕侠侣》中的第一次出场,金庸就给她安排了一个极其特别的亮相:

过了良久,万籁俱寂之中,忽听得远处飘来一阵轻柔的歌声,相隔虽远,但歌声吐字清亮,清清楚楚听得是:"问世间,情是何物,直教生死相许?"

每唱一字,便近了许多,那人来得好快,第三句歌声未歇,已来到门外。

李莫愁唱的正是爱情词中的经典——《摸鱼儿》的开头几句。

在《神雕侠侣》中,不仅李莫愁这个人物形象从一开始就与"问世间,情是何物,直教生死相许"这几句词紧紧联系在了一起,这几句词还成了贯穿整部小说的主旋律,在许多情节的关键点反复出现。再比如:

小龙女和杨过身中情花剧毒,自知时日无多,不免感慨万千。"杨过低声吟道:'问世间,情是何物?'顿了一顿,道:'没多久之前,武氏兄弟为了郭姑娘要死要活,可是一转眼间,两人便移情别向。有的人一生一世只钟情于一人,但似公孙止、裘千尺这般,却难说得很了。唉,问世间,情是何物?这一句话也真该问。'小龙女低头沉思,默默

金元明清

无言。"

"问世间,情是何物,直教生死相许?"这个问题虽然是由李莫愁抛出来的,但是在情场中历经波折的人无一不会由此进行深刻的反思。这几句词成了贯穿《神雕侠侣》情节的一条主线,生死相许的爱情正是《神雕侠侣》着力想要表达的主题。

那么,这首令人感慨至深的词背后,是不是真有什么动人心弦的爱情故事呢?

让我们将时光回溯到公元1205年金王朝统治下的太原,这一年,也是金章宗泰和五年。

八月的一天,一群风华正茂的青年学子经过汾河,来到太原,准备参加府试,词人元好问当时就在这一群青年学子当中。他们一边说着笑着,一边欣赏着汾河沿岸的美丽风光,正在大家兴致勃勃的时候,他们忽然看到了一幕奇异的场景:

只见河滩上站着一个人,正在手忙脚乱地整理着什么,还一边大声叨咕着:"真是奇了怪了!还真让我碰到了这么稀奇的事儿!"他叨咕了好几遍,年轻人的好奇心被激发出来,他们紧赶了两步,走到那人身边,这才看清那人正在收着一面大网,他的脚旁还躺着两只大雁,一动不动,感觉好像是才死没多久。

学生们走上前去问道:"老兄,请问您发生什么事了?"

那人回答:"是这样的,今儿我运气好,一早就网到了一对大雁,我提出一只杀了,没料到另外一只力气大,竟然挣破我的网逃跑了。我本来以为它这一逃我肯定没戏了,就准备收网回去,能捕到一只也算有收获啊。没想到逃走的那只雁一直在头顶上盘旋,声音叫得那个惨啊！我都不忍心听下去了。就这么转了一早上,它看我准备拎着死大雁回去,竟然一头栽下来,撞在岸边这块大石头上,一头撞死了！我听老一辈人说起过大雁是很刚烈的动物,没想到还真让我碰到了,你们说稀奇不稀奇?"

元好问听了,沉默了一会儿,然后,他又问捕雁人:"那您准备拿这对大雁怎么办呢?"

"拿到集市上去卖掉啊！我一大家子老小还等着我养活呢。"

"您看这对大雁要卖多少钱? 不如就卖给我吧。"

就这样,元好问买下了那对大雁,同学们都七嘴八舌地问他:"你买雁干什么? 咱们还急着去赶考呢,难不成还先吃了烤雁肉再走?"

元好问说:"这对大雁生前是一对相依为命的夫妻,我想把它们合葬在一起,也算是了却它们生生世世相伴相守的愿望。"

听了元好问的解释,没有人再反对他,更没有人嘲笑他。不多久,大家七手八脚帮着他将一对大雁埋在了汾河岸边,并且在大雁坟上垒上石头作为标志,给它取了个名字叫"雁丘"。其中一人提议说:"如此感人之事不可不赋诗明志,我们不如每人写一首吧。"他的提议立即引起了众人的赞同。就在雁丘旁边,这些青年学子写下了吟咏大雁的诗词。

很多年过去了,当年的那些诗篇很多都已散失,唯有元好问写下的《摸鱼儿》成了千古流传的名篇,一直传诵到今天。

写这首词的时候,元好问才十六岁,这也是元好问现存最早的一首词作。

《摸鱼儿》描写的虽然是大雁的爱情,但大雁对于爱情的忠贞何尝

金元明清

不是人类共同的向往呢!

直到当代,金庸写《神雕侠侣》的时候还特意安排了一个情节,和近八百多年前元好问遭遇的故事恰好形成呼应:

《神雕侠侣》除了各路人物的爱恨纠葛之外,还有两个不可忽略的动物角色:雄雕和雌雕。郭靖与黄蓉的女儿郭芙养了一对雕儿,后来雄雕在搏斗中被金轮法王打成重伤而死,雌雕亦悲鸣不止,撞崖殉情。目睹这一幕的陆无双感慨万分,她的耳边"忽地似乎响起了师父李莫愁细若游丝的歌声:'问世间,情是何物,直教生死相许?天南地北双飞客,老翅几回寒暑?欢乐趣,离别苦,就中更有痴儿女。君应有语:渺万里层云,千山暮雪,只影向谁去?'她幼时随着李莫愁学艺,午夜梦回,常听到师父唱着这首曲子,当日未历世情,不明曲中深意,此时眼见雄雕毙命后雌雕殉情,心想:'这头雌雕假若不死,此后万里层云,千山暮雪,叫它孤单只影,如何排遣?'触动心怀,眼眶儿竟也红了。"

金庸小说中雌雕的撞崖殉情何尝不是八百多年前大雁爱情故事的翻版?

"问世间,情是何物,直教生死相许?"元好问这首词上片就事论事,描写大雁的悲壮爱情。词一开篇,就以极为震撼的方式宣告了爱情的强度与忠贞。"直"是竟然的意思,爱情到底是一种什么样的感情?为什么它竟然有如此巨大的魔力,能够让大雁以生命为代价来换得生生世世的相守?

一个"直"字,说明了这个问题似乎有悖于常理,让人很难理解。

然而,正是这个让人难以理解的问题,大雁却给出了它们的答案:"天南地北双飞客,老翅几回寒暑。"大雁本是一对相濡以沫的夫妻,作

为候鸟,它们双飞双宿,天南地北,相依为命,一同度过了多少个春秋寒暑,一同抵抗了多少风霜雪雨,一同越过了多少崇山峻岭、滔滔江河!一双稚嫩的翅膀成长到能够抵御狂风暴雨的"老翅",见证了它们相依为命的岁月,也见证了它们历经磨难的爱情。

"欢乐趣,离别苦,就中更有痴儿女。""就中",是此中的意思。大雁夫妻共同经历过的一切悲欢离合,外人也许并不明了。漫长的岁月中,它们有过欢聚的快乐,也有过离别的痛苦,无论是朝朝暮暮的相守,还是迫不得已的离别,它们都会痴情守候,心心相印,没有任何力量可以把它们分开。它们才是至情、专情的"痴儿女"。

"谈情说爱"也许人人都会,但有几个人能像大雁这样用一生的忠诚来诠释"至情"?

虽然人类听不懂大雁的语言,但是,当一只大雁不幸遇难之后,词人为它们的痴情动容,不由得将心比心地发出追问:"君应有语"!"君"是词人对殉情大雁的称呼:大雁啊,在决定殉情之前,你心里一定有过痛苦的挣扎和矛盾吧?虽然你从捕雁人的网里死里逃生,赢得了一线生机,可是当伴侣夭折,你是否还愿意独自偷生?以后的日子,你要独自飞越"万里层云",你要独自征服"千山暮雪",形单影只的你,没有了爱情的陪伴与支持,前途如此渺茫,你还能为谁而远走高飞呢?还有谁能成为你克服千难万险的唯一动力呢?

在这里,词人和大雁的情感仿佛融为了一体,大雁终于选择"自投于地而死"的举动,用无声的语言为词人回答了"问世间,情是何物"的问题。在大雁一往而深的至情面前,人世间常常上演的以风流自夸的男欢女爱是多么的肤浅!

金元明清

确实,在古人眼里,也许大雁是最能诠释爱情忠贞的动物了,以至于从远古的周朝开始,大雁就成了婚礼中最重要的信物。

古人举行婚礼主要有六道必要程序:纳采、问名、纳吉、纳徵、请期、亲迎。其中竟然有五道程序必须用到大雁:

纳采是"六礼"中的第一礼,男方请媒人带上礼物向女方提亲,"昏礼。下达,纳采用雁。"这一项程序当中的礼物必须是一只活的大雁。纳采意味着全部婚礼程序正式开始。

第六礼为亲迎,也就是新郎穿上隆重的礼服亲自到女方家里,迎接新娘。在亲迎礼中,"北面,奠雁"仍是必不可少的一项仪式,"奠雁"就是"献雁"的意思,新郎到新娘家迎亲必须首先进献大雁。(《仪礼·士昏礼》)

举个例子来说,南唐后主李煜迎娶小周后的时候,在进行第一道程序"纳采"时就遇到了一个难题。按正式礼仪,纳采必须携带一只活的大雁为礼品,第一次上门当然不能马虎,何况是一国之君和一国之后的婚礼,何况小周后是李煜最爱的女子呢!但十分不巧,李煜派人上门提亲的时候已是寒冷的季节,大雁都飞到南方过冬去了,哪里找得到活的大雁呢?心急火燎的李煜可等不到大雁北归,春暖花开,就擅自决定:找来一只大白鹅来代替大雁,让它披上华贵的绫罗绸缎,代表一国之君去表达对小周后的心意。

当然,对于普通平民百姓来说,找一只活的大雁来担当婚姻代言人实在是太过奢侈了,因此后来老百姓的婚礼往往用木雁来代替活雁。

也许正是"直教生死相许"的情感态度,让大雁成了人们心目中忠

贞爱情的代言人。

南来北往的候鸟很多,为什么独独大雁能成为婚姻的吉祥物呢?其中最重要的原因还是古人认为大雁是一种从一而终的动物。据说配对后的大雁在其中一只死亡之后,另一只会终身不嫁或终身不娶。雁群晚上休息时,在群外站岗放哨的多是孤雁,一旦发现危险,孤雁就会以哀鸣声警示群雁;雁群迁徙飞行的时候排成一字形或者人字形,为了冲破空气阻力飞在最前面的头雁也多是一只孤雁。甚至有的大雁在配偶死亡之后还会自杀或者郁郁而终……

而且大雁南来北往的候鸟习性亦被认为是顺应阴阳往来。在古人心目中,大雁就是这样一种至情重义且守礼守信的动物。

"问世间,情是何物,直教生死相许?天南地北双飞客,老翅几回寒暑。欢乐趣,离别苦,就中更有痴儿女。君应有语:渺万里层云,千山暮雪,只影向谁去?"词读到这里,我们还沉浸在大雁生死相许的爱情中;词的下半阕却笔锋陡转,词人带领着我们在大雁的爱情故事之外展开了更丰富的遐思。

"横汾路,寂寞当年箫鼓,荒烟依旧平楚。"词人的想象已经从眼前殉情的大雁,穿越时空的隧道,来到了一千多年前的汉武帝时代。"横汾路"是当年汉武帝出巡、船经汾河的地方,汉武帝的《秋风辞》写过这样的句子:"泛楼船兮济汾河,横中流兮扬素波,箫鼓鸣兮发棹歌。"那时,汉武帝出巡箫鼓齐鸣,是何等热闹;而今同样是这个地方,却是一片漠漠平林,凄凄荒烟,箫鼓不闻,满眼都是寂寞萧条的景象。

在汉武帝的《秋风辞》中,还有这样的句子:"怀佳人兮不能忘""欢乐极兮哀情多"。虽然眼前是帝王出巡的一派繁华胜景,可汉武帝

内心却思念起了那位"佳人"。

有人认为,这位佳人应该就是汉武帝一生最爱的女人——"一顾倾人城,再顾倾人国"的李夫人。

一样的汾河,一样的悲剧情感,元好问用他的如椽大笔连结起了跨越一千多年的爱情故事。然而,元好问并没有将穿越的想象仅仅停留在汉武帝时代,他的思绪继续一路往前:"招魂楚些何嗟及,山鬼暗啼风雨。"《招魂》是《楚辞》中的著名篇目,一般认为出自屈原笔下,是屈原为客死秦国的楚怀王招魂。《招魂》中每一句句尾都有语气词"些",是楚地特有的方言。《山鬼》也是屈原《九歌》中的一首爱情诗歌,借一位美丽的山神之口,抒发等待爱情而不得的幽怨情怀。元好问在此处引用《招魂》,也许是大雁悲壮的殉情深深震撼了他。词人多想为大雁唱起"招魂"的歌谣,但是大雁死而不能复生,凄凄切切的《招魂》招不回大雁的亡灵,就像在凄风苦雨中徘徊的山鬼等不到自己的爱侣,只能哀哀地独自哭泣。

"天也妒,未信与,莺儿燕子俱黄土。千秋万古,为留待骚人,狂歌痛饮,来访雁丘处。"难道是大雁至死不渝的爱情让老天都产生了妒忌吗?大雁的壮烈情怀,和那些莺莺燕燕不一样,这样的爱情不会随着身体的死亡而归于黄土。俗话说"雁孤一世,燕孤一时",莺儿燕子是不会为失去爱情而过度伤心的,因为它们很快会忘记旧爱,找到新的快乐;大雁却会以一生的时间来证明爱情的深度。

正因为坚贞的爱情具有崇高的价值,词人才会想到要垒起一座"雁丘",让千秋万代之后,当同样心怀至情的"骚人"们经过这里时,还会为大雁的爱情而"狂歌痛饮",还会在大雁的忠贞中安顿自己对于

至情的信仰。

　　大千世界，无非一"情场"，执着的情感，才是我们抵御人生风雨、顽强活下去的最大动力，一生一世的不离不弃更是人们对爱情的执着向往。

金元明清

摸鱼儿

元好问

泰和中,大名民家小儿女,有以私情不如意赴水者,官为踪迹之,无见也。其后踏藕者得二尸水中,衣服仍可验,其事乃白。是岁,此陂荷花开,无不并蒂者。沁水梁国用,时为录事判官,为李用章内翰言如此。此曲以乐府《双蕖怨》命篇,"咀五色之灵芝,香生九窍,咽三清之瑞露,春动七情。"韩偓《香奁集》中自序语。

问莲根,有丝多少,莲心知为谁苦?双花脉脉娇相向,只是旧家儿女。天已许。甚不教,白头生死鸳鸯浦。夕阳无语。算谢客烟中,湘妃江上,未是断肠处。　　香奁梦,好在灵芝瑞露,人间俯仰今古。海枯石烂情缘在,幽恨不埋黄土。相思树,流年度,无端又被西风误。兰舟少住。怕载酒重来,红衣半落,狼藉卧风雨。

这首《摸鱼儿》是《摸鱼儿》"雁丘词"的姊妹篇,词的主题同样是

一个生死相许的爱情故事,只不过主角不再是大雁。这首《摸鱼儿》的爱情主角又会是谁呢?

如果你足够细心的话,也许已经找到了答案。《摸鱼儿·雁丘词》是用大雁来诠释爱情,而这首《摸鱼儿》一开始"问莲根,有丝多少,莲心知为谁苦"就直接给出了答案,这首词的灵魂意象是"莲",而且还不是普通的莲花,词里面还有一个关键句"双花脉脉娇相向",答案是并蒂莲花。为了区分这两首《摸鱼儿》,我们把吟咏大雁"问世间,情是何物,直教生死相许"的词,称作《摸鱼儿·雁丘词》,而把这首吟咏并蒂莲花的词称作《摸鱼儿·双莲词》。

在解释这首《摸鱼儿》"双莲词"之前,我还想花一点儿时间介绍一下元好问这位词人。因为元好问在这个"杨雨说词"系列中是唯一的一位金代词人,他的身份足够特别。

金朝是由少数民族女真族于12世纪初建立的政权,它的创立者是女真族完颜阿骨打。以淮水为界,北方的金朝与南宋王朝形成了对峙的局面。虽然在政治上,这两个王朝是敌对的关系,中国文学史上南宋几位著名的爱国诗人,像岳飞、陆游、辛弃疾等,都是以抗金为终生志向的,但是在文化上,金朝的文学其实受到了宋代文化的深刻影响。可能是因为北方地域和金朝统治者少数民族的性格原因,金朝文坛在整体上更加倾向于阳刚豪壮的风格,因此以苏轼、辛弃疾为代表的豪放词风成为金朝词坛的主流。元好问就代表了金朝词坛的最高成就,他的词被认为是既有苏轼、辛弃疾的豪迈刚健,又兼具周邦彦和秦观的风流蕴藉,可以说是豪放中寓婉约,刚健中含婀娜。再进一步来说,元好问甚至可以当之无愧地被视为金代文坛的领袖人物。

金元明清

　　元好问字裕之,号遗山,出生于1190年,也就是明昌元年,明昌是金章宗完颜璟的第一个年号。有意思的是,金朝是女真族统治的王朝,而元好问也是少数民族人,他的祖上是鲜卑族。元这个姓氏出自后魏的拓跋氏。当年魏孝文帝拓跋宏推行汉化,改拓跋姓为元姓。北周的时候,拓跋这个旧姓一度被恢复,但到了隋朝又称为元氏了。

　　元氏虽然出自鲜卑族,但这个姓氏还是出了不少文化名人的,例如唐朝和白居易齐名的大诗人元稹就是其中的典型代表。到了元好问这一代,元姓几乎已经完全汉化,元好问自己更是深受汉文化的影响,他的学问以苏轼、辛弃疾为偶像,因而他被金国统治者视为汉人而加以防范,始终不能得到重用。

　　元好问的学问也有家学渊源的影响。他的父亲元德明,太原秀容(今山西忻州)人,据《金史》的记载,元德明"自幼嗜读书,口不言世俗鄙事","布衣蔬食处之自若","累举不第,放浪山水间,饮酒赋诗以自适"。这样一个学问渊博、性格放达的父亲,当然会对他的儿子形成深远的影响。元好问也是七岁就能写诗的神童,十四岁开始拜名师做学问,二十岁时已经是"名震京师""淹贯经传百家"的大学问家了。金朝灭亡之后,元好问坚持隐居不仕,是一位坚守气节的遗民文人,晚年主要以撰写金代历史为己任,留下了百余万字的文献记录,为后来《金史》的修撰提供了珍贵史料。

　　清代诗评家赵翼曾用这样的诗句来概括元好问的诗歌创作成就:"身阅兴亡浩劫空,两朝文献一衰翁。……国家不幸诗家幸,赋到沧桑句便工。"

　　"国家不幸诗家幸,赋到沧桑句便工"既是评价元好问的身世与文

学成就,又揭示了一种重要的文学规律:朝代更替、国家兴衰对于诗人的命运虽然不可避免地具有悲剧性的影响,但这种悲剧情感反映到文学上,往往能够成就伟大的文学经典。因为对于时代命运的观照,能够让文学家突破个人命运的狭窄小圈子,进而对整个国家、整个民族乃至整个人类的命运进行更加深刻的反思。元好问写的很多爱情词,例如《摸鱼儿》"雁丘词",其实也暗含着家国的情怀。

"国家不幸诗家幸,赋到沧桑句便工",元好问生活在金、元之交,亲身经历了国家灭亡的惨痛历程,他的人生轨迹和文学创作就印证了这样的文学规律。

不过,元好问创作的这两首《摸鱼儿》应该是写在他生活的早期。《摸鱼儿·雁丘词》写于他十六岁的时候,他此后又曾对词作进行几番修改,我们如今看到的作品是修改后的定稿。最后的定稿是完成于什么时候,我们已经很难确知了,可以确定的是,随着时光的流逝,元好问的人生阅历和诗词技巧都在不断丰富和成熟,但无论世事如何变迁,那座"雁丘"始终都在他心里,他对"至情"的信仰不但没有改变,反而更加强烈。

《摸鱼儿》"双莲词"写于1216年,金宣宗贞祐四年,也就是大雁殉情故事发生的十一年后。当时元好问为了躲避战乱流离在外,他听说了一个故事,这个故事让他很震撼,这也是他创作《摸鱼儿》"双莲词"直接的灵感来源。那么这是一个什么样的故事呢?

他听说在河北的大名有一对青年男女,因恋爱遭遇外界的强大阻力,双双赴水殉情。官府得知消息后派人到处寻找,可是踪迹全无。直到后来有人去采莲藕,才发现两人的尸体相抱着浮出了水面。

金元明清

这一年,这个池塘中开出来的莲花全部都是并蒂的,朵朵娇艳的并蒂莲仿佛在向世人昭示着爱情的力量。

这个故事再一次打动了元好问,所以,他在《摸鱼儿·双莲词》中写下了这样的句子:"问莲根,有丝多少,莲心知为谁苦?双花脉脉娇相向,只是旧家儿女。天已许。"

"莲"谐音"怜",在古典诗词里,"怜"就是爱的意思,"丝"谐音"思",当然就是思念、相思之意。一开篇,元好问同样发出深沉的感慨:爱情就像莲藕的千丝万缕,要蕴藏多少无尽的相思?爱情就像莲心,到底要尝尽多少人间悲苦?明明是相互依恋、自由恋爱的一对恋人,"天已许",连天意都同情着他们的爱情,同意他们结为夫妻,并蒂莲的开放难道不就昭示着天意的许可吗?"双花脉脉娇相向,只是旧家儿女",并蒂莲花仿佛含情脉脉地久久凝视着对方,就好像还和从前他们相爱的时候一样。

"甚不教,白头生死鸳鸯浦。夕阳无语。算谢客烟中,湘妃江上,未是断肠处。"尽管天意已经认可他们是夫妻,可是在人间,他们却因为外界种种阻力不能结合,留下终生遗憾。为什么就不能让他们白头偕老,一生相守呢?在这样的人间悲剧面前,连夕阳也沉默了。"夕阳无语。算谢客烟中,湘妃江上,未是断肠处。"接下来这几句词连用了三个典故:"谢客烟中""湘妃江上""断肠处",都是文学史上几个著名的悲剧故事。

谢客指的是南朝大诗人谢灵运,谢灵运是东晋名将谢玄的孙子,袭封康乐公。不知道大家有没有去过广州的中山大学,中山大学的校园有个别称"康乐园",因为谢灵运曾经被贬广州,相传他当时的旧居就在中

山大学校园的马岗顶，国学大师陈寅恪先生的故居也还保存在这里。

谢灵运因为小时候曾经寄居在道观，小名"客儿"，因此元好问的词里称他为"谢客"。谢灵运写过一首诗，其中有"何意冲飙激，烈火纵炎烟"，又有"长于欢爱别，永绝平生缘"的句子，表达因为外界矛盾的剧烈冲突，导致与所爱诀别的剧痛。

湘妃的典故我们已经介绍过了，传说舜帝的两位妃子娥皇、女英，在听到舜帝的死讯之后，毅然投入洞庭湖中殉情而死，死后灵魂化为湘水之神。

"断肠"这个词在文学作品中出现的频率非常之高，可是很多人并不知道其实"断肠"也是一个典故。这个故事最早出现在《世说新语》当中。东晋大将军桓温率领军队进入四川，行至三峡的时候，他的一个部下逮到了一只小猿猴，小猿猴的母亲一直追随着船队，沿岸哀嚎，追了一百多里路还不肯离去。后来母猿猴终于找到一个机会跳到了船上，刚跳上船就气绝而死，士兵们剖开它的肚子一看，"肠皆寸寸断"。桓温听说了这个事情，非常生气，将那个逮小猿猴的部下给开除了。

"断肠"或者"肠断"，这个词原本是形容思念爱子的极度悲伤之情，后来又引申为极度思念或悲痛。例如苏轼悼念亡妻王弗的《江城子》词就写过："料得年年肠断处，明月夜，短松冈。"李白的《清平调》也写过："一枝红艳露凝香，云雨巫山枉断肠。"

在元好问的《双莲词》中，"算谢客烟中，湘妃江上，未是断肠处"，连用三个极度悲伤的历史典故和传说，都是为了烘托现实当中的爱情悲剧。因为这些历史传说，都还比不上现实中这对情侣双双殉情的惨烈程度。

词的上片是即事抒情,由一个爱情的悲剧故事引发词人的无限伤感。下片是抒情和议论的结合,一层层推出了词人的爱情观。"香奁梦,好在灵芝瑞露,人间俯仰今古。海枯石烂情缘在,幽恨不埋黄土。"

"香奁"指的是晚唐著名诗人韩偓的诗集《香奁集》,其中以描写爱情的诗歌为主,而且辞藻香艳华丽,被称为"香奁体"。后来的宋词因为也多描写艳情,所以往往被认为是和"香奁体"一脉相承的。韩偓在《香奁集》自序中说,读这样的艳情词,会有一种特别的感受:"咀五色之灵芝,香生九窍;咽三清之瑞露,春动七情。"大概的意思是说,写得好的艳情词,会带给人一种仿佛是咀嚼五色灵芝、饮神仙甘露的感觉,清香扑鼻,情意绵绵。

元好问引用《香奁集》的这段文字,也许是为了说明爱情原本是那么美好,那么圣洁,那么令人向往,可这样美丽的爱情,偏偏像一场梦一样转瞬即逝。"人间俯仰今古",时光飞逝,再惊天动地的故事都会被淹没在历史的烟尘当中,但是,"海枯石烂情缘在,幽恨不埋黄土",爱情的精神不会随之消亡,他们的满怀幽恨也不会随着身体掩埋在黄土之下,不为人知。

"海枯石烂情缘在,幽恨不埋黄土。"这正是元好问想要表达的爱情观,这和《摸鱼儿》"雁丘词"中"问世间,情是何物,直教生死相许"的态度一以贯之。在元好问的笔下,这样的爱情绝对不是儿女私情,而是爱情追求的最高境界:灵魂相许。

只有灵魂交融的爱情,才真正称得上是"海枯石烂"的爱情,是"生死相许"的爱情。

既然这世间真的有海枯石烂的情缘,真的有生死相许的爱情,那

么,用什么来见证这样圣洁的爱情呢?在《摸鱼儿·雁丘词》中,元好问亲手垒起了一座雁丘,"千秋万古,为留待骚人,狂歌痛饮,来访雁丘处。"雁丘是大雁爱情的见证。在《摸鱼儿·双莲词》中,除了盛开的并蒂莲花之外,见证爱情的还有"相思树"。

相思树同样是一个著名的典故,这个故事记载在志怪小说《搜神记》中。宋国康王的舍人名叫韩凭,韩凭的妻子何氏容颜绝美,康王于是夺走了何氏。夺妻之恨如何能忍!韩凭的怨气被康王得知,康王不仅囚禁了韩凭,还罚他去做修筑城池的劳役。妻子何氏不敢公然反抗康王,于是秘密送给韩凭一封信,与丈夫约定自杀殉情。

韩凭自杀,妻子何氏也投台自尽。临死之前何氏留下遗言,希望康王能够将她和韩凭合葬在一起。可是康王盛怒之下,故意让人将他们的坟墓一边一个,遥遥相望。康王还气急败坏地说:"你们夫妻既然这么相爱,你们自己如果能让坟墓合在一起,那我也就不阻止你们了。"

第二天,两棵大梓木分别从两个坟墓上长了起来,不过十来天的工夫,两棵大树就长成一抱那么粗了,而且树干弯曲,互相靠近,树根在地下相交,树枝在地面上交错,还引来了鸳鸯鸟儿雌雄各一,长久地栖息在树上,早晚都不离开,交颈悲鸣,音声感人。宋国人很同情韩凭夫妇,于是将这两棵树命名为"相思树"。

相思树,流年度,无端又被西风误。兰舟少住。怕载酒重来,红衣半落,狼藉卧风雨。

相思树是爱情悲剧的见证,"西风"当然就是象征阻碍爱情的恶势力了。"兰舟少住",词人为什么要让木兰舟稍作停留呢?他当然是想特意凭吊为爱情献身的那一对痴儿女,他害怕若不及时凭吊的话,等

金元明清

以后再来,莲花都会被风雨摧残、凋零,自己看到的只能是一片狼藉的落花了。同情之心、珍惜之意,尽在一个"怕"字里面了:"怕载酒重来,红衣半落,狼藉卧风雨。"

《摸鱼儿》"双莲词"与《摸鱼儿》"雁丘词"是元好问爱情词中的"双璧":它们同样反映出元好问对真爱、对纯情的赞美与肯定,并且借爱情表达词人内心对于至情的坚守和追求。

【拓展阅读】

张炎《词源》:

元遗山极称稼轩词,及观遗山词,深于用事,精于炼句,有风流蕴藉处,不减周、秦。如《双莲》《雁丘》等作,妙在模写情态,立意高远,初无稼轩豪迈之气。岂遗山欲表而出之,故云尔。

临江仙

杨慎

滚滚长江东逝水,浪花淘尽英雄。是非成败转头空。青山依旧在,几度夕阳红。　　白发渔樵江渚上,惯看秋月春风。一壶浊酒喜相逢。古今多少事,都付笑谈中。

明代词人杨慎几乎可以看作是明代词坛的最高峰,他被誉为是明代词坛第一人。其实你可能也注意到了,从唐朝开始算起一直到近现代,那些我们熟悉的词坛大家里好像很少有明代人。唐宋两代就不用说了,金元词人里至少还有一个元好问,他的"问世间,情是何物,直教生死相许"脍炙人口;清代有名的词人更多,纳兰性德就拥有粉丝无数;近代词人王国维也是家喻户晓。独独明代,我们似乎很难想起一位特别有名的词人来。的确,学术界也几乎公认,在词的发展历史上,明代和之前的唐宋以及之后的清朝来比,都是一个相对的衰落期,一流的著名词人似乎要少很多。不过,杨慎却是一个例外,他的名字未

金元明清

必家喻户晓,但他的这首《临江仙》却是无人不知无人不晓:

滚滚长江东逝水,浪花淘尽英雄。是非成败转头空。青山依旧在,几度夕阳红。　　白发渔樵江渚上,惯看秋月春风。一壶浊酒喜相逢。古今多少事,都付笑谈中。

这首词,我想你一定不陌生吧?对,不仅不陌生,应该还很熟悉才对。因为明末清初的文学批评家毛宗岗在批注《三国演义》的时候,将这首词移植过来,放在《三国演义》的开头。作为中国四大古典名著之一,《三国演义》的知名度让这首词也跟着沾了光,一跃而跻身为历代最有名的词作之一。尤其是20世纪90年代的时候,《三国演义》被拍成了电视连续剧,这首词又被谱成歌曲,作为电视剧的主题歌,一时之间唱遍了大江南北。

不得不承认,毛宗岗是很有眼光的,他将这首词作为《三国演义》的"卷首词",实在是因为三国时候的那些英雄人物也曾叱咤风云,也曾指点江山,也曾笑傲江湖。三国鼎立,豪杰争霸,他们曾经谱写过多少荡气回肠的故事,而这一切,都随着时光的流逝,仿佛滚滚长江东逝水,后浪推前浪,在波诡云谲的历史进程中,终究变成了一段遥远的回忆——"古今多少事,都付笑谈中"。

不过有趣的是,这首词是火了,可是很多人反而忽略了它真正的作者——那位被公认为是代表了明代词坛最高成就的"一代词手"杨慎。

所以在解读这首《临江仙》之前,我还是想隆重介绍一下杨慎这位词人。

杨慎(1488—1559),字用修,号升庵,四川成都人。他出生在一个

官宦世家,书香门第。请注意,当我在这里说"官宦世家,书香门第"的时候,可不是一句常规介绍的套话,因为对于杨慎来说,这八个字的介绍具有非同寻常的意义:他的家族从他的曾祖父算起,已经是五代为官,其父杨廷和官至宰相。从他的祖父那一辈算起,四代人中出了六个进士,杨慎自己更是在二十四岁的时候就高中状元。

在明代政坛与文坛,杨慎都是以博学著称,被认为是"有明博学第一"(李调元《雨村诗话》),生平著作竟然达到一百四十多种,用"著作等身"来形容他的成就是一点儿都不夸张的。

然而就是这样一位出身显贵的状元才子,他的仕途经历却出奇的坎坷。正德十六年(1521),明武宗驾崩。武宗无子,武宗的母亲张太后与当时正任首辅的杨慎父亲——杨廷和商议,由武宗的堂弟朱厚熜继承皇位,第二年改元嘉靖。这就是历史上的明世宗。

朱厚熜登基之后,为了给亲生父亲兴献王争得一个名分,"命礼臣集议兴献王封号"(《明史》卷十七)。于是乎,皇帝和朝臣之间展开了一场长达三年多的争论,这就是所谓的"议大礼"。嘉靖皇帝不满大臣们让他遵从皇统,称孝宗皇帝为皇考,而称自己没有当过皇帝的生父为"皇叔父"的安排,执意坚持要追尊生父为献皇帝、生母为兴国皇太后,改称明孝宗皇帝为"皇伯考"。以杨廷和、杨慎父子为代表的朝臣们坚决表示反对,因为兴献王毕竟没有做过皇帝,杨慎出于维护皇统的忠心与现任皇帝一力抗争。

抗争的结果,是以明世宗的胜利而告终,杨慎作为反对派的代表人物之一,不仅遭受廷杖的处罚,还被流放云南永昌卫(今云南保山),终身没有被赦还,由此可见明世宗对他的怨恨之深。

金元明清

明朝的廷杖是一种极为残酷、让士大夫极感屈辱的刑罚。据《明史·刑法志》记载,刑法制度有"创之自明,而为前代所未有者",是廷杖之法与东西两厂、锦衣卫、镇抚司狱。这几样创造,"杀人至惨,而不丽于法"。而这样残酷的刑法实际上并没有法律制度可以遵循。

北京大学历史系教授赵冬梅这样分析过廷杖:

明朝的廷杖有四个特点。第一,行刑的对象主要是中央官员,特别是中级官员和言官。第二,行刑的地点是在壮丽的宫城殿宇之间,最常用的地点在午门前的御路东侧。第三,廷杖的行刑具有强烈的仪式性。首先要宣读圣旨,然后将受刑者从上到下牢牢地捆绑结实了,只露出大腿接受杖刑。行刑者用绳子从四面牵拽固定受刑者,每次打之前必然先高呼"打",周围环列的人还要齐声高和,"喊声动地,闻者股栗"。嘉靖皇帝曾经同时廷杖一百二十四人,其中十六人被当场打死。打不死的,也非得把坏肉剜割下来,躺上好几个月才能痊愈。第四,廷杖在当时以皇权为主导的政治文化中,被认为是合理合法、不容置疑的明朝政治传统。

可以想象,曾经的状元杨慎在遭受了如此残酷的廷杖刑法之后,内心是何等的屈辱与悲凉。

杨慎后半生三十多年的时光都是在云南偏远之地度过的,直到七十二岁那年,万念俱灰的杨慎卒于贬所。

一代才子,却半生偃蹇,令人唏嘘感叹。

顺带说一下,杨慎的夫人黄峨,也是明朝最著名的女诗人之一,是第一位大力创作散曲并有相当规模散曲作品存世的女曲家,其散曲的质朴本色之美,直逼元人。杨慎被贬之后,长达三十多年的时光,这对

夫妻基本上处于两地分离的状态,也因此,杨慎和黄峨之间留下了许多互相唱和、寄赠的相思哀怨之词。夫妻同为大才子、大才女,并且都留下数量颇丰的酬唱作品,这在整个中国文学史上都是相当罕见并且值得珍惜的。

人生就是这么奇妙,所谓失之东隅,收之桑榆,如果没有这三十多年的贬谪生涯,杨慎也许会成为一个出色的政治家,却未必会在文学创作与著述上投入那么多的精力。恰恰是这三十多年的失意,成就了作为一代学者和文人的杨慎。发愤著书、穷而后工的命题,在杨慎身上再一次得到了证实。

仅仅就词的创作而言,杨慎留下的词作达三百四十多首,他的词被认为"有沐兰浴芳、吐云含雪之妙"(毛先舒《诗辩坻》)。而且正是因为经历坎坷,他的词里往往融入了悲凉慷慨的身世之感,更具有动人心魄的力量。比如说他的《南柯子·羁怀》就是贬谪云南时写的:"万里家山路,三更海月楼。离怀脉脉思悠悠,何日锦江春水一扁舟。"词中对故乡四川的绵绵思念、万里飘零的寂寞幽怨,令人叹息动容。

不过,也许连杨慎自己都没有料到,在他传世的三百多首词作中,最有名的竟然会是这首《临江仙》。

为什么我会说连杨慎自己都想不到呢?因为很显然,这首《临江仙》其实并非他最"用心"的作品。

其实,这首《临江仙》原本只是杨慎另外一部作品的副产品。杨慎创作了一部通俗弹词读物《历代史略十段锦词话》,这部书一共十段,将远古到元朝的历史发展划分为十个阶段,每段的开头是一首词,或是《临江仙》,或是《西江月》,或是《南乡子》等,然后用几首诗和比较

金元明清

通俗的文言文以及十字句的唱文讲述每一段的历史事件,每段最后再用一首词和两句诗作结。这首《临江仙》正是这部弹词作品中"说秦汉"一段的开场词,我们能够在这首词当中读到浓厚的历史兴衰感慨,就不足为奇了。

"滚滚长江东逝水,浪花淘尽英雄。是非成败转头空。"起句就颇有苏轼《念奴娇·赤壁怀古》"大江东去,浪淘尽,千古风流人物"的气势。这两首词都是用长江后浪推前浪的自然风景,蕴含历史长河奔流不息的寓意。

江山代有才人出,各领风骚数百年。当年各路英雄逐鹿天下的战场,当年铁血壮士横戈立马的江山,当年多少风流人物封侯拜相的辉煌,终究会被历史的烟尘所覆盖。似水的流年,对待任何人都是一样的残酷无情。"滚滚长江东逝水,浪花淘尽英雄。是非成败转头空。"无论你是英雄,还是平凡人,在历史面前,终究都是平等的。

"青山依旧在,几度夕阳红。"古往今来,王朝会更替,历史会过去,英雄会衰老,人世间的事似乎并没有一个永恒不变的凭据和标准。那么,到底有什么是永恒不变的呢?是依然不老的青山?是日日都会落下、日日仍会再升起的太阳?对于每一个在历史长河中存在过的人来说,"青山依旧在",是不变的自然;"几度夕阳红",却是无声流逝的岁月。

对于每一个人来说,不变是相对的,变,却是绝对的。可是世间的人,尤其是那些英雄人物,却总在试图付出一生变化的光阴,去创造一个万世永固的王朝和江山。

但,哪有什么万世永固的王朝呢!

"滚滚长江东逝水,浪花淘尽英雄。是非成败转头空。青山依旧在,几度夕阳红。"词的上片就在这种变与不变的哲学思考中,让我们感受到了人在试图创造历史、改变历史的过程中,却终究被历史改变的深刻矛盾。

上片重在展开一幅宏阔的历史画卷,在壮阔的历史长廊中,凸显出人的渺小与无力。下片则聚焦在了平凡人的身上。既然历史有其难以改变的自然规律,连英雄人物都难逃"是非成败转头空"的宿命,那么,在强悍的历史面前,或许,换一种活法,平凡的存在其实也别有一种动人心魄的美吧?

"白发渔樵江渚上,惯看秋月春风。"你看那些在江上打鱼的白发渔翁,你看那些在山间砍柴的白发樵夫,悠悠岁月中,反而是他们能够享受到春风秋月的从容之美。

岁月静好,现世安稳,说的其实就是像他们那样活着的人吧?

"一壶浊酒喜相逢。古今多少事,都付笑谈中。"樵夫渔父自然比不上那些叱咤风云的贵族人物,当他们不期然相逢的时候,只有"一壶浊酒"来表达内心的欢喜,至于那些曾经惊天动地的英雄事迹,不过是他们佐酒闲话的谈资而已。

"浊酒",我曾经解释过,指的是一种用糯米、黄米等酿制的酒,比较混浊,这样的酒当然是很便宜、很粗糙的,比不得贵族家庭里才能见到的那种高档的"清酒"。因此古人常用"浊酒"表达对简单生活的向往和知足常乐的情怀。

"一壶浊酒喜相逢。古今多少事,都付笑谈中。"卸下历史的重负,回归简单而平淡的生活,融入纯净而恬适的自然,这才是平凡人最智

金元明清

慧的选择吧?

这样的人生态度听上去的确显得有些悲观和消极,但是只要我们联想到杨慎自己的人生经历,就不难理解,对于一个博学多才、胸怀大志却又不得不长期沦落在逆境中的人来说,能够拥有这样一份洞察世事的旷达心胸,其实是多么的珍贵。

身份的尊荣、浮世的功名都只不过是一时的辉煌,真正有意义的人生应该是反观自我的内心,达到"从心所欲"的自由,那才是他终极的向往吧。

这样想来,其实"白发渔樵江渚上"也不是指真的放下世事,去做一个了无挂碍的渔父樵夫,而只是指放下对名利的追逐,像一个山中高士一样,自然地、简单地、自在地生活着。

杨慎这样的历史观和人生观,并不仅仅在这一首《临江仙》当中有所体现,同样是在这部《历代史略十段锦词话》中,第一段开场词《西江月》也表达了他类似的思想:"富贵歌楼舞榭,凄凉废冢荒台。万般回首化尘埃,只有青山不改。"

看来,将反思历史的深刻悲凉融入个性的淡泊旷达,是杨慎《临江仙》和其他同类咏史怀古词的共同特点。

不过,我还想补充说明一点,那就是杨慎这首《临江仙》的意境描写,明显有模仿宋代词人陈与义的痕迹。陈与义也有一首著名的《临江仙·夜登小阁,忆洛中旧游》:

忆昔午桥桥上饮,坐中多是豪英。长沟流月去无声。杏花疏影里,吹笛到天明。　二十余年如一梦,此身虽在堪惊。闲登小阁看新晴。古今多少事,渔唱起三更。

我一直酷爱"杏花疏影里,吹笛到天明"这两句词。我想,和我一样酷爱这两句词的人,一定还有很多,也许,你就是其中之一吧?生活在北宋、南宋之交这样特殊的历史时期,陈与义的《临江仙》显然比杨慎的词感慨更为深沉、蕴意更为含蓄,情思也更为曲折。相比起来,杨慎的《临江仙》更为通俗,意思也更加显豁,因此也就更加能被大众所熟悉了。

【拓展阅读】

杨慎《南乡子》

携酒上吟亭,满目江山列画屏。赚得英雄头似雪,功名。虎啸龙吟几战争。　　一枕梦魂惊,落叶西风别唤声。谁弱谁强都罢手,伤情。打入渔樵话里听。

金元明清

金明池·咏寒柳
柳如是

有恨寒潮,无情残照,正是萧萧南浦。更吹起、霜条孤影,还记得、旧时飞絮。况晚来、烟浪迷离,见行客、特地瘦腰如舞。总一种凄凉,十分憔悴,尚有燕台佳句。　　春日酿成秋日雨。念畴昔风流,暗伤如许。纵饶有、绕堤画舸,冷落尽、水云犹故。忆从前、一点东风,几隔着重帘,眉儿愁苦。待约个梅魂,黄昏月淡,与伊深怜低语。

在详细解读这首词之前,我想还是得先介绍一下柳如是其人。

柳如是,著名的"秦淮八艳"之一,也就是活跃在明末清初的南京秦淮河畔的八位名媛之一。今天去南京秦淮河的游客还可以看到,秦淮河北岸留有江南贡院遗址(现为中国科举博物馆),是明代南方会试的总考场,可以想象当年江南才子汇聚一堂的文采风流。更令人称绝的是,秦淮河对岸便是江南名姝聚居之地,其中的佼佼者便是号为"秦淮八艳"的柳如是、顾横波、马湘兰、陈圆圆、寇白门、卞玉京、李香君、

董小宛八位美女。

八位美女的共同特点是都拥有绝世容颜和非凡才艺,并且个个特立独行,个性鲜明。"秦淮八艳"以她们集才貌于一身的动人气质与名流才士交游唱和,一时间,秦淮河上文士风流,佳丽云集,上演了一幕又一幕浪漫的爱情传奇。再加上明末清初波诡云谲的社会动荡与这些才子佳人的身世跌宕,更是催生了许多经久不衰的文学经典,她们自己则成了这些文学经典中不朽的主人公。

其中,吴伟业的长诗《圆圆曲》铺陈了陈圆圆和吴三桂的悲欢离合;孔尚任的戏剧《桃花扇》演绎了李香君和侯方域的坎坷爱情;冒襄的《影梅庵忆语》则深情追忆了他与董小宛的生死情缘……在"秦淮八艳"中,个性最为独特叛逆,文学成就最为突出,爱情经历也最为坎坷传奇的,当属柳如是,她甚至被推为"秦淮八艳"之首。

国学大师陈寅恪先生甚至不惜耗费十年光阴,为她撰写了八十万字的学术著作——《柳如是别传》,只因为柳如是就是陈寅恪心目中"独立之精神,自由之思想"的代表。柳如是创作的这首《金明池·咏寒柳》,更是被陈寅恪高度评价为明末最佳词作,"当日胜流均不敢与抗手"(《柳如是别传》),多少名士才子都不得不在她的文才前甘拜下风。

那么,这首被认为代表着柳如是甚至是明代末年词创作最高水准的《金明池·咏寒柳》,真的具有如此不凡的艺术价值吗?

这首词大约作于崇祯十二年(1639)秋冬之际。柳如是出生在明代万历四十六年(1618),也就是说,写《金明池·咏寒柳》的时候,柳如是二十一岁。

金元明清

二十一岁,在我们看来,正是风华正茂的妙龄,可柳如是为何会在词中感慨自己的身世就像寒风中的孤柳,"总一种凄凉,十分憔悴"呢?在她记忆中的"萧萧南浦",又隐藏着怎样不堪回首的爱情悲剧呢?

要回答这个问题,我们还得稍微回顾一下柳如是坎坷的人生经历。

柳如是本来并不姓柳,她的出身很有可能是书香门第,大约在她四、五岁的时候,家庭横遭变故,幼年的她被拐卖到吴江(今苏州)盛泽镇一家妓院,从此沦落风尘,改姓为杨。后来她成为盛泽归家院名妓徐佛的婢女,又曾几度改名,最终改名为柳是,字如是,号我闻居士,其字、号是取佛经中语"如是我闻"的意思。

虽然只是一名风尘女子,但柳如是个性非常独特,她并不愿意仅仅以美貌去吸引男性,而是经常褪下红妆,打扮成儒生的样子,与江南才子们吟诗唱和,和他们"兄弟"相称。她甚至还常常和名士们一起纵论天下时事,忧国忧民,"格调高绝,词翰倾一时"。(顾苓《河东君传》)

在柳如是十五岁那年,她经历了一场刻骨铭心的爱情。比她大十岁的陈子龙向她发起了热烈的追求。陈子龙是明代末年"云间派"首席诗人,被公认为是明代最后一位一流大诗人,他的沉稳,他的博学,他的深情,温暖了如是乱世飘零的心。两人的情感很快就如火如荼,彼此之间的诗词唱和也达到了高潮。

可惜的是,陈子龙当时已经娶妻,在正室夫人的强烈反对下,陈子龙和柳如是最终不得不斩断情丝。

后来,陈子龙因反清复明被捕,投水殉国,年仅三十九岁。

陈子龙不仅以诗人身份,更以民族英雄的身份名垂青史,他那不屈的民族气节也深深影响到了如是的价值观,甚至如是关心军国大事,忧国忧民,在很大程度上也和陈子龙的影响有关。

崇祯八年(1635),柳如是结束了与陈子龙共同生活的美好岁月,这段爱情最终令她黯然神伤直至心力交瘁。她原本以为这段爱情就是她寻寻觅觅了一生的最后归宿,然而,在强悍的世俗伦理面前,浪漫的爱情一败涂地,她不得不再度开始流浪的日子。

此后的几年,如是关上心门,依靠对子龙的怀念来支撑孤独的岁月,并且就是因此改杨姓为柳姓,寓意自己的命运就如同路旁的柳枝,柔弱无依,任人攀折。《金明池·咏寒柳》一词就是在这几年漂泊中写下的身世感怀。

"有恨寒潮,无情残照,正是萧萧南浦。"在寒冷的季节,连潮水仿佛都裹挟着无尽的惆怅和怨恨,清冷的斜阳涂抹出一片惨淡的景色;"正是萧萧南浦",南浦是送别的地方,江淹的《别赋》曾说:"送君南浦,伤如之何?"这里的"南浦",正是代指她与子龙别离的地方。

离别本来就令人伤感,更何况寒风吹过,落叶萧萧而下,渲染出椎心泣血的离别伤痛。"更吹起、霜条孤影,还记得、旧时飞絮。"经霜的柳枝在瑟瑟寒风中显得分外单薄,在如此落寞失意的晚景中,它可还记得温暖的春光里它也曾有过柳絮漫天飞扬的惊人美丽?可是,春光逝去,那些随风漂泊的柳絮如今散落何方了呢?这几句表面上是咏柳絮,其实也是如是在感伤自己的际遇,就好似柳絮被凶猛的东风吹散,从此只能零落他方。

"况晚来、烟浪迷离,见行客、特地瘦腰如舞。"柳絮散尽,早已踪迹

难寻,只剩下柳条随风飘拂,那种柔弱姿态,在过往的行人眼里,就仿佛是翩然起舞的少女,格外孱弱纤瘦的"腰肢",在缠绵的舞姿中别有一番楚楚可怜的韵致。

"总一种凄凉,十分憔悴,尚有燕台佳句。"晚唐诗人李商隐曾写过《柳枝五首》与《燕台四首》,据说李商隐曾经与一位歌女暗中相恋,后来歌女被人夺去,李商隐在黯然神伤中作诗表达怀念,也曾用柳这个意象来象征女子被命运摆布的无奈与哀怨。柳如是的身份也是一名歌女,"燕台佳句"便是借前人咏柳寄托爱情悲剧的典故,来比拟自己漂泊无依的命运。

"春日酿成秋日雨。念畴昔风流,暗伤如许。"当年她和子龙共度的美好春光只能残存于记忆之中,他们创作的那些春闺风雨的美好情词,原来只不过是眼前连绵秋雨的预兆,是她无尽的思念酿成的伤痛。想当年她与子龙诗酒唱和的日子是那么风流浪漫,如今,却只剩下暗自神伤。

"纵饶有、绕堤画舸,冷落尽、水云犹故。""绕堤画舸"化用了汤显祖《紫钗记》中"河桥路,见了些无情画舸,有恨香车"的句意,纵然在她身边仍然有无数文人才士、富豪子弟来来往往,她却心如止水,她的记忆仍然停留在与陈子龙的绵绵情意之中。

"忆从前、一点东风,几隔着重帷,眉儿愁苦。"此处的"东风"并非指温暖的春风,而是暗喻拆散她和陈子龙爱情的那种家族势力,这和陆游《钗头凤》中"东风恶,欢情薄"的象征意义是相近的。"几隔着重帷",拦在她和子龙之间的重重帷幕,仿佛是以陈氏家族为代表的爱情障碍。从陈家的角度而言,阻止这段不被世俗所容的恋情无可厚非;

可是从如是和子龙的角度而言,爱情从此山重水隔,却是一生都无法弥补的遗恨。"待约个梅魂,黄昏月淡,与伊深怜低语。"梅魂化用了苏轼《复出东门诗》中的句子:"长与东风约今日,暗香先返玉梅魂。"梅的孤独和高洁,往往被文人引用来表明自己的人生态度。

与陈子龙被迫分离后,无数个寂静凄冷的黄昏,真正能体会如是形单影只、人生飘零的,大约只有篱边那几枝静静开放的梅花了,那幽幽的暗香萦绕衣袂之间,仿佛是在陪伴着如是每一个寂寞的黄昏,与她絮絮低语,与她同病相怜……

那是一段刻骨铭心的爱情。与陈子龙的被迫仳离,让柳如是更深切地意识到,要为自己寻觅到一位能够彼此相爱、彼此尊重、相扶偕老的爱人是多么艰难。

那么,柳如是这株在寒冬中"总一种凄凉,十分憔悴"的"寒柳",能否遇到她一直在寻觅着的那缕"梅魂",能够在凄冷的黄昏中与她"深怜低语"呢?

几年之后,如是在一个偶然的机会读到了当世名儒学士钱谦益的作品。钱谦益是万历年间的探花,官至礼部右侍郎,主盟文坛已数十年。他宏通的学识让如是一见其作品即大为惊叹,特立独行的如是甚至放言宣称:"此生非才学如钱学士者不嫁!"

如是的"爱情宣言"很快就传到了钱谦益耳中,钱谦益没有料到向来眼高于顶的一代名媛柳如是,竟然如此高调地赞美自己。他大喜过望,立即高调"隔空"回应:"难道天下真有这样慧眼识才、怜才惜才的女子吗?我今生非柳如是这样的诗人才女不娶。"

一向不喜欢填词也不擅长填词的钱谦益,在读到如是的《金明

金元明清

池·咏寒柳》一词后,不仅叹赏不已,而且在崇祯十三年秋天忽然破例一连填了四首《永遇乐》词,与如是遥相呼应。这样看来,这首《金明池·咏寒柳》本来只是如是对个人身世的哀伤感怀,却无心插柳柳成荫,成了她和钱谦益的"媒人",搭起了他们相会的桥梁。

钱谦益真的能成为柳如是这株"寒柳"所盼望的"梅魂"吗?钱谦益会不会是那个能够与柳如是在每个黄昏"深怜低语"的终身伴侣呢?

答案很快就揭晓了。

崇祯十四年六月初七,钱谦益以迎娶嫡妻的盛大仪式与如是举行婚礼,向世人郑重宣告他们的婚姻。

钱谦益曾经专门赋诗记录他和柳如是的定情之日,其中有两句是这样写的:"今夕梅魂共谁语,任他疏影蘸寒流。"(《寒夕文讌,再叠前韵。是日我闻室落成,延河东君居之》)这是有意呼应如是《金明池·咏寒柳》一词中"待约个梅魂,黄昏月淡,与伊深怜低语"。他以"梅魂"自许,希望能够从此陪伴如是的每一个黄昏、每一个夜晚,"与伊深怜低语"。

后来,在柳如是奉和钱谦益的诗中,也有"兰气梅魂暗着人"(《奉和黄山汤池留题遥寄之作》)的句子,在她心中,已经承认钱谦益就是她苦苦等待的"梅魂",是真正能够懂得她、怜惜她、呵护她的另一半。

但是,所有的婚姻都不可能是尽善尽美的,彼此深爱如钱、柳,他们的婚姻也曾遭遇波折。

公元 1644 年四月,清兵入关攻占北京。五月,清兵逼近南京,蜷缩此地的南明弘光小朝廷根本无力抵抗。一向胸怀民族大义的如是在兵临城下的时候,力劝丈夫和自己一起投水殉国。在如是看来,丈

夫作为明朝子民,又是南明朝廷的礼部尚书,理应舍生取义,可钱谦益犹豫再三,终于没有听从如是的劝告。

如是奋然投水,想以自己的决绝带动丈夫,却又被家人死死抱住。

不能以身殉国,这大概是二十五年婚姻生活中,钱谦益唯一令如是耿耿于怀的一件事情。南京倾覆,钱谦益投降了清朝,这也成为他一生名节中最大的一个污点。不久,钱谦益随一众投降的大臣北迁,其他官员的妻子都随夫同行,唯独柳如是坚持不肯北上,就凭这一点,她的民族气节不知要让多少须眉汗颜!

不过,钱谦益并非一个完全没有骨气的人。在如是的影响之下,钱谦益在清朝入仕仅仅五个月后就称病辞职归隐。此后,他和如是一起投身于反清复明运动,柳如是更是将多年积累的珠宝首饰尽数捐出,资助南方起义军的民族复兴活动。她冒着生命危险,偷偷当起了起义军的情报员和联络员。夫妻俩常常假装游宴聚饮,笙歌艳舞,吟诗唱和,实际上是为了掩护他们"地下工作者"的身份,暗中策应郑成功等人领导的反清复明斗争。

钱谦益曾经将妻子比作是宋代抗金女英雄梁红玉,她当之无愧。她以实际行动证明:一个心中始终有真爱的人,无论是爱她的爱人,还是爱她的民族与国家,她都会竭尽全力,义无反顾。

三百多年后,当我重新翻阅如是的一生,我仿佛看到眼前有萤火虫的亮光闪烁,忽然间想起泰戈尔那首《萤火虫》诗:"你完成了你的生存,你点亮了你自己的灯/你所有的都是你自己的,你对谁也不负债蒙恩/你仅仅服从了/你内在的力量/你冲破了黑暗的束缚/你微小,但你并不渺小……"是的,柳如是正像那只小小的萤火虫,尽管微小的力金元明清

量不一定能改变世界,但她始终遵从内心的呼唤,服从内在的力量,微小而不渺小的生命始终亮着一盏自己的灯,顽强地与黑暗抗争。

当然,也许如是更愿意以"柳"和"梅"来比拟她的一生。她的身世如同柳絮般"总一种凄凉,十分憔悴",出身微贱,坎坷多难;可她的灵魂,却如梅花一般幽贞高洁,"待约个梅魂,黄昏月淡,与伊深怜低语"。

梅花的幽幽暗香,就像爱人温馨的陪伴,润泽着柳如是孤独的内心,滋养着她高贵的灵魂,更诠释着她对爱情的永恒守望。

【拓展阅读】

顾苓《河东君传》(节选):

河东君者,柳氏也。初名隐雯,继名是,字如是。为人短小,结束俏利。性机警,饶胆略,适云间孝廉为妾。孝廉能文章,工书法,教之作书写字,婉媚绝伦。顾倜傥好奇,尤放诞,孝廉谢之去。游吴越间,格调高绝,词翰倾一时。嘉兴朱治涧为虞山钱宗伯称其才,宗伯心艳之,未见也。崇祯庚辰冬,扁舟访宗伯。幅巾弓鞵,著男子服,口便给,神情洒落,有林下风。宗伯大喜,谓天下风流佳丽,独王修微、杨宛叔与君鼎足而三。何可使许霞城、茅止生,专国士名姝之目。流连半野堂,文燕浃月,越舞吴歌,族举递奏,香奁玉台,更唱迭和。既度岁,与为西湖之游,刻《东山酬和集》,集中称河东君云,君至湖上,遂别去,过期不至。宗伯使客购之,乃出。定情之夕,在辛巳六月初七日,君年二十四矣。宗伯赋《前七夕诗》,要诸同人和之。为筑绛云楼于半野堂之后,房栊窈窕,绮疏青琐。旁龛金石文字,宋刻书数万卷,列三代秦汉

尊彝环璧之属,晋唐宋元以来法书名画,官哥定州宣城之瓷,端溪灵璧大理之石,宣德之铜,果园厂之髹器,充牣其中。君于是乎俭梳靓装,湘帘斐几,煮沈水,斗旗枪,写青山,临墨妙,考异订讹,闲以调谑,略如李易安在赵德卿家故事……

金元明清

金缕曲
顾贞观

寄吴汉槎宁古塔,以词代书,丙辰冬,寓京师千佛寺,冰雪中作。

季子平安否?便归来,平生万事,那堪回首!行路悠悠谁慰藉?母老家贫子幼。记不起、从前杯酒。魑魅搏人应见惯,总输他,覆雨翻云手。冰与雪,周旋久。　　泪痕莫滴牛衣透,数天涯,依然骨肉,几家能够?比似红颜多命薄,更不如今还有。只绝塞、苦寒难受。廿载包胥承一诺,盼乌头马角终相救。置此札,君怀袖。

顾贞观是清代初年与纳兰性德齐名的一位词人。说他与纳兰性德齐名,其实他成名比纳兰要早得多,在当时词坛的地位也更崇高,被纳兰性德视为最亲密的挚友。《清史稿》将他的传和纳兰合并在同一篇传记里。在纳兰还没有成名之前,顾贞观就已经和明末清初的著名词人陈维崧、朱彝尊并称"词家三绝"了,他的词集《弹指词》甚至传到

了海外。

顾贞观(1637—1714),字华峰,号梁汾,江苏无锡人,早在康熙五年(1666),顾贞观考中了顺天府乡试的第二名举人,称为"顺天南元"。清代顺天乡试,也就是在北京举行的考试,无论哪个省的人都可以参加,但按惯例,第一名解元必须是属于直隶省人,第二名必属南方人,故称"南元"。

那个时候,纳兰性德还只有十一岁,只是个乳臭未干的黄毛小子而已;而顾贞观已经官任国史馆典籍,主要工作是掌管清朝历史的修撰,一度很是得到皇帝的信任。康熙三年(1664),顾贞观得到过皇帝的亲自接见,还曾陪同康熙出巡(康熙六年,1667)。

但是,顾贞观又是一个极有个性的文人,越是接近权力的中心,他越是对朝廷内部勾心斗角的权力之争感到寒心。康熙十年(1671),他毅然辞职,挂冠而去,回到老家无锡,继续过他江湖文人的生活,自称"第一飘零词客"。

这一年,才十六岁的纳兰正好进入国子监读书,少年纳兰和顾贞观擦肩而过。但相差十八岁的这两大才子,注定会在将来的某一天相逢,并且成为生死之交。顾贞观写下的这首著名词作《金缕曲》就是他和纳兰性德友谊的最好见证。

康熙十五年(1676),年近四十的江南落魄文人顾贞观再度进京;二十出头的纳兰刚刚成为金贵的新科进士。就在这一年,年龄悬殊、身份悬殊的两大才子终于会面了。

纳兰一见顾贞观就大叹相见恨晚,他们很快成为忘年知己。不过顾贞观的这首《金缕曲》却并不是为纳兰性德而写,它其实是写给顾贞

金元明清

观的另外一位好朋友——吴兆骞的。那么顾贞观、纳兰性德、吴兆骞这三个人之间到底发生了一段怎样曲折的故事呢?这个故事和这首《金缕曲》又如何能够见证纳兰性德与顾贞观可歌可泣的友谊呢?我们不妨一边读词,一边来回顾那一段荡气回肠的故事。

"季子平安否?便归来,平生万事,那堪回首!行路悠悠谁慰藉?母老家贫子幼。"大家一听这几句词,可能就会有一种感觉:这首词的开头有点像写信的味道啊!

的确,起句"季子平安否"就很像我们平时写信开头时常说的问候语:某某,别来无恙否?

季子即吴兆骞。吴兆骞字汉槎,号季子,人称吴季子。"季子平安否"的意思就是:"吴季子,你好,别来无恙否?"这说明,写这首词的时候,顾贞观和吴兆骞并没有在一起。"便归来,平生万事,那堪回首!行路悠悠谁慰藉?母老家贫子幼。"接下来这几句又说明,他们分开不仅有很长一段时间了,而且彼此之间的距离还非常遥远,分离以来,已经经历了多少不堪回首的往事,而且那么漫长的旅途,母老、家贫、子幼,谁能安慰你的孤独呢?

顾贞观在北京,吴兆骞当时又在哪里呢?吴兆骞在宁古塔,也就是今天黑龙江省的宁安市。大家看清代的宫廷剧可能也听到过这个地名,一般有人犯了大罪,动不动就是被流放宁古塔,那可是偏僻、荒凉的苦寒之地。吴兆骞本来是江南人,他是吴江(今江苏吴江)人,从小刻苦攻读,才华横溢,被誉为"江左三凤凰"之一,他又怎么会被发配到宁古塔去的呢?

事情还要追溯到十九年前,也就是顺治十四年(1657)。这一年,在江南举行的乡试中，有考生贿赂主考官，考试作弊。事情败露以后，一时舆论哗然，朝廷震怒。这就是著名的"丁酉科场案"。顺治皇帝命令将这一科参加乡试的举人全部押送到北京，由他在太和殿亲自主持复试。

吴兆骞就在这一批考生之中，他并没有参与作弊，可他天性桀骜不驯，视复试为奇耻，即使面对至高无上的皇帝，也一个字都没写，故意交了个白卷！

皇帝一看，这还了得，果然又是个欺世盗名的家伙！于是，吴兆骞也被当作不学无术的舞弊人员，被杖打四十大板，没收全部家产，妻室儿女与他一起流放宁古塔。

康熙十五年，也就是 1676 年，当顾贞观再次来到北京，并写下这首《金缕曲》的时候，离当年吴兆骞被流放，已经过去了十九年。

十九年啊！了解了当时吴兆骞的冤屈，了解了十九年的漫长分离，我们也许才更能体会词中流露出来的牵挂与担忧："季子平安否？便归来，平生万事，那堪回首！行路悠悠谁慰藉？母老家贫子幼。记不起、从前杯酒。魑魅搏人应见惯，总输他，覆雨翻云手。冰与雪，周旋久。"

季子啊季子，你远在宁古塔那样的苦寒之地，你现在还平安地活着吗？即使有朝一日，你能够再生还，恐怕这一生经历的苦难也不堪回首了吧？这一路走来，你上有年迈的高堂，下有嗷嗷待哺的幼子，家贫无立锥之地，谁来安慰、温暖你这漫长的人生苦旅呢？从前你被那些魑魅魍魉的小人诬陷，不得不与宁古塔的冰雪日日周旋，这一切你已是司空见惯了吧？

金元明清

上阕有一个典故还要重点讲一下,那就是"覆雨翻云手"这一句。"翻云覆雨"这个成语出自唐代杜甫的《贫交行》:"翻手作云覆手雨,纷纷轻薄何须数。君不见管鲍贫时交,此道今人弃如土。"杜甫的本意是用天气的善变,来比喻世事反复无常,感叹人心善变、世态炎凉,春秋时期像管仲、鲍叔牙那样的贫贱之交在当代已经看不到了,完全不带功利色彩的纯粹友谊被现在的人像粪土那样抛弃了。

顾贞观用"翻云覆雨"这个成语,分明就是为吴兆骞的冤屈鸣不平。你们那些人玩弄权术,为了争夺各自的利益,却冤枉、牺牲了多少像吴兆骞这样的才学之士啊!

顾贞观与吴兆骞是大同乡,又是好朋友,尽管他对好友的冤屈十分同情,可惜的是,他虽然才名卓著,却无权无势,只不过是一介江湖文人,就算他想尽办法也不可能救出吴兆骞。

十九年过去了,直到康熙十五年,顾贞观才看到了一丝希望,因为就在这一年,他与纳兰性德结为生死之交。

顾贞观是漂泊江湖、无官无职的一介平民,纳兰却是宰相纳兰明珠的长公子、康熙皇帝的表弟、当年的新科进士,但他们抛弃世俗的偏见,迅速结为忘年之交。顾贞观飘逸的才情、高洁的人品征服了青年公子纳兰,纳兰的真诚率性也让顾贞观深为感动。他们经常在一起填词作赋,谈诗论画,甚至在价值观上都表现出惊人的一致:都藐视权贵,看重精神的自由与个性的独立,他们之间的相知并没有掺杂半点功利的因素。顾贞观对自己的名利一无所求,可是他认识纳兰后,求纳兰做的唯一一件大事,就是求他将吴兆骞救出苦海,让吴兆骞在有生之年返回故乡。

大家可能会想:这对纳兰来说还不是举手之劳?他的父亲明珠是当朝宰相,救个人还不是小菜一碟?再说了,吴兆骞既不是主犯,甚至连从犯都算不上,只不过是被冤枉的一个普通考生而已。他已经被流放了十九年,再大的罪行也该处罚到头了啊!

可是,事情远没想象中那么简单。顾贞观一开始为这事儿求纳兰的时候,纳兰一听立即摇头:"梁汾兄,这可使不得。这是顺治帝手里的案子,你说当今皇帝怎么可能去否定自己的父亲呢?"

第一次没有得到纳兰肯定的答复,顾贞观并没有灰心,他专门为此事写了两首情真意切的词——两首《金缕曲》,这两首词本是他寄赠远在宁古塔受苦受难的好友吴兆骞的,在另一首寄赠吴兆骞的词中,顾贞观还充满深情与感慨地写道:"我亦飘零久。十年来,深恩尽负,死生师友。"同为漂泊流浪的天涯沦落人,近二十年的分离,他们不知道今生还能否有重逢的那一天。"悲莫悲兮生别离",当年的至交知己,如今天各一方。"薄命长辞知己别,问人生、到此凄凉否?"人生的悲剧,难道真的就没有一个终点吗?

如果说这首《金缕曲》的上半阕,主要是表达顾贞观对朋友的牵挂担忧,那么下半阕就是顾贞观对朋友的郑重承诺了:"泪痕莫滴牛衣透,数天涯,依然骨肉,几家能够?比似红颜多命薄,更不如今还有。只绝塞、苦寒难受。廿载包胥承一诺,盼乌头马角终相救。置此札,君怀袖。"

"牛衣泪"的典故,我在讲苏轼《浣溪沙》(簌簌衣巾落枣花)的时候详细讲过了,主要意思就是因为家境贫寒而伤心落泪。顾贞观说到朋友的坎坷命运,用红颜薄命来进行比较:"比似红颜多命薄,更不如

今还有。"都说红颜薄命,原来才子薄命更甚于红颜啊!一想到季子你远在他乡受尽苦难,我就忍不住泪流满面,但万幸的是,你还可以与妻室儿女团聚在一起。你一定要坚持住啊,哪怕是乌鸦变成白头发、马头上生出了马角,我也不会放弃对你的营救:"廿载包胥承一诺,盼乌头马角终相救。"

下阕又用了一个重要典故:"廿载包胥承一诺。"申包胥是春秋时期的楚国人,当年伍子胥逃离楚国的时候,发誓要报仇灭掉楚国,因为楚王杀掉了他的父亲和哥哥,而伍子胥的好朋友申包胥却说:"你有本事灭了楚国,我就有本事复兴楚国。"后来,伍子胥果然兴兵伐楚,楚国军队连连失利,都城郢被攻占,楚昭王仓皇逃往随国。申包胥翻山越岭、日夜兼程赶往秦国去请求援兵。被秦哀公拒绝之后,申包胥一连七天水米不进,痛哭声日夜不绝,一直传到秦哀公那里。秦哀公被这份拳拳爱国之心深深打动,终于决定兴兵救楚,申包胥也兑现了他复兴楚国的诺言。

在词中,顾贞观借用申包胥一诺千金的故事,来表达自己对朋友的忠诚。"廿载包胥承一诺,盼乌头马角终相救。置此札,君怀袖。"我会像春秋时候的楚国人申包胥一样,为了挽救朋友而不惜付出生命的代价。请你把我这封信珍藏在你的衣袖中,请记住我一定会信守我的承诺!

纳兰读到顾贞观这两首血泪和成的词后,被他和吴兆骞的生死友谊深深打动。尽管他和吴兆骞素不相识,但他还是郑重地允诺顾贞观,他说:"好,这事儿我一定全力以赴帮你办成!但是,请你给我十年时间。"

顾贞观一听,十年?这太令人绝望了吧!他忍不住冲口而出:"人生能有几个十年啊!吴兆骞比我年纪还大,在塞外已经受了十九年的苦了,恐怕等不了那么久啊,请以五年为期!"

救一个并非重要罪犯的文人,纳兰一开口就需要十年的时间,以他的性格和他对顾贞观的友谊,当然绝对不是故意拿架子,显摆自己,而是这件事确实非常棘手。首先因为丁酉科场案是顺治帝手下处理的案件,作为儿子,康熙绝对不可能轻易去否定自己的父亲。其次,这个案件早就不是一个普通的作弊案件,它已经扩大到了民族斗争的层面,是清朝统治者打压汉族文人的结果。因此,纳兰想要营救汉族文人吴兆骞,面临的形势极为复杂和严峻,尤其是按当时处罚的规定以及其他人的先例来看,流放宁古塔的汉人,不但生还的可能性很渺茫,而且即便是死了,按规定,连灵柩都"不得归葬"。

正是因为纳兰深知营救吴兆骞的难度,所以他才不敢轻易答应顾贞观。但是,纳兰的重情重义在这次事件中再次发挥得淋漓尽致。为了营救吴兆骞,他甚至作了最坏的打算:大不了,功名富贵都不要了!所以,他在回答顾贞观的词里这样说:"绝塞生还吴季子,算眼前,此外皆闲事。知我者,梁汾耳。"让吴兆骞从塞外活着回来,居然变成了纳兰奋斗的唯一目标。

那么,这次满汉人士联手发动的营救行动,到底有没有成功呢?

事情接下来的进展,完全验证了纳兰的担心,营救的过程真是困难重重。具体的营救细节我就不详细说了,总之,君子一诺千金,纳兰性德为此事多方奔走,花钱出力,打通各个关节,还去恳求了他的父亲纳兰明珠出手帮忙,寻找一切可能的机会多次面求康熙皇帝。在经历

金元明清

了多次的失败和同样多次的努力之后,康熙二十年(1681)十月,康熙皇帝终于下旨赦免了吴兆骞。

五十一岁、流放塞外二十三年之久的吴兆骞终于和他的家人一起从宁古塔回到了北京。朋友们感慨万分,"抱头执手为悲喜交集者久之",纳兰父子俩也因此而贤名大著。

此时离顾贞观请求纳兰营救吴兆骞,整整过去了五年,正好是当年纳兰承诺的五年期限。君子一诺,就是如此千金不换!

【拓展阅读】

顾贞观《金缕曲》其二

我亦飘零久。十年来,深恩尽负,死生师友。宿昔齐名非忝窃,试看杜陵穷瘦。曾不减、夜郎僝僽,薄命长辞知己别,问人生、到此凄凉否?千万恨,为君剖。　　兄生辛未吾丁丑,共此时,冰霜摧折,早衰蒲柳。诗赋从今须少作,留取心魂相守。但愿得、河清人寿。归日急翻行戍稿,把空名料理传身后。言不尽,观顿首。

纳兰性德《金缕曲》

洒尽无端泪。莫因他、琼楼寂寞,误来人世。信道痴儿多厚福,谁遣偏生明慧。莫更著、浮名相累。仕宦何妨如断梗,只那将、声影供群吠。天欲问,且休矣。　　情深我自判憔悴。转丁宁、香怜易爇,玉怜轻碎。羡杀软红尘里客,一味醉生梦死。歌与哭、任猜何意。绝塞生还吴季子,算眼前、此外皆闲事。知我者,梁汾耳。

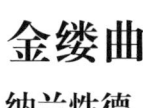

金缕曲
纳兰性德

德也狂生耳。偶然间、缁尘京国,乌衣门第。有酒惟浇赵州土,谁会成生此意?不信道、遂成知己。青眼高歌俱未老,向樽前、拭尽英雄泪。君不见,月如水。　　共君此夜须沉醉。且由他、蛾眉谣诼,古今同忌。身世悠悠何足问,冷笑置之而已。寻思起、从头翻悔。一日心期千劫在,后身缘、恐结他生里。然诺重,君须记。

上一讲,我们在解读顾贞观《金缕曲》(季子平安否)那首词时,已经详细说过纳兰性德和顾贞观联手营救江南才子吴兆骞的故事;这一讲我们要聊到的,是清代词坛的一段友谊佳话——纳兰性德和顾贞观,并且深入解读反映纳兰性德和顾贞观友谊的代表作——纳兰性德的《金缕曲》。

我先补充解释一下"金缕曲"这个词牌名的来历。"金缕曲"其实就是"贺新郎",因为宋代著名词人叶梦得有词结句为"谁为我,唱《金

缕》",因此这个词牌名就改为了"金缕曲",又名"金缕歌"或"金缕词"。"金缕"本来是指唐代杜秋娘所唱的《金缕衣》:"劝君莫惜金缕衣,劝君惜取少年时。花开堪折直须折,莫待无花空折枝。"表达珍惜时光的寓意,叶梦得用的就是杜秋娘《金缕衣》诗歌的寓意。后来张元干在《贺新郎》中的结句也用"举大白、听《金缕》"(《贺新郎·送胡邦衡待制赴新州》),这个"金缕"就是指"贺新郎"词调了。

这首《金缕曲》是纳兰性德的成名之作,写于他二十一岁那年,也就是康熙十五年(1676)。这一年对于纳兰性德的人生有三大转折性的重要意义:

第一大转折性意义,纳兰性德在这一年补殿试,高中进士;第二大转折性意义,纳兰在这一年结识江南文人顾贞观,并且从此结为终生知己,顾贞观作《金缕曲》两首寄吴兆骞,纳兰应顾贞观请求,允诺以五年为期,联手营救吴兆骞;第三大转折性意义,纳兰因为顾贞观而写了这首《金缕曲》,一举成名,并且在这一年出版了他的第一部词集《侧帽词》,与顾贞观合编《今词初集》,奠定了他在清初词坛的主将地位。

可以这么说,这首《金缕曲》,从某种角度上来说就是反映了纳兰在二十一岁时的这三大转折性意义。

品读这首词,我们不妨把握三大特点:第一,当然是情感的浓厚。这首词充分体现了纳兰性德对于友谊的深情与执着。第二,这首词的一个重要的艺术特点就是使用典故非常多,充分体现出纳兰性德的博学,与其他纳兰词的平淡白描形成了鲜明的对比。第三,这首词整体来说风格比较慷慨激昂,与我们熟悉的纳兰词的婉转凄美也形成了鲜明的对比。

首先,是纳兰对于自己出身和个性的自述:"德也狂生耳。偶然间、缁尘京国,乌衣门第。有酒惟浇赵州土,谁会成生此意?"在这几句当中,有两个词是纳兰的自称,一个是起句的"德也狂生耳",德就是指纳兰性德自己;"谁会成生此意","成生"也是纳兰性德自称,因为纳兰性德原名纳兰成德。

喜欢纳兰的朋友都知道,对纳兰性德的称呼,我们熟悉的就有好几个:纳兰性德、纳兰成德、容若、成容若,等等。其中,纳兰成德是本名,字容若,因此纳兰也常常被称作"纳兰容若"或"成容若"。

康熙十四年(1675),因皇子保成被立为太子,为了避皇太子的名讳,纳兰成德改名为纳兰性德。不过皇太子保成后又被改名为胤礽,这个避讳也就不存在了。因此在纳兰性德亲笔写的书信里面,经常还会署名"成德",这说明纳兰性德、纳兰成德这两个名字一度同时在使用的。

这首词一开篇就是"德也狂生耳",这等于是向好朋友顾贞观表白:不要以为只有你是江湖狂人,我纳兰性德也是一个狂傲不羁之人啊!

怎么样?一开始,纳兰就一反平时那种温文尔雅的多情公子形象,而展现出豪迈狂放的一面了吧?

"缁尘京国,乌衣门第"两句连续使用了两个典故。"缁尘京国"是说他出生在京城,也就是今天的北京。"缁尘"化用了南朝谢朓《酬王晋安》诗:"谁能久京洛,缁尘染素衣。"缁尘原来是指路上频繁扬起的尘土,将素色的衣裳都染成了黑色,这里是用来形容京城的繁华喧闹以及高门大户迎来送往的种种盛况。

金元明清

纳兰出生的地方,据说就在今天北京西城区的什刹海后海。即便是现在,后海用"缁尘京国"这四个字来形容也还是很合适的。此地成天车水马龙,熙熙攘攘,尤其是到了晚上,更是灯红酒绿,一派纸醉金迷的景象。

纳兰的故居,大致位于今天后海的宋庆龄故居处,是后海一带闹中取静的地方。宋庆龄故居里的恩波亭,据说就是在原来纳兰明珠府的渌水亭故址上翻建的。

再来看"乌衣门第",这一句就更能说明纳兰门第的高贵了。"乌衣"本来是指南京的乌衣巷,东晋的时候这里曾是王导、谢安这些高门大族聚居的地方。唐朝诗人刘禹锡写过一首很有名的《乌衣巷》:"朱雀桥边野草花,乌衣巷口夕阳斜。旧时王谢堂前燕,飞入寻常百姓家。""乌衣门第"代表的就是贵族门第。

纳兰性德的母亲是爱新觉罗氏,是多尔衮的哥哥——英亲王阿济格的女儿,封一品夫人;父亲纳兰明珠是康熙朝的一代名相;纳兰性德自己又是康熙皇帝的表弟,属于满洲正黄旗。因此纳兰性德一出生就注定了相门公子、皇亲国戚的贵族身份。

可是纳兰在词中自称"缁尘京国,乌衣门第",并不是要向顾贞观炫耀自己的门第出身,他用了看似不起眼的三个字——"偶然间"。这说明,在他眼里,门第出身根本不算什么,只不过是命运偶然的安排罢了。"偶然间、缁尘京国,乌衣门第",一下子就拉近了他和顾贞观的距离。他等于是向顾贞观表白:你别看我出生在所谓的"缁尘京国,乌衣门第",其实这贵族门第并不是我所看重的,所谓的贵族门第在我眼里不过是庸俗污浊的地方而已。

那么,纳兰真正看重的又是什么呢?

"有酒惟浇赵州土,谁会成生此意?"这两句化用了唐代诗人李贺《浩歌》诗:"买丝绣作平原君,有酒惟浇赵州土。"平原君是指战国时期著名的四公子之一,即赵国的赵胜,他喜欢广交宾客,门下集结了数千门客,可谓贤人毕集,为一时之胜。

"成生"是纳兰自称,这两句词的意思是说:我要把酒洒在平原君赵胜的坟土上,表达我对他的追慕之情;我要像平原君那样,广交天下英雄。可是我的这番心意,又有谁能懂呢?

纳兰将自己比作是战国时期门客三千的平原君,这是不是有点自吹自擂呢?

没有。

他确实是一个慷慨豪放,广交天下朋友的人。而且他所结交的朋友,多数并不是跟他一样的满族贵族、豪门公子,而多是流落江湖的汉族文人志士。除了顾贞观之外,像当时有名的江南三布衣——严绳孙、姜宸英、朱彝尊也是纳兰府上的常客。其中严绳孙是明朝的遗民,一直拒绝和清朝廷合作。

在很多人看来,这些汉族文人与相门公子保持如此密切的交往,其动机是极其令人怀疑的。尤其在当时,满汉之间的矛盾仍然尖锐,朝廷中满人排斥汉人,嫌贫爱富、结党营私的风气仍然甚嚣尘上。大环境如此,也难怪纳兰和汉族文人的倾心交往,会惹得谣言满天飞了。"有酒惟浇赵州土,谁会成生此意?"那些散布谣言、唯利是图的人,又哪里会懂得纳兰与朋友披肝沥胆的真情实意呢?

"不信道、遂成知己。"在贵族豪门成长起来的纳兰,内心对真挚、

金元明清

纯粹和超功利的友谊一直有着强烈的渴望。顾贞观的出现,终于弥补了纳兰内心世界的这一缺憾。"不信道、遂成知己",这样的表白,说明纳兰与顾贞观的友谊纯粹是因为性情相投而水到渠成的情感,而并非刻意的经营,更没有掺杂丝毫功利的目的。

这首《金缕曲》还有一个附带的小标题"题顾梁汾侧帽投壶图"。梁汾是顾贞观的号。顾贞观去京城之前,曾经给自己画过一幅画像,还为这幅画像专门题了一首《梅影》词,其中有这样两句:"侧帽轻衫,风韵依然。"说明在这幅画像中,顾贞观头上的帽子就是歪戴着的。

纳兰很欣赏好朋友的这幅画像,也专门为这幅歪戴帽子的画像题写了一首词,这就是纳兰的成名之作《金缕曲·题顾梁汾侧帽投壶图》,他正是凭借这首词而一举成名天下知的。这首《金缕曲》一出,京城里的人竞相传抄,受欢迎的程度简直可以用"洛阳纸贵"来形容,以至于大家都不一定要提"金缕曲"这个词牌名,而直接称之为"侧帽词"。

就在同一年,纳兰第一次整理他的早年词作并且刊印出来,便以自己的成名作《侧帽词》来为自己的词集命名了。

你看,纳兰对顾贞观的倾倒与崇拜非同一般吧?

不过这还只是《侧帽词》命名的直接原因,并非根本原因。要了解"侧帽"的真正来历,我们还有一个问题需要弄明白:顾贞观在画像上为什么要让自己的帽子歪戴着?纳兰又是为什么对这个歪戴帽子的形象赞赏不已、对"侧帽"这两个字情有独钟呢?

我们都知道,按照儒家思想的基本要求,"正衣冠"是个人形象很关键的一点,一个君子照镜子的目的就是为了"正衣冠"。男子二十弱冠，行冠礼之后意味着男子成年，"冠"正意味着礼仪正、心意正等，这是对成年男性社会形象的基本要求。顾贞观却偏偏要歪戴着帽子，在正统儒家观念看来，这显然是很另类的行为。而这个另类的"侧帽"形象之所以能得到纳兰的欣赏，是因为"侧帽"背后有一个著名的历史典故。

"侧帽"这个词是来自南北朝时期北朝独孤信的一个典故。独孤信的本名叫如愿，是匈奴人的后代。他既善于骑射又富有文才、聪明过人，担任过多种要职，如陇右十一州大都督、秦州刺史等，授柱国大将军、尚书令、卫国公等官爵，不仅战功卓著，而且政绩辉煌，既是一代名将，又是众人爱戴和仰慕的"高官"。

不过，这还不算是他的特别过人之处，独孤信不但文武双全，还有一个更绝的地方——他还是一个美男子，据说貌比潘安，姿容绝世，史称其"美容仪，善骑射"。这样一个大帅哥，又有这样尊贵的身份，独孤信理所当然成了当时人们心目中实力派兼偶像派的明星人物了，他的一举一动都成了"粉丝"们关注的焦点，甚至是"粉丝"们疯狂追捧、模仿的对象。

据说独孤信在秦州做官的时候，有一次他出城去打猎，回来的时候突然遇到一阵风刮来，把他头上戴的帽子给吹歪了。独孤信当时急急忙忙地赶着进城，没有注意到这个细节。等到第二天再出门的时候，他非常惊讶地发现：全城男人们头上的帽子竟然全都是歪戴着的！"其为邻境及士庶所重如此"！①

---

① 《周书·独孤信传》："信在秦州，尝因猎日暮，驰马入城，其帽微侧。诘旦，而吏民有戴帽者，咸慕信而侧帽焉。其为邻境及士庶所重如此。"

金元明清

这就是偶像的力量!独孤信的一个无心之举,竟然成了粉丝们眼里标新立异的时尚。

当然,这种"追星现象"之所以能够出现,也是因为魏晋南北朝时期儒学思想相对式微,且独孤信又属北方少数民族,故而他的"侧帽"才能引发一时的时尚热潮。

独孤信就是那个时代引领时尚潮流的风流人物,后来很多诗人词人都喜欢用这个典故来自命风流,或者夸别人风流。例如北宋词人晏几道、陈师道等人都用过这个典故,晏几道在《清平乐》词中有过"侧帽风前花满路"的句子;陈师道《南乡子》词也有"侧帽独行斜照里"之句。所以有学者认为,纳兰用"侧帽"这个典故来给自己的词集命名,说明他正是这样一个以翩翩风流公子自诩的人物:"其弱冠时所作曰《侧帽词》,有承平乌衣少年,樽前马上之概。"①

"青眼高歌俱未老,向樽前、拭尽英雄泪。君不见,月如水。""青眼"又用了一个典故,这就要说到魏晋时期的名士、"竹林七贤"之一的阮籍了。

据说阮籍有个本事:能翻青眼和白眼。看到志不同道不合的人,阮籍就白眼相看,不予理睬;看到高人雅士,阮籍就青眼相加,视为知己。城府很深的人,往往也是喜怒不形于色的人,轻易不会将内心的喜怒爱恨表现出来。可阮籍的翻白眼、青眼,却将情绪的变化充分地表现在脸上。这对一个老谋深算的人来说,是不是显得很孩子气呢?

---

① 张任政《纳兰性德年谱·后记》:"'侧帽风前花满路',晏小山《清平乐》句也。容若平生服膺晏词,其弱冠时所作曰《侧帽词》,有承平乌衣少年,樽前马上之概。"(载北京大学《国学季刊》第2卷第4期。)

纳兰也是这样一个孩子气的人：只有志趣相投的人，才是他青眼相加的朋友；至于那些庸俗小人，那就对不起，白眼一翻，睬都不睬了。

下片的"共君此夜须沉醉。且由他、蛾眉谣诼，古今同忌"，又用到了"蛾眉"的典故，这里当然是化用了屈原《离骚》"众女嫉余之蛾眉兮，谣诼谓余以善淫"的诗句。纳兰借"蛾眉"来比拟自己和顾贞观——他们的鹤立鸡群，他们的高洁美丽，他们的倾情相待，引来了众多小人的猜忌和嫉妒。

那么，对待这些不怀好意的谣言，纳兰的态度是什么呢？

纳兰的态度是一句话——由他去！

"且由他、蛾眉谣诼，古今同忌。"这是一种很坚定、很自信的人生态度，只有坚信自己是正确的人，才能坦然地说一句——由他去！

在我的家乡湖南长沙，有一处著名的人文圣地——古代四大书院之一的岳麓书院。岳麓书院里有一副对联，其中两句我印象特别深刻："是非审之于己，毁誉听之于人。"古往今来，太优秀、太出类拔萃的人往往容易遭人嫉妒，枪打出头鸟嘛，也总有一些人喜欢以小人之心度君子之腹。那么，对待别人的"毁誉"，我们应该报以什么样的心态呢？

我的回答是：只要自己能够坚持原则，明辨是非，别人要恨要骂、要忌妒要诽谤要攻击，那只好随他们去吧！

这种态度正是纳兰的态度——"且由他、蛾眉谣诼，古今同忌"。他既是借此表明自己坚定的态度，也是安慰顾贞观，不要让别人的"毁誉"干扰到他们之间倾心相待的友谊。"身世悠悠何足问，冷笑置之而已。"为了与顾贞观的这份友谊，纳兰已经做了充分的心理准备：大不

金元明清

了放弃现在所有的功名富贵,"乌衣门第"的出身又有什么了不起呢?他随时可以像顾贞观一样,飘然而去,做一个逍遥世外、无所挂碍的江湖文人。至于那些捕风捉影的谣言与攻击,"冷笑置之而已"!

"寻思起、从头翻悔。一日心期千劫在,后身缘、恐结他生里。"纳兰在"翻悔"什么呢?——显然他并不是后悔与顾贞观的交往而引起众多谣言。

唐太宗李世民说过这样一句话:"以铜为镜,可以正衣冠;以史为镜,可以知兴替;以人为镜,可以明得失。"顾贞观就像一面镜子,纳兰从这面"镜子"里看到了自己从前追求的东西,其实是多么微不足道。他后悔的是:以前的他像一般的豪门公子一样,千辛万苦地追逐着功名,可这又怎么样呢?自己的命运掌握在别人手里,他不能做自己的主人。他不能像顾贞观一样,在功名利禄面前,骄傲地转身离去,给那些争名逐利的人留下一个华丽而高贵的背影。这才是纳兰人生最大的悲哀。

"一日心期千劫在,后身缘、恐结他生里。"这几句词用到了佛家的语言。佛家以天地的一成一毁为一劫,佛家的"一劫"相当于儒家说的"一生一世"。"千劫"即永远、永恒的意思了。

这几句词相当于纳兰对顾贞观的友情誓言:我们今天的一个承诺,就要接受一生一世、风吹雨打的考验,不但今生今世是永远的知己,来生来世我们还是最好的朋友!

"然诺重,君须记。""然诺"就是承诺的意思。这份对于友情的郑重承诺,我纳兰会牢记一生,你梁汾兄也一定要铭记在心啊!

真正的男人,一定是一诺千金的,纳兰就是一个真正的男人!

顾贞观读到这首词后,被纳兰的纯洁率真深深打动,他感慨万分

地回赠了一首《金缕曲·酬容若见赠次原韵》,其中有这么一句:"但结托、来生休悔。"他同样坚定地回应了纳兰的承诺:来生我们还做知己,我绝不后悔!

更神奇的是,后来还盛传这么一个传说:纳兰去世之后,顾贞观满怀悲痛地回到自己的家乡。一天晚上,他梦到纳兰对他说:"我和你是生死知己,这份友谊实在是念念不能忘怀。我的生命虽然短暂,但是我想在你这里找到我生命的延续。"

就在这天晚上,顾贞观的儿媳妇生了个儿子。顾贞观跑去一看,这个孩子长得实在太像纳兰了,分明就是纳兰投胎再世啊!因此,顾贞观特别钟爱这个小孙子。孙子满月后,又一天晚上,顾贞观梦到纳兰来向他告别。醒来后,他急急忙忙跑去看孙子,发现这个小孙子果真夭折了。

这个传说当然有些神乎其神,但它毕竟说明了在人们的心目中,纳兰和顾贞观的友谊确实已经达到了惊天地、泣鬼神的境界。

曾经有学者这样评价纳兰的这首《金缕曲》,说它"率真无饰,至令人惊绝"。(傅庚生《中国文学欣赏举隅》十七)也就是说这首词的情感没有经过丝毫刻意的修饰,一派纯真率性。如果没有纯洁的性情,又怎么能写得出这么率真的词呢?

有人说,没有永恒的朋友,只有永恒的利益。可是在纳兰这里,没有永恒的利益,只有永恒的朋友。

两个优秀的男人,就在他们今生来世的郑重承诺当中,踏上了真情相托的知己之路。别人的猜疑也罢,妒忌也罢,毁谤也罢,都摧毁不了这份跨越门第、跨越年龄、跨越满汉两个民族的友谊之花。

金元明清

【拓展阅读】

《清史稿·列传二百七十一·文苑一》（节选）：

性德，纳喇氏，初名成德，以避皇太子允礽嫌名改，字容若，满洲正黄旗人，明珠子也。性德事亲孝，侍疾衣不解带，颜色黧黑，疾愈乃复。数岁即习骑射，稍长工文翰。康熙十四年成进士。年十六，圣祖以其世家子，授三等侍卫，再迁至一等。令赋《乾清门》应制诗，译御制《松赋》，皆称旨。俄疾作，上将出塞避暑，遣中官将御医视疾，命以疾增减告。遽卒，年止三十一。尝奉使塞外有所宣抚，卒后，受抚诸部款塞。上自行在遣中官祭告，其眷睐如是。

性德乡试出徐乾学门。与从鼐讨学术，尝裒刻宋、元人说经诸书，书为之序，以自撰《礼记陈氏集说》补正附焉，合为《通志堂经解》。性德善诗，尤长倚声。遍涉南唐、北宋诸家，穷极要眇。所著《饮水》《侧帽》二集，清新秀隽，自然超逸。尝读赵松雪自写照诗有感，即绘小像，仿其衣冠。坐客期许过当，弗应也。乾学谓之曰："尔何似王逸少！"则大喜。好宾礼士大夫，与严绳孙、顾贞观、陈维崧、姜宸英诸人游。贞观友吴江吴兆骞坐科场狱戍宁古塔，赋《金缕曲》二篇寄焉，性德读之叹曰："山阳《思旧》，都尉《河梁》，并此而三矣！"贞观因力请为兆骞谋，得释还，士尤称之。

……

贞观，字梁汾，无锡人。康熙十一年举人，官内阁中书。工诗，自定集仅五言三十馀篇，清微婉笃，上睎韦、柳；而世特传其词，与维崧及朱彝尊称"词家三绝"。清世工词者，往往以诗文兼擅，独性德为专长，仁和谭献尝谓为词人之词。性德后，又得项鸿祚、蒋春霖三家鼎立。

又：

顾贞观《金缕曲·酬容若见赠次原韵》

且住为佳耳！任相猜、驰笺紫阁，曳裾朱第。不是世人皆欲杀，争显怜才深意？容易得，一人知己。惭愧王孙图报薄，只千金、当洒平生泪。曾不值，一杯水。　　歌残击筑心逾醉。忆当年、侯生垂老，始逢无忌。亲在许身犹未得，侠烈今生已已。但结托、来生休悔。俄顷重投胶在漆，似旧曾、相识屠沽里。名预籍，石函记。

金元明清

蝶恋花
纳兰性德

辛苦最怜天上月。一昔如环,昔昔都成玦。若似月轮终皎洁,不辞冰雪为卿热。　　无那尘缘容易绝。燕子依然,软踏帘钩说。唱罢秋坟愁未歇,春丛认取双栖蝶。

前段时间有一个流行词语突然爆红网络——佛系。我的朋友圈一度被这个词给刷屏了,什么佛系青年、佛系生活、佛系恋人,等等,出现了一大堆衍生词汇。我好奇地搜索了一下,原来在网络流行语境中,佛系指的是随缘、看淡一切,什么都不在乎、不介意,怎么都行,都无所谓。表面上看,这样解释"佛系"好像也没什么大毛病,我们一般不是都说看破红尘、立地成佛吗?但这个解释可是颠覆了我对"佛"这个词长期以来的认知。

那么,我对"佛系"原本的理解是什么样子的呢?纳兰性德的这首《蝶恋花》就能够代表我心目中真正的"佛系"爱情。

"蝶恋花"这个词调本名"鹊踏枝",北宋词人晏殊采用南朝梁简文帝萧纲《东飞伯劳歌》中的诗句"翻阶蛱蝶恋花情",改词牌名为"蝶恋花"。它还有很多别名,例如"凤栖梧""卷珠帘"等,指的都是这个词调。

这首《蝶恋花》的作者纳兰性德被誉为"清代第一词人"。"清代第一词人"这个称号可不是我给他戴的高帽子,其实纳兰性德在很多方面都得到了很高的评价。例如:梁启超评价他是"清初学人第一",这说明了他在学术界的崇高地位;清末词坛四大家之首、著名学者王鹏运高度评价他在词史上的地位:"我朝唯纳兰公子,深入北宋堂奥。"当代学者刘大杰更是直截了当地将他誉为"清代词人之冠"。

这些评价还只是说明了纳兰性德在文学界的地位,其实,他的身份更为传奇。他不仅是相门公子,而且还是康熙皇帝的表弟,其曾祖父和康熙皇帝的曾祖母孝慈高皇后是亲兄妹。"纳兰"是女真语,其实就是我们通常所说的叶赫那拉氏,因为音译的关系,又可以翻译成叶赫纳兰氏,纳兰氏位列满洲八大家族之一,可见他们在清朝地位的崇高。

纳兰性德自己更是少年成名,二十一岁的时候就以全国第十名的好成绩高中进士,不久又成为康熙皇帝身边的近身侍卫,年纪轻轻就由正五品的三等侍卫晋升到了正三品的一等侍卫。

血统的高贵、才学的渊博、皇帝的宠信、仕途的顺利,再加上他自己容颜俊美、风采绝世,无论是在当时,还是直到三百多年后的现在,都拥有无数为他痴迷的"粉丝"。因为纳兰性德字容若,所以他还会被"粉丝"们亲昵地称为容若或者是容若公子,甚至直接就以"公子"相金元明清

称。这样一位翩翩佳公子,怎么会和"佛系青年"和"佛系爱情"扯上关系呢?这首《蝶恋花》就隐约向我们透露了答案。

我们不妨先来看看这首词的下半阕:"无那尘缘容易绝。燕子依然,软踏帘钩说。唱罢秋坟愁未歇,春丛认取双栖蝶。"

这几句当中有一个关键词:"尘缘"。"缘"是佛教术语,佛教认为"缘"是事物发生、变化、坏灭的条件;佛教还有三生三世说,认为人有前生、今生和来生,而人与人之间今世的关系其实就是前生的因缘注定,也就是我们常说的缘分了。容若的这一句"无那尘缘容易绝",就是借用了佛教的理念,来感慨今世的缘分那么容易断绝,这是多么令人无奈的事呀!

容若不仅在词中反复使用佛系概念,他还给自己取了一个别号——楞伽山人。这个号来自大乘佛教的经典《楞伽经》,唐代诗人王维、白居易、刘禹锡、李贺等人都深受《楞伽经》影响,如李贺就写过"《楞伽》堆案前,《楚辞》系肘后"的诗句。通俗地说,《楞伽经》宣扬的主要思想是万事皆空,宇宙万有都是虚妄空幻的;世间万物皆由心生,认识世界的根本在于内心,只有回归清净的内心,才能达到智慧的境界。

那么,到底是什么原因,让前途一片光明的相门公子容若,竟然试图借助佛系理论来解脱他对红尘俗世的迷茫与痛苦呢?

答案依然在这首词当中:"无那尘缘容易绝。燕子依然,软踏帘钩说。唱罢秋坟愁未歇,春丛认取双栖蝶。"让容若痛苦感慨缘分断绝的,就是他与结发妻子卢氏的短暂婚姻。

康熙十三年(1674),不到二十岁的容若迎娶了十八岁的卢氏。卢

氏同样出身名门,她的父亲是康熙年间的两广总督、兵部尚书卢兴祖,属于汉军镶白旗人,清朝有名的封疆大吏。

卢氏,是容若一生最爱的女人,甚至可以说,是他唯一付出全部爱情的女人。

容若曾经用一句"一生一代一双人"来形容他和卢氏的夫妻关系,这句词就是在向世人表明:在我纳兰性德的心中,此生此世最爱的人、我最想和她一起走过一生一世的人,就是妻子卢氏。

容若曾经这样描述过他和妻子日常生活的幸福与甜蜜:"绣榻闲时,并吹红雨;雕阑曲处,同倚斜阳。"在日常的工作完成之后,他和妻子常常安静地依偎在一起,一起看黄昏的斜阳,一起怜惜春天的落花,享受着新婚燕尔的甜蜜。

与卢氏三年的婚姻生活,是容若一生中最幸福、最美丽的一段时光。

但是,这样美丽的人生就像烟花一样,美到极致之后便跌入了无尽的黑暗!这样美丽的日子只持续了短短的三年,就在容若二十二岁这年,令他痛苦一生的悲剧发生了。

在这一年前,卢氏生下了儿子海亮。喜添贵子,这本来是一件大好事,也给纳兰府平添了喜庆和快乐的色彩。可是,卢氏因为难产,生下儿子后身体一直很虚弱,容若心急如焚,百般求医问药都没有任何效果。康熙十六年(1677)的五月三十日,卢氏永远地离开了容若。

如果说,此前的纳兰是沉浸在温暖的爱情中;那么,此后的他,对于爱情的姿态,就定格成了孤独的遥望——他在人间,爱人却在天上。

金元明清

"无那尘缘容易绝。燕子依然,软踏帘钩说。"这一世,容若与妻子的尘缘已然断绝,虽然燕子依然会一年又一年飞回来,它们成双成对地踏上帘钩,亲昵地依偎在一起,轻柔的鸣叫声好像是在诉说着甜蜜的悄悄话。燕子那恩爱的样子,多像当年的容若和卢氏啊!——往年的这个时候,他们也是那样恩爱地倚在窗前,看着燕子双双归来,栖息在屋檐下。可现在,燕子还和从前一样;倚在窗前的,却只剩下了容若一个人。

是的,春天依然会一年又一年地归来,容若爱情的春天却永远逝去了,他的内心世界,从此只剩下了冰冷的冬天。"唱罢秋坟愁未歇,春丛认取双栖蝶。""秋坟"是化用了李贺的诗句"秋坟鬼唱鲍家诗"。李贺被称为唐代诗坛上的"诗鬼",容若在词坛上也被称为"鬼才",可是他唱了那么多悲怆的挽歌,都招不回妻子卢氏的魂魄,他只能寄希望于佛教里许诺的来生——"春丛认取双栖蝶"——这是《蝶恋花》词的最后一句。

读到这最后一句,你是不是也和我一样,马上想起了著名的梁山伯与祝英台的故事呢?活着的时候不能"执子之手,与子偕老",死了也要化为一双蝴蝶,不离不弃。

尘缘易绝,深情难绝,这就是容若与妻子用三生三世结下的佛系情缘吧?

卢氏去世之后,容若不仅给自己取了"楞伽山人"这个别号,表达他对人世沧桑的空寂感与虚幻感;而且他再版自己的词集时,将原来的《侧帽词》改名为《饮水词》。"饮水"也是佛家用语:"如人饮水,冷暖自知。"人世间的冷暖甘苦,只有经历过的人才最清楚,种种细微的

感受是很难用语言表述出来的,那是一种无法与人分担和分享的孤独。

"无那尘缘容易绝。燕子依然,软踏帘钩说。唱罢秋坟愁未歇,春丛认取双栖蝶。"如果说,这首《蝶恋花》的下半阕,让我们看到了容若对于今生尘缘已绝的沉痛,看到了容若对于来世再续前缘的期盼,那么再让我们回到这首词的上半阕,再次感受容若对于妻子佛系爱情的深沉表达。

辛苦最怜天上月。一昔如环,昔昔都成玦。若似月轮终皎洁,不辞冰雪为卿热。

唐代诗人李贺有一句很著名的诗:"天若有情天亦老。"天到底有没有感情呢?当然没有!所以天是永恒不变的,它不会哭、不会笑、不会叹气、不会熬夜、不会失眠,更不会衰老……可是,在多情善感的人眼里,天又是有情的。容若词一开篇就说:"辛苦最怜天上月。"天也好,月也好,本来都是无情之物,可是有情的人偏偏给这些无情之物赋予了深沉的感情。

那么,在容若的眼里,无情的月亮又怎么可能会觉得"辛苦"呢?

"一昔如环,昔昔都成玦。"环和玦的本义都是玉,但环和玦有很大的差别——环是圆形(中间有孔)的玉,玦是半环形有缺口的玉。环代表的是满月,而玦代表的则是残月。如果月亮没有感情,那它为什么每个月只有一个晚上是圆满的,其他晚上都是残缺的呢?苏轼的《水调歌头》中曾经写过:"人有悲欢离合,月有阴晴圆缺,此事古难全。"月亮的圆缺本来是自然界的规律,可是一旦跟人间的悲欢离合联系起来,这种自然规律就显得那么凄凉、那么无奈了。

金元明清

"一昔如环,昔昔都成玦。"为了仅仅一个晚上的团聚,月亮要积聚整整一个月的力量,这该是何等的辛苦!

可是,在词人看来,月亮的这种辛苦跟人的辛苦比起来,又是微不足道的了——毕竟不管怎么样,月亮一个月还能等来一次圆满,再辛苦总还是有盼头的。可人呢?"若似月轮终皎洁,不辞冰雪为卿热。"如果人也能像月亮一样,不管要等多久,等得多么辛苦,只要最终能换来皎洁圆满的那一天,那么,无论是什么样的代价,容若都会不惜一切地去付出、去投入的。这会是什么样的代价呢?

"不辞冰雪为卿热。"这是这首词里最令人感动的一句,也是这首词中力量最重的一句。在这里,容若给出了一个最悲壮的答案——"不辞冰雪为卿热"!

原来,"不辞冰雪为卿热"用到了《世说新语》当中的一个典故。三国时候魏国的一位名士叫荀粲,荀粲和他的妻子感情非常深厚,妻子得了重病,高烧不退,吃什么药都不管用。当时正是寒冬腊月,冰天雪地,荀粲着急得没办法了,就脱光衣服跑到院子里,让风雪将自己的身体冻冷,然后再回到屋子里,用自己冻冷的身体贴到妻子的身上,给妻子"物理降温"。在曾经热播的电视连续剧《甄嬛传》当中,有一个情节也用到了这个故事:果郡王为了给甄嬛退烧,也是躺在冰雪当中让身体降温,然后再用冰冷的身体抱住甄嬛,给她降温。

但即便是像荀粲这样的深情、这样的努力还是没有挽回妻子的生命,不久,荀粲的妻子就去世了。妻子去世之后,荀粲悲痛不已,他舍不得让妻子的灵柩下葬,每天呆坐在妻子身边,"不哭而神伤",没有嚎

嚎痛哭,没有眼泪,只是目光呆滞,黯然神伤。他的好朋友去吊唁的时候,看到荀粲这么伤心,就劝他:你的妻子只不过是长得漂亮而已,并没有什么特别之处,天下漂亮女人多的是,你又何必这么悲伤呢?

荀粲回答朋友时只说了这么一句话:"佳人难再得。"

"佳人难再得!"这样的回答,和容若"一生一代一双人"的誓言如出一辙:这个世界上,漂亮优秀的女人确实到处都有,可是爱人只有这一个,失去了就再也找不回来!

不久,荀粲也因为悲伤过度而去世,去世的时候年仅二十九岁。"若似月轮终皎洁,不辞冰雪为卿热。"如果能用自己被冰雪冻过的身体为妻子降温,只要能够挽回妻子的生命,让他们此生的爱情依然圆满,那么他也像荀粲那样,愿意为此付出一切代价,包括生命!

这就是容若发自肺腑的爱情宣言。

辛苦最怜天上月。一昔如环,昔昔都成玦。若似月轮终皎洁,不辞冰雪为卿热。　　无那尘缘容易绝。燕子依然,软踏帘钩说。唱罢秋坟愁未歇,春丛认取双栖蝶。

《蝶恋花》讲到这里,似乎已经解释完了。不过我还想补充一点,在这首充满悲情的悼亡词里,最后的这一句"春丛认取双栖蝶"却似乎洋溢着淡淡的喜剧色彩:在花丛中翩翩起舞的一双蝴蝶,是春天里很美好的景色。这好像是容若给这首悼亡词安的一个"光明的尾巴",是一个充满希望的"happy ending",是对来生再续前缘的殷殷期盼。可透过表面上这一点喜剧色彩,我们看到的是更浓厚的悲情——因为,我们都不敢确信,到底有没有来生!

金元明清

说透这一点很残忍,毕竟,在中国真正相信有来生的人很少,而像容若这样充满智慧的人,更不会相信真有什么来生。当我们殷殷地寄希望于来生的时候,我们比谁都更清楚地知道:没有来生,化蝶成双只是一个虚幻的梦。容若也知道,不管他在佛前苦苦祈求过多少遍,他都知道:没有来生了!

因为知道,所以更痛。

"若似月轮终皎洁,不辞冰雪为卿热",在纳兰容若与卢氏的爱情故事中,我所理解的真正的佛系爱情,绝对不是随缘、看淡一切、不在乎、不介意、怎么都行、什么都无所谓,而是因为有了最重要的信仰和追求,才会选择缘定三生的执着守望。

越是清醒地意识到没有来生,越是绝望地祈求着来生,这才是容若式佛系爱情的执念。

【拓展阅读】

纳兰性德《眼儿媚》

手写香台金字经,惟愿结来生。莲花漏转,杨枝露滴,想鉴微诚。欲知奉倩神伤极,凭诉与秋擎。西风不管,一池萍水,几点荷灯。

(注:荀粲,字奉倩)

《世说新语》:

荀奉倩与妇至笃,冬月妇病热,乃出中庭,自取冷,还,以身熨之。妇亡,奉倩少时亦卒,以是获讥于世。

浣溪沙
纳兰性德

谁念西风独自凉,萧萧黄叶闭疏窗。沉思往事立残阳。被酒莫惊春睡重,赌书消得泼茶香。当时只道是寻常。

在容若流传最广的经典名句当中,这三句应该可以排进排行榜的前三名:人生若只如初见、当时只道是寻常、一生一代一双人。这三句词有一个共同特点,那就是字面上的意思很浅显,却都有巨大的联想空间,特别能够引起我们强烈的情感认同。其中的"当时只道是寻常"这句词,就出自容若公子的《浣溪沙》。

《浣溪沙》是唐代教坊舞曲,用作词调,又可以称为"浣纱溪",这个"沙"字既可以写作沙子的沙,也可以写作纺纱织布的纱。一说到"浣纱"这个词,我们的脑海里可能马上会出现一位绝代美女的形象——春秋时期越国的西施。

根据南朝宋孔灵符《会稽记》的记载,当年吴国越国争霸的时候,

越王勾践在国内到处搜寻美女准备献给吴王夫差,终于在诸暨罗山找到了两位大美女西施和郑旦,于是命专人在土城山训练她们。山边有块石头,据说是西施浣纱石,也就是西施当初浣纱的地方,罗山因此又被称为苎罗山。所以浣纱女指的就是西施了,当然后来也泛指大美女。

另外一种说法认为浣纱溪即若耶溪,在今天浙江绍兴南边的若耶山下,溪边有浣纱石,相传是西施当年浣纱的地方。唐代司空图《杨柳枝》词中就写过这样的句子:"何似浣纱溪畔住,绿阴相间两三家。"

还有一种说法认为浣纱溪在浙江青田长寿峰,相传是南朝宋大诗人谢灵运巧遇浣纱仙女的地方。反正,传说很多,不过这些传说都和美女有关。只不过,后来词人用"浣溪沙"这个词调来填词的时候,内容和浣纱美女的原意不一定有什么直接联系了。纳兰性德这首《浣溪沙》就是如此。

我曾经归纳过,容若词的魅力主要有四个特点:

第一,真情。容若词情感真挚充沛,很容易引起读者强烈的情感共鸣。"真情"是容若词的情感内核。

第二,自然。他的词自然平易,朗朗上口,看上去没有很多刻意的雕琢,因此容易给读者留下深刻印象,甚至可以说是令人过目不忘。

第三,追忆。我们读容若的词,会发现他似乎总是沉浸在对往事的回忆之中,沉浸在刻骨铭心的追思之中,因此他的词呈现出一种如梦如幻的朦胧美。"追忆"是容若词的基本思路。他时而描写往事,时而回到现实,自如地穿越其中,从追忆中带出浓浓的情感。

第四,凄婉。容若词最感人的地方就在于他的伤心凄婉,"凄婉"

是容若词的情感类型。就像他最好的朋友顾贞观所说的那样:"容若词一种凄婉处,令人不能卒读。人言愁,我始欲愁。"这就是说容若词最大的特点是情感的哀伤,如"落叶哀蝉,动人凄怨"。这种哀伤也会深深地感染到读者的情绪。

这首《浣溪沙》几乎是完整地体现了容若词的这四大魅力。

首先,从主题来看,《浣溪沙》也是一首凄婉的悼亡词,悼念的是容若的结发妻子卢氏。此前我们在讲他的《蝶恋花》(辛苦最怜天上月)那首词时,曾经比较详细地介绍过容若公子和爱妻卢氏之间的爱情经历,在讲这首《浣溪沙》之前,还有一个问题必须明确,因为我曾经碰到过有人提出过这样的质疑:"你凭什么认为这是一首悼亡词呢?凭什么说这就是纳兰性德悼念妻子的作品呢?你从哪里可以得出这样的结论呢?"

确实,这是一个问题。因为容若有很多悼亡词用序或题目的形式注明这是悼念亡妻,比如说他写的《金缕曲》:"此恨何时已。滴空阶、寒更雨歇,葬花天气。三载悠悠魂梦杳,是梦久应醒矣。"这首词他就明确地加了一个词题《亡妇忌日有感》。再比如他的《南乡子》词:"泪咽却无声。只向从前悔薄情。凭仗丹青重省识,盈盈。一片伤心画不成。"也附加了词题《为亡妇题照》,表明了悼亡的主题。而这首《浣溪沙》既无词题也无词序,又怎么能说明它是悼念亡妻的作品呢?

我判断的依据主要是这首词下半阕的两句:"被酒莫惊春睡重,赌书消得泼茶香。"因为这两句词里包含了一个非常重要的典故:"赌书消得泼茶香"用到了宋代女词人李清照和丈夫赵明诚的典故。古人写诗写词用典是非常有讲究的,绝对不会胡乱使用。既然这句词运用了

金元明清

前代夫妻的故事,那它指向的当然应该是容若夫妻的情感故事。

"赌书消得泼茶香"是李清照和赵明诚早年婚姻生活的写照。在李清照晚年写的自传性文章《金石录后序》中,有这样一段文字提到了他们早年的夫妻生活:

余性偶强记,每饭罢,坐归来堂烹茶,指堆积书史,言某事在某书、某卷、第几页、第几行,以中否角胜负,为饮茶先后。中即举杯大笑,至茶倾覆怀中,反不得饮而起。甘心老是乡矣。

这一段文字,是说李清照和赵明诚婚后不久,他们回到山东老家青州隐居。那段日子里,夫妻俩每天晚上吃完了饭,就来到书房,"归来堂"即书房的名称。他们悠闲地煮上一壶茶,开始以"赌书"为乐了。

怎么个赌法呢?他们指着堆积如山的书籍,打赌说:某件事应该记载在哪本书的哪一卷的哪一页的哪一行。谁说对了就可以先喝茶,说错了就对不起,一边看着去!李清照博学啊,记性又特别好,所以总是她赢的时候多而赵明诚赢得少。不过每次李清照赌赢了,"即举杯大笑,至茶倾覆怀中,反不得饮而起"——她抢过茶杯来开心得哈哈大笑,常常是笑得前俯后仰,一不小心连茶水都泼在衣服上了,反倒是什么也没喝到……

"赌书消得泼茶香",十年的隐居生活让李清照享受到了夫妻之间情趣相投的幸福与甜蜜,以至于当她晚年回忆起这段日子的时候,还忍不住长叹了一句:"甘心老是乡矣。"心甘情愿就这样一直和赵明诚相伴到老。

李清照和赵明诚的夫妻感情堪称历史上难得的知己之爱。纳兰

在词中用了赵、李夫妻赌书泼茶的典故,就是想晒晒他和卢氏的幸福婚姻:那实在是堪与李清照和赵明诚相比的夫唱妇随的恩爱夫妻!

"赌书消得泼茶香。"读着这样的句子,我们仿佛看到了一幅冬夜读书图:一个飘着鹅毛大雪的冬天,纳兰和妻子窝在暖融融的屋子里,炉火上烧着一壶滚烫的水。纳兰坐在书桌前,手里捧着一本词集,卢氏斜倚在丈夫的身边,一只手上捧着茶盅,和他一起轻声吟唱着一首首美丽的小词……

再来看"被酒莫惊春睡重"这一句,这句词又反映了他们夫妻之间怎样的生活情趣呢?

"被酒"就是喝醉了酒的意思。

大家不要觉得奇怪,"被酒莫惊春睡重",妻子喝醉了酒起不了床,丈夫还说:别去惊动她,让她好好睡吧。喝醉了酒睡懒觉算什么情趣啊?为什么妻子喝醉了丈夫还这么怜香惜玉呢?这要是换了一般的夫妻,看到妻子一副醉醺醺的模样,恐怕丈夫心里早不是滋味了吧?

妻子为什么会喝醉,这句词里并没有给出解释。不过,"被酒莫惊春睡重"的下一句便是"赌书消得泼茶香",既然赌书泼茶用的是李清照和赵明诚夫妻生活的典故,那我们不妨再用李清照和赵明诚的故事来推测一下容若夫妻生活的情趣。李清照写过两句词:"险韵诗成,扶头酒醒。"这两句词明显有自我炫耀的嫌疑:一方面炫耀自己有才气,敢作"险韵"的诗,也就是专门找一些不经常用的生僻字来押韵写诗;一方面还炫耀自己有酒胆,敢喝烈酒。"扶头酒"并不是一种酒的名字,而是指酒性很烈、容易让人喝醉的酒。贺铸有句词:"易醉扶头酒。"(《南歌子》)就是说这种烈酒喝了很容易醉。喝醉过的人大概都金元明清

有这种体验:喝醉了酒不是头昏眼花、头重脚轻、头疼脑热吗?所以醉酒的人常常要用手扶住东倒西歪的头,于是烈性酒就有了个外号,叫"扶头酒"。

李清照自己酒量不咋的,还非要逞能喝烈性酒,这一喝,就常常不省人事,睡一宿还醒不了酒。李清照不是还有两句很有名的词吗?"昨夜雨疏风骤,浓睡不消残酒。"(《如梦令》)。

类似的生活场景对纳兰和卢氏来说,恐怕也是习以为常的了。妻子陪着丈夫喝酒论道,偶尔喝多了一点,出现词中所描写的"被酒莫惊春睡重"的情景,也并不奇怪。

其实,对于优雅的女子来说,即便是端着酒杯,也是别有一番动人风情的。李清照就说过,女子"捧觞别有娉婷"。

再举个例子,《红楼梦》里的史湘云,也是喝多了酒,趁姐妹丫鬟们不注意,偷偷溜出去,一不小心就醉倒在花园里,落了一身的芍药花瓣,惹得蝴蝶蜜蜂都围着她转。湘云说着梦话还在行酒令呢:"直饮到梅梢月上,醉扶归,却为宜会亲友。"如果不是有文化修养、有高雅情趣的女子,恐怕没有这样楚楚动人的醉酒场景吧?

"被酒莫惊春睡重,赌书消得泼茶香。""被酒""春睡""赌书""泼茶",这些都是容若在追忆中再现的夫妻生活中的快乐场景,这些场景都很平淡、很寻常,没有什么轰轰烈烈、惊天动地的地方,但却是最值得容若留恋和沉醉的。"被酒莫惊春睡重,赌书消得泼茶香。"这也是《浣溪沙》中最明亮最欢快的句子,和整首词浓郁的悲凉气氛恰恰形成了强烈的反差,那么这样的反差是怎么形成的呢?容若又为什么要制造这样的情绪反差呢?

我们还是从头说起。在这首词里,词人一开始就营造了浓郁的凄婉气氛:"谁念西风独自凉,萧萧黄叶闭疏窗。沉思往事立残阳。"这几句词写的显然是词人当时所处的环境和心情。

"西风",说明当时正是秋天。古典诗词里出现"东风",其语境往往是在春天,"西风"则是在秋天。中国文人向来有"悲秋"的传统,每当秋风起时,草木枯萎,落叶飘零,凄凉萧瑟的景象总能引发文人关于时间流逝、生命垂老的无限感慨。从屈原的"袅袅兮秋风,洞庭波兮木叶下"(《湘夫人》),到杜甫的"无边落木萧萧下"(《登高》),都是在抒发"悲秋"的伤感。

"谁念西风独自凉",全世界都寒冷,寂寞却只有词人独自体会、独自品尝。容若独自伫立在萧瑟的西风中,他眼中的景色是"萧萧黄叶闭疏窗"。"疏窗"是指雕有镂空花纹的窗子,天冷了,黄叶飘零,门窗紧闭;他感受到的是秋天刺骨的寒冷。明明窗户里面就是温暖的房间,可是词人在冰凉的西风中一站就是老半天,一站就站到了黄昏——"沉思往事立残阳",还舍不得进屋去,是什么原因让他如此失魂落魄?

因为,屋子里再也没有他爱的人了!屋子里再也没有从前那样"被酒莫惊春睡重,赌书消得泼茶香"的温馨场景了!没有了爱人的温暖,窗内和窗外又有何区别?

"被酒莫惊春睡重,赌书消得泼茶香。当时只道是寻常。"在与卢氏结婚之前,容若经历过的一些小小挫折其实都不算什么,妻子的离去才是他一生之中最惨痛的悲剧。对这样的伤痛,他已经无法用任何语言、任何文字来表达了。他只能很平淡地说一句:"当时只道是

金元明清

寻常。"

"当时只道是寻常"——这是《浣溪沙》词的最后一句。

最深切的痛苦,并不一定需要用最浓烈的语言来渲染。容若的词自然平淡,但并非没有艺术技巧。相反,他填词的技巧很高明,高明到了让人看不出技巧的境界,就像是经过了高明化妆后的女子,既充分展现了她的天生丽质,又显示出高雅的艺术修养和审美情趣——或许,这就是所谓的"裸妆"吧。

这首《浣溪沙》就运用了一种很重要的艺术手法——"时空穿梭",当然这是套用了时髦的语言,其实说白了就是"对比",而且这首词里还包含着三层对比:

第一层对比是今昔对比。现在的情景是"萧萧黄叶闭疏窗",是深秋的凄凉;回忆中的过去却是"被酒莫惊春睡重",是春天的温暖。在这首词里,今昔对比是主线,在今昔对比里还包含着另外两层对比:哀乐对比和动静对比。

第二层对比是哀乐对比。现在的词人是孤独凄凉的——"谁念西风独自凉";沉浸在爱情中的词人却是甜蜜快乐的——"赌书消得泼茶香"。

第三层对比是动静对比。"沉思往事立残阳"是长时间默默伫立的词人;在词人的追忆里,"被酒莫惊春睡重,赌书消得泼茶香"却是活泼欢快的场景。

那么,在这样短短的一首小词中,纳兰为什么要进行这么多层次的对比呢?

明末清初的著名思想家王夫之曾经说过这么一句话,他说在诗词

艺术中,"以乐景写哀,以哀景写乐,一倍增其哀乐"。(《姜斋诗话》)也就是说,明明诗人词人想要表达的是一种哀伤的感情,可是他在诗词中却偏偏选择那些欢乐的场景来描写。欢乐的场景又如何能够传达出哀伤的感情呢?

这就是我们常说的:什么是悲剧?悲剧就是将最美的东西毁灭给人看!

纳兰的这首《浣溪沙》就将这种艺术手法用到了炉火纯青的境界:他越是极力渲染过去的幸福,失去幸福的痛苦才会越发显得强烈。

记得有一部很经典的美国电影《人鬼情未了》,男主人公说过一句同样很经典的台词:"当我感到快乐的时候,我最害怕的就是失去它。"

"当时只道是寻常",在经过了深切的今昔对比、哀乐对比、动静对比之后,纳兰好像已经把他对妻子的思念、他和妻子过去的幸福,以及他现在的凄凉全都表达出来了。可是直到最后,他才发现,真正经历过悲剧的人,一切文字、一切语言,都无法准确表达出他内心深处的伤痛。

"当时只道是寻常",最后这平平淡淡、简简单单的一句话,才真正包含了他所有想说却又说不出来的话。

有人说,夫妻相处久了,就像左手握着右手,已经平淡得没有任何感觉,可是真要失去了一只手,那种钻心的痛才会真正从骨子里提醒你:"当时只道是寻常"!

容若的伤心,容若的凄婉,没有撕心裂肺的痛哭,也没有惊天地泣鬼神的山盟海誓,在频繁的追忆之后,他只是很平淡地说了一句:"当金元明清

时只道是寻常。"

最平淡的,才是最伤心的,才是最令人"不忍卒读"的!

【拓展阅读】

纳兰性德《沁园春》

丁巳重阳前三日,梦亡妇淡妆素服,执手哽咽,语多不复能记。但临别有云:"衔恨愿为天上月,年年犹得向郎圆。"妇素未工诗,不知何以得此也,觉后感赋。

瞬息浮生,薄命如斯,低徊怎忘?记绣榻闲时,并吹红雨;雕阑曲处,同倚斜阳。梦好难留,诗残莫续,赢得更深哭一场。遗容在,只灵飙一转,未许端详。　　重寻碧落茫茫,料短发、朝来定有霜。便人间天上,尘缘未断;春花秋叶,触绪还伤。欲结绸缪,翻惊摇落,两处鸳鸯各自凉。真无奈,把声声檐雨,谱出回肠。

画堂春
纳兰性德

一生一代一双人,争教两处销魂。相思相望不相亲,天为谁春? 浆向蓝桥易乞,药成碧海难奔。若容相访饮牛津,相对忘贫。

《诗经》里有两句诗"君子作歌,维以告哀",无论是中国的诗歌还是西方的诗歌,悲情都是主旋律,悲剧也是最崇高的文学样式。纳兰性德的词正是这条主旋律当中特别精彩的一段。但我必须说明一下,虽然容若的词给人的总体感觉是凄婉伤心,但并不能由此下结论,说他这个人就是一味沉浸在伤心颓废中的人。事实上,容若对待事业很认真,事业也很成功,对待朋友很真心、很热情,对待学术很执着、很专业,他是一个积极生活、潇洒飘逸,有时还有着豪迈气概的人。比如容若也写过"投躯赴清川,喷薄万古流"(《挽刘富川》)这样的诗句,甚至还向康熙皇帝主动请缨,要求到前线战场上去报效国家。所以说,我金元明清

们读一个诗人、词人的某一首作品,往往反映的是作者在特定时间、特定状态下的情感,只是作者性格的一个侧面,却不能看成是作者生活的全部。不过这一讲我们要继续分享的,依然是容若一首凄婉却充满真情的爱情词《画堂春》:

一生一代一双人,争教两处销魂。相思相望不相亲,天为谁春。　　浆向蓝桥易乞,药成碧海难奔。若容相访饮牛津,相对忘贫。

"一生一代一双人",这也是容若词当中最为人熟知的名句之一,但其实这句词并不是容若的原创。早在唐代的时候,"初唐四杰"之一的骆宾王就在他的诗《代女道士王灵妃赠道士李荣》中写过这样的句子:"相怜相念倍相亲,一生一代一双人。"容若只不过是将前人的诗句信手拈来,放在他自己的词作当中,却好像和下文浑然天成,没有一点儿违和感。

"一生一代一双人,争教两处销魂。""一生一代一双人",用一种很坚决的态度表明了生死相许的爱情信仰,可是紧接着的"争教两处销魂",又让人感受到爱情信仰的毁灭:既然是天生一对,为什么又要让人两地分离,各自黯然伤神呢?

那么,到底是什么样的女子,到底是什么样的爱情,让容若有了"一生一代一双人"的信念,却又生生承受着"争教两处销魂"的幻灭呢?

这就牵涉到对这首《画堂春》主题的理解了。关于这首词历来有不同的解释,最常见的一般有两种:一种意见认为它是容若写给初恋情人的词,另一种意见认为它是容若写给爱妻卢氏的悼亡词。

容若与卢氏的爱情,我们前面多次提到过。在这里,我想再和大家一起简单回顾一下他的初恋。

大约在容若十几岁的时候,他曾经有过一段缠绵悱恻的初恋。至于初恋的对象,他自己没有明确说过,于是一向众说纷纭。有人说是他的表妹,就像《红楼梦》中贾宝玉和林黛玉的关系;有人说是他府上的丫环,就像贾宝玉和袭人的关系。当然,林黛玉和袭人是有本质区别的,林黛玉是贾宝玉心灵上的初恋,袭人是贾宝玉生理上的初恋;宝玉在精神上深深地依恋黛玉,在生活上却又处处依赖袭人。

至于容若和初恋情人恋爱的细节,我们没有办法知道,据说,这段初恋很可能已经发展到了谈婚论嫁的阶段。当然,"谈婚论嫁"也许只是两个相爱的人私下的承诺,并非到了双方家庭商议明媒正娶的地步。如果恋情能够顺利地发展下去,纳兰的人生道路可能会是另外一番模样。但事实上,这段恋情还没有来得及成熟,就中途夭折了。夭折的原因,我们同样无法确知。

不过,因为容若身份太特别了,相门公子、多情才子,关于他的恋爱,一向是八卦野史追逐的焦点。有人说,他们最终不得不分手是因为纳兰的表妹被选上了秀女,入宫成了康熙皇帝的妃子。纳兰相思成疾,绞尽脑汁想要制造和恋人重逢的机会。他甚至趁着康熙皇后病逝的时候,贿赂了进宫做法事的喇嘛,穿上袈裟混在喇嘛里进宫偷偷见了恋人一面。

当然,这样的猜测也确实够浪漫够大胆,而且康熙皇帝还真有几位姓纳兰的妃嫔,例如其中地位最高的惠妃叶赫纳兰氏,曾深受康熙的宠爱,三年中为康熙添了两个皇子。其中皇长子允禔颇得康熙喜

爱;康熙还让惠妃抚养了皇八子允禩。这两位皇子被立为太子的呼声一度都很高。

甚至还有一部电视连续剧安排了这么一个情节:康熙皇帝明知纳兰与他的表妹情深意笃,纳兰甚至还恳求过皇帝成全他和表妹,不要将表妹当成秀女选入后宫。可是康熙见到这位女子后,被她的姿容所征服,不顾纳兰的恳求,仍然横刀夺爱,将她变成了自己宠爱的妃子。

这样的故事,和"一生一代一双人,争教两处销魂。相思相望不相亲,天为谁春"的词句似乎确实有那么几分契合。本来容若和表妹两情相悦,可是表妹一入皇宫深似海,从此萧郎是路人。

不过,我也得特别说明一下,其实"相思相望不相亲"这句词也不是容若的原创,"初唐四杰"之一的王勃早就写过"故人故情怀故宴,相望相思不相见。"(《寒夜怀友杂体二首》其二)李白的《相逢行》也写过:"相见不相亲,不如不相见。"

野史里说是因为康熙皇帝横刀夺爱,所以才造成了容若和恋人相思相望不相亲的悲剧。但真实的历史是,惠妃叶赫纳兰氏于康熙九年(1670)即已生下皇子,她入宫的时间就更早了。康熙九年,纳兰才十五岁,还没中举人,更不可能成为康熙身边的侍卫。恳求皇帝成全他和恋人、和康熙争风吃醋这样的故事显然更像是捕风捉影的虚构。根据历史学者的考证,这位惠妃应该是容若父亲纳兰明珠的妹妹,也就是纳兰性德的姑姑。姑姑和侄子当然不可能发生什么恋爱关系。

康熙和纳兰性德是君臣关系,是表哥和表弟的关系,但绝不可能是"情敌"关系,野史的八卦好像离谱得有些过分。

因此,表妹入宫导致恋人分手的这个故事,真实性很值得怀疑,我个人倾向于赞同侍女说,也就是容若的初恋情人很可能是他的贴身侍女,虽然两人早已私订终身,但因为门第悬殊,最终只能在家庭的压力下分手。

初恋故事扑朔迷离,我们很难追根究底了。从这首《画堂春》来看,上半阕只是讲两地相思却不能相见相亲,很难坐实到底是写容若的初恋还是写他的婚姻。但从下半阕来看,我更倾向于认为这也是一首悼念亡妻卢氏的悼亡词。

康熙十三年(1674),十九岁的纳兰迎娶了十八岁的卢氏;可是这段幸福婚姻只持续了短短三年,康熙十六年(1677)的五月三十日,卢氏因为难产,永远地离开了她挚爱的丈夫,从此在容若的心目中,他的爱情姿态就永远定格成了守望和相思:"一生一代一双人,争教两处销魂。相思相望不相亲,天为谁春?"

接下来在下半阕中,他甚至一连引用了四对夫妻的故事来表达他对爱情流逝的痛苦:"浆向蓝桥易乞,药成碧海难奔。若容相访饮牛津,相对忘贫。"这是哪四对夫妻呢?

第一个故事,"浆向蓝桥易乞"。这是讲裴航和云英有情人终成眷属的故事。蓝桥,在陕西蓝田东南边的蓝溪上。唐代裴铏《传奇》一书记载:古代有一个秀才叫裴航,他在途经蓝桥驿的时候,因为口渴向一位老妇人讨水喝。老妇人让自己的女儿云英给裴航端来一碗琼浆。裴航与云英一见钟情,便向老妇人提出想要重金聘云英为妻子。老妇人对裴航说:"想娶我的女儿可以,但我这里有一些神仙给的灵药,一定得用玉杵臼来捣药才行。如果你能帮我找到玉杵臼,我就将女儿许配给你。"于是裴航四处寻访,终于找来了玉杵臼,并且帮老妇人捣药

金元明清

百日,制成灵药,娶得云英为妻,最后夫妻一起得道成仙。

第二个故事,"药成碧海难奔"。这就是我们都熟悉的嫦娥奔月的传说了。《淮南子·览冥训》载:"羿请不死之药于西王母,恒娥窃以奔月。""恒娥",又名"姮娥",即嫦娥。传说中嫦娥是羿的妻子,因为偷吃了西王母的长生不老药,飞到月亮上成了月仙。唐代大诗人李商隐的《嫦娥》诗中就写过这样的句子:"嫦娥应悔偷灵药,碧海青天夜夜心。"神仙的生活虽然是人人都羡慕的,可是永远离开了深深相爱的丈夫,即便是当了长生不老的月仙又怎么样呢?独居高处不胜寒的月宫,日日夜夜忍受着两地相思的苦苦折磨,这样的寂寞与痛苦也许会让嫦娥后悔当初"奔月"的选择吧?

第三个故事,"若容相访饮牛津"。这是关于牛郎织女的神话。古时候人们认为大海的尽头就是天河,每年八月海上有木筏通往天河。有个人很好奇,就乘着木筏到了天河,正好碰到一个男子牵着牛在河边的渡口让牛喝水,原来这个牵牛的人就是传说中的牛郎。

牛郎织女鹊桥相会的故事,可能是中国民间流传最广的爱情传说之一了。

了解了这三个故事,大家应该已经发现这里面隐藏的奥妙了吧?裴航与云英、后羿与嫦娥、牛郎与织女,都是古代传说里著名的神仙夫妻,用我们今天的话说,他们都是属于"天仙配",是人间难得一见的绝配。是不是在容若看来,他和妻子卢氏的关系,就像裴航云英、牛郎织女、后羿嫦娥一样,也是"一生一代一双人"的神仙眷侣呢?

第四对夫妻的故事"相对忘贫",说的又是谁呢?唐代诗人元稹在写给妻子的悼亡诗中有这样两句:"诚知此恨人人有,贫贱夫妻百事哀。"(《遣悲怀》其二)元稹在和原配妻子韦丛结婚时,还只是一个贫寒的读书人,可出身官宦之家的韦氏并不以贫穷为意,她和丈夫共处患难,俭朴持家,甚至拔下自己头上的金钗去给丈夫换酒喝,过着虽然困窘却精神富足的生活。

容若出身高贵的相门,又有皇家血缘,他当然不可能真的体会穷人家的生活,所以词中的"相对忘贫"很可能是受到元稹诗歌的启发,只是为了表达夫妻之间的爱情远远重于物质利益的观点,并且呼应起句"一生一代一双人"的爱情信仰。

四对夫妻的故事说到这里,我们可能也发现了,这四对夫妻虽然都是人人艳羡的美满姻缘,但他们爱情的结局却大多悲惨:牛郎织女被银河分隔两端,一年的相思相望才能换来一次相见;羿和嫦娥更是一个人间一个天上,永远相思却永远不能相见;元稹和韦丛感情深厚,可是韦丛在结婚七年之后不幸去世,成了元稹心中最深的痛。裴航与云英虽然是一对美满夫妻,可是容若却故意反着说"浆向蓝桥易乞","易乞"说明这样的好姻缘得来很容易,好像是天赐良缘,天上掉下来的馅饼,可接下来对应的这句"药成碧海难奔",恰恰说明姻缘得来容易,失而复得却永无可能,一旦他们天人永隔,到哪里再去找到仙药,飞奔到天上去找回他失去的爱人呢?"药成碧海难奔"恰恰说明再见的艰难啊!

"浆向蓝桥易乞,药成碧海难奔。若容相访饮牛津,相对忘贫。"四句词,裴航和云英,后羿和嫦娥,牛郎和织女,元稹和韦丛,四对夫妻的故事,也许都只是为了证明容若的一个爱情信仰——"一生一代一双人"。

金元明清

  有人说,男人的一半是女人,其实反过来说也一样。每个人的人生都在寻找自己的另一半,有的人幸运,很快就找到了;有的人不幸,可能一生都没找到。只有找到自己的另一半,才会拥有合二为一的爱情,才会拥有真正完整的人生。容若就是这样幸运的人,遇到卢氏,他这一生一代终于合二为一,"一生一代一双人",分裂的人生终于完整了!

  在我们熟悉的古代名人中,有人也拥有过这样的知己之爱,虽然不多,却弥足珍贵。例如汉代大才子司马相如和卓文君、唐代大诗人杜甫和他的妻子杨氏、宋代才女李清照和丈夫赵明诚、元代著名书画家赵孟頫和他的妻子管道升,他们都用自己充满真情的文字,书写了撼人心魄的动人爱情。

  优秀的男人或女人,一辈子你可能会遇到很多,但能够和你相知相爱并且走到一起、走过一生的,却只有这"一个"。"一生一代一双人",你的另一半不一定是这个世界上最优秀的人,甚至他(她)也未必是最适合你的人,但他(她)却是在最合适的时间走进你生命里,并且最终和你血脉相连的人。

【拓展阅读】

纳兰性德《金缕曲·亡妇忌日有感》

  此恨何时已?滴空阶、寒更雨歇,葬花天气。三载悠悠魂梦杳,是梦久应醒矣。料也觉、人间无味。不及夜台尘土隔,冷清清、一片埋愁地。钗钿约,竟抛弃。 重泉若有双鱼寄,好知他、年来苦乐,与谁相倚。我自终宵成转侧,忍听湘弦重理。待结个、他生知己。还怕两人俱薄命,再缘悭、剩月零风里。清泪尽,纸灰起。

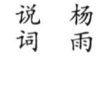

木兰花令
纳兰性德

人生若只如初见，何事秋风悲画扇。等闲变却故人心，却道故人心易变。　骊山语罢清宵半，泪雨零铃终不怨。何如薄幸锦衣郎，比翼连枝当日愿。

这首《木兰花令》应该是纳兰性德所有词作中知名度最高的一首，尤其是这首词的第一句"人生若只如初见"，被引用的频率非常高。当代社会生活节奏、工作节奏太快，种种变化往往发生得令人猝不及防，甚至连人与人之间的感情都像快餐一样，迅速被消费，又迅速被抛弃或者被遗忘。可是节奏越快，变化越频繁，失去的东西越多，我们内心对永恒的情感却越是抱着一种执着的渴望。这大概就是我们无比向往"人生若只如初见"的深层原因了。

"人生若只如初见"，表面上看，初次见面只是时间的一个点，而且是已经过去了的一个时间点，但实质上它想要表达的，是一种希望时

金元明清

间延续的强烈愿望,希望"初见"的那种感觉会一直延续到永远:要是所有的感情都能像第一次见面那样纯洁美好,那样浓烈淳厚,那样彼此吸引,那样令人留恋,那该多好啊!

这是一种很正常的愿望,因为越是美好的感情,我们越是希望它持久。可是在现实生活当中,常常会出现事与愿违的遗憾,不是所有的感情都能永恒,一旦感情破灭,就会留下难以弥补的遗憾。而且当初的感情越深厚,留下的遗憾就会越强烈。纳兰性德的这首词,表达的就是这样一种强烈的遗憾,因此他一开始就说:"人生若只如初见,何事秋风悲画扇。"两句词,前一句在天堂,后一句马上掉到了地狱,落差之大真是让人难以接受。"人生若只如初见",强调的是感情的美好;"何事秋风悲画扇",渲染的是感情破灭的悲恸。我们不由得想要反问一句了,"初见"的那一刻到底有多美好呢?

这个问题,不同的人,答案肯定也是千差万别的,因为每个人的情感经历都是不同的,我想你肯定也有你自己的答案。在这里,我们不妨举几个文学经典名著中的著名案例,聊聊"人生初见"的记忆吧。

比如《简·爱》当中简·爱和罗切斯特的第一次见面。因为路上结冰,罗切斯特从马上摔了下来,扭伤了脚,简·爱问他是否需要帮忙。小说当中这样描述简·爱对罗切斯特的第一印象:"月亮正在渐渐变亮,我可以清清楚楚地看见他的脸。细节看不清楚,但是我揣摩出总的特征:中等身材,胸膛宽厚,脸黑黑的,五官严厉,露出愁容。他还没到中年,大概有三十五岁光景,我对他不感到害怕,但有点儿羞怯。"虽然这个时候简·爱还不知道这位先生就是罗切斯特,也不知道她和罗切斯特之间将要发生什么,但就这第一眼,罗切斯特的宽厚、正

直、严肃的性格特点已经呈现出来。虽然谈不上一见钟情,但是简·爱心里那点儿莫名的"羞怯",是不是意味着一种特殊的情绪在悄然萌芽呢?

再比如贾宝玉和林黛玉的第一次见面。曹雪芹在描述了一番贾宝玉的容貌打扮之后,重点写的是黛玉一见之下的反应:黛玉一见,便吃一大惊,心下想道:"好生奇怪,倒像在哪里见过一般,何等眼熟到如此!"而贾宝玉的反应竟然和林黛玉惊人的相似,"宝玉看罢,因笑道:'这个妹妹我曾见过的。'贾母笑道:'可又是胡说,你又何曾见过他?'宝玉笑道:'虽然未曾见过他,然我看着面善,心里就算是旧相识,今日只作远别重逢,亦未为不可。'"

再举一个例子,《天龙八部》中段誉对王语嫣的一见钟情也让人印象深刻。段誉在山洞里偶然看到一座白玉的美女雕像,他一见之下惊为天人,不由得脱口而出,将这位"美女"呼为"神仙姊姊"。段誉一时心旌摇荡,对这位"神仙姊姊"又敬又慕,亦痴亦爱,一向最讨厌练武的他,居然愿意拜"神仙姊姊"为师,听从她的旨意,苦练逍遥派武功。后来段誉邂逅了大美女王语嫣,先是被她的声音所迷倒,真是"此音只应天上有,人间哪得几回闻"。待到一见王语嫣的真容,简直跟山洞里那位"神仙姊姊"的雕像一般无二,都那么高雅美丽,都那么飘逸脱俗、风姿绰约,仿佛是"天上掉下来"的仙女……金庸对段誉和王语嫣初见的这段描写十分传神:

他一见到那位小姐,耳朵中"嗡"的一声响,但觉眼前昏昏沉沉,双膝一软,不由自主跪倒在地,若不强自撑住,几乎便要磕下头去,口中却终于叫了出来:"神仙姊姊,我……我想得你好苦!弟子段誉拜见

金元明清

师父。"

"世间真有仙子,当非虚语也!"这是段誉初见王语嫣时,发出的由衷感慨。

简·爱初见罗切斯特,强调的是一种陌生感;贾宝玉初见林黛玉,突出的是一见如故的熟悉感和亲切感;段誉初见王语嫣,渲染的是亦人亦仙的不真实感……每一种"初见"都有其与众不同的地方,当然,小说对于初见的描写一般都比较详细,而且这样的描写都会对后面的情节发展产生至关重要的影响。在诗词当中,尤其是在篇幅短小的中国古典诗词当中,对于"初见"的细节不可能描绘得那么具体,但往往也会撷取一个特别的场景,强化第一印象带来的震撼。

例如《诗经·野有蔓草》中描述诗人第一眼见到梦中情人的印象:"有美一人,清扬婉兮。""清扬"就是形容女子眉毛轻轻上扬、目光清澈的柔美,正是这个第一印象让诗人怦然心动:"邂逅相遇,适我愿兮。"又比如我讲到过的晏几道《临江仙》词:"记得小蘋初见,两重心字罗衣。"词人写对恋人的怀念,不是说他们热恋的时候怎么卿卿我我,怎么山盟海誓,而只是貌似平淡地说:记得当初我和小蘋第一次见面的时候,她穿着的衣服领口处绣着双重的"心"字。

这些句子看上去很平淡,实际上说明他们的感情已经深入骨髓,连"初见"时那些最不起眼的细节,譬如衣服领口处绣的花样、眉毛轻轻上扬的样子,都能给人留下深刻的印象,任何时候回想起来,都好像是刚刚才发生过一样清晰。

正因为感情太刻骨铭心了,所以感情的破灭才更令人心痛,纳兰才会说:"人生若只如初见,何事秋风悲画扇。"秋风、画扇这两个意象

共同构筑了感情破灭的悲剧结局。

"画扇"有时也被称为"纨扇""团扇",或者"秋扇",意思都是一样的。这个意象的"创始人"要追溯到汉代的一位著名才女——班婕妤(又作班倢伃),正是因为她,普通的扇子从此具有了非比寻常的意义,因此,这把特别的扇子又被称为"班姬扇"。它的出处就来自班婕妤所写的《怨歌行》:

新裂齐纨素,皎洁如霜雪。裁为合欢扇,团团似明月。出入君怀袖,动摇微风发。常恐秋节至,凉风夺炎热。弃捐箧笥中,恩情中道绝。

《怨歌行》还有一个名字就叫《团扇》(钟嵘《诗品》),"团扇"就是圆圆的扇子,也叫宫扇,宋代以前称"扇子"一般都指的是团扇。班婕妤借扇子的命运来感叹自己的命运:班婕妤本来是汉成帝非常宠爱的妃子,可是后来赵飞燕姐妹俩成为汉成帝的新宠,汉成帝甚至废掉了原来的许皇后,改立赵飞燕为皇后,赵飞燕的妹妹也被封为昭仪,位在婕妤之上。后宫成为赵氏姐妹的天下,她们不仅迫害后宫妃嫔,甚至还残杀皇子。

心性高贵的班婕妤不屑与赵飞燕姐妹争宠,她上书成帝,请求前往长信宫陪伴、奉养太后,在凄凉与寂寞中度过了她的后半生。班婕妤在这首《怨歌行》中把自己的命运比作是扇子,丈夫就是那个拿扇子的人。天气炎热的时候,丈夫扇子不离手,一旦秋风起、天气凉,扇子就被扔到了箱子底,再也不被想起。"弃捐箧笥中,恩情中道绝",这是团扇的命运,也是班婕妤爱情的结局。

班婕妤后半生居住的长信宫,与赵昭仪居住的红极一时的昭阳殿金元明清

往往对举,一冷一热,象征两种截然不同的女性命运。

在那些悲情而凄美的爱情诗句里,我们从此常常可以看到类似这样的意象:"团扇悲秋""团扇怨秋""纨扇题诗""汉姬纨扇",等等,用来表达女性在爱情中的失落:感情好的时候,女性就如"出入君怀袖"的"合欢扇",与夫君如胶似漆,形影相随;可是一旦遭遇夫君的冷落,她的命运便如同秋天的扇子一般被"弃捐箧笥中","恩情中道绝"了。

有意思的是,"团扇"或"秋扇"从弃妇形象的比拟又进而延伸出了"逐臣"的象征意义,并且逐渐凝定成为抒发忠臣失意的重要意象,"团扇"意象和贬谪情结从此密切相关,被频频运用在古典诗歌之中。例如:唐代大诗人刘禹锡在被贬朗州(今湖南常德)之后就写下了著名的《团扇歌》:"团扇复团扇,奉君清暑殿。秋风入庭树,从此不相见。"刘禹锡显然也是以团扇在秋天被弃捐的命运,来比拟自己被贬谪的心境。

一千多年后,另外一位著名的才女李清照也曾引用这个典故,"似泪洒、纨扇题诗",流露出词人对时光流逝的强烈不舍与不甘,以及对女子爱情与生命消失的不舍与不甘。

正因为秋风画扇代表的是这样一种情感落差,所以纳兰才会接下来发出这样痛心的感慨:"等闲变却故人心,却道故人心易变。"曾经山盟海誓,曾经形影不离,但说变就变的感情真是让人猝不及防——"等闲变却故人心,却道故人心易变"。故人,在这里应该就是情人的意思了——你这位"故人"这么容易就变了心,却还说情人之间的心本来就是善变、易变的。

"人生若只如初见,何事秋风悲画扇。等闲变却故人心,却道故人心易变。"词的上阕纯粹是感慨,下阕似乎是为了证明这种感慨不是空穴来风,纳兰还特意补充了一个著名的历史典故作为证据——唐玄宗和杨贵妃的故事。

"骊山语罢清宵半,泪雨零铃终不怨。何如薄幸锦衣郎,比翼连枝当日愿。"根据白居易的《长恨歌》,传说有一年的七夕,唐玄宗和杨贵妃在骊山华清宫立下山盟海誓,约定"在天愿作比翼鸟,在地愿为连理枝"。可是山盟海誓言犹在耳,安史之乱爆发,唐玄宗携杨贵妃逃跑途中在马嵬坡遭遇兵变,唐玄宗为了平息兵变,只能忍痛割爱,将朝夕相伴的爱妃赐死,杨贵妃成了政治斗争的牺牲品。

"泪雨零铃终不怨",安史之乱平定以后,唐玄宗从避难的四川回长安的栈道上,听到雨中传来凄凉哀婉的铃声,勾起了他对杨贵妃的思念,于是创作了乐曲《雨霖铃》来寄托悲伤的心情。

当年的山盟海誓又能怎样?唐明皇还不是成了"薄幸锦衣郎"?为求自保赐杨贵妃自缢,当日誓言终成虚幻。堂堂一国之君,连一个心爱的女人都保不住。

纳兰这首词的抒情主旨就是抒发对故人变心的痛心疾首。"人生若只如初见",一个"若"字,看上去只是提出一种假设,但既然"变心"的结局已经明了并且不可更改,那么对于过去的假设,就只能是一种无奈而绝望的情绪发泄了。"人生若只如初见",要是人生没有那么多令人痛心的变化,要是能够永远停留在过去最美的那一刻,那该多好啊!

这样看来,"人生若只如初见"好像是在强调初见的美好,但其实,

金元明清

只是发泄对美好不能永远留驻的痛心与愤怒。

词解释到这里,我们难免有些好奇,以纳兰性德的身份,无论是友谊还是爱情,他应该都是唾手可得的,那他为什么还要感慨"人生若只如初见,何事秋风悲画扇"呢?要发泄得而复失的痛苦与愤怒呢?这首词的背后有没有什么隐情呢?

说实话,我也不知道到底是什么样的具体事件让纳兰发出了如此沉痛的感慨。这首词还有一个副题——拟古决绝词。决绝即断绝感情、永不来往。托名为汉代卓文君写给司马相如的《白头吟》里就有两句是这样写的:"闻君有两意,故来相决绝。"意思是:听说你喜新厌旧爱上了别人,所以我主动来跟你提出分手;咱们从此一刀两断,分了手你想爱谁就爱谁去吧。整首词似乎确实是模拟女性口吻来写的,而且是以被抛弃的女性口吻来写的,因此很难说这首词一定是纳兰自己的亲身经历。再说了,既然纳兰刻意要隐藏他的主旨,故意要跟我们捉迷藏,不肯直说他的真正用意是什么,他只是说我模仿古诗的写法来写这样一首诀别词,至于诀别的主角是谁,纳兰不说明,我们无论怎么猜,也是很难猜到谜底的。

不过,猜不到谜底不重要,重要的是,我们每个读词的人,都能从"人生若只如初见"的感慨中,看到自己的人生经历,回忆起自己人生中最刻骨铭心的那一次"初见"。

"初见"已经停留在了过去的某一个时间点,但"初见"的记忆却会永远延续,如果我们每个人都能像珍惜初见的缘分那样,珍惜相处的过程、珍惜相处的每一天,那么也许我们就可能克服"相爱容易相处太难"的遗憾,将初见的缘分延续一生。

【拓展阅读】

徐乾学《通议大夫一等侍卫进士纳兰君墓志铭》（节选）：

容若性至孝，太傅尝偶恙，日侍左右，衣不解带，颜色黧黑，及愈乃复初。太傅及夫人加餐，辄色喜以告所亲。友爱幼弟，弟或出，必遣亲近廉仆护之，反必往视，以为常。其在上前，进反曲折有常度。性耐劳苦，严寒执热，直庐顿次，不敢乞休沐自逸，类非绮襦纨绔者所能堪也。

自幼聪敏，读书一再过即不忘。善为诗，在童子已句出惊人，久之益上，得开元、大历间丰格。尤喜为词，自唐五代以来诸名家词皆有选本，以洪武韵改并联属，名《词韵正略》。所著《侧帽集》后更名《饮水集》者，皆词也。好观北宋之作，不喜南渡诸家，而清新秀隽，自然超逸，海内名为词者皆归之。他论著尚多。其书法摹褚河南，临本禊帖，间出入于《黄庭内景经》。当入对殿廷，数千言立就，点画落纸，无一笔非古人者。荐绅以不得上第入词馆为容若叹息，及被恩命，引而置之珥貂之行，而后知上之所以造就之者，别有在也。

容若数岁即善骑射，自在环卫，益便习，发无不中。其扈跸时，雕弓书卷，错杂左右，日则校猎，夜必读书，书声与他人鼾声相和。间以意制器，多巧倕所不能。于书画评鉴最精。其料事屡中，不肯轻为人谋，谋必竭其肺腑。尝读赵松雪自写照诗有感，即绘小像，仿其衣冠。坐客或期许过当，弗应也。余谓之曰："尔何酷类王逸少！"容若心独喜。所论古时人物，尝言王茂弘阑阇阑阇，心术难问；娄师德唾面自干，大无廉耻。其识见多此类。间尝与之言往圣昔贤修身立行及于民物之大端，前代兴亡理乱所在，未尝不慨然以思。读书至古今家国之故，忧危明盛，持盈守谦，格人先正之遗戒，有动于中，未尝不形于色

也。呜呼,岂非大雅之所谓亦世克生者耶,而竟止于斯也。夫岂徒吾党之不幸哉。

……

君所交游,皆一时隽异,于世所称落落难合者,若无锡严绳孙、顾贞观、秦松龄,宜兴陈维崧,慈溪姜宸英,尤所契厚。吴江吴兆骞久徙绝塞,君闻其才名,赎而还之。坎坷失职之士走京师,生馆死殡,于赀财无所计惜。以故君之丧,哭之者皆出涕,为哀挽之词者数十百人,有生平未识面者。

长相思
纳兰性德

山一程,水一程,身向榆关那畔行,夜深千帐灯。 风一更,雪一更,聒碎乡心梦不成,故园无此声。

"长相思"这个词调我们并不陌生,因为白居易的《长相思》抒发的就是一段缠绵悱恻的爱恨情愁,顾名思义,以这个词牌来填写的词作大多应该是表达男女之间相思的恋情。历代词人在选择"长相思"这个词牌填词的时候确实也大多数是抒发爱情中的相思,例如北宋词人晏几道的《长相思》就很有名:"长相思,长相思,若问相思甚了期,除非相见时。"抒发了异地恋人之间的相思之情。"长相思"还有一个名字叫"双红豆"。红豆在中国文化中的象征意义更是不言而喻了。"红豆生南国,春来发几枝。愿君多采撷,此物最相思。"因为王维的这首《相思》,红豆几乎就成了相思和爱情的代名词。而纳兰性德在我们的印象中,更是擅长描写爱情的一位多情才子,可偏偏,他的这首《长

金元明清

相思》和爱情的关系却并不是那么深。

这首词牌名很像描写爱情的《长相思》,实际上主要是在描写边塞的风光。"身向榆关那畔行",榆关就是山海关,古名榆关,明代改称山海关,在今河北秦皇岛市。这首词描写的是山海关外的边塞风景。这首《长相思》亦是纳兰性德边塞词中的经典之一。

纳兰性德不仅写下过这首边塞题材的《长相思》,其实他还是清代最重要的边塞词人之一,甚至可以这么说,纳兰对词的发展还有一个重要贡献——大力拓展了边塞词的意境。

康熙二十一年(1682)早春,纳兰性德扈从康熙圣驾出巡,出山海关,去长白山举行祭祀大典。长白山是清朝的发祥地,被历代清朝皇帝看作是十分神圣的地方。这首《长相思》便是作于前往山海关途中。

根据史料记载,这年二月十八日,康熙御驾驻跸在丰润县城西。当天晚上,天阴得很厉害,云层又黑又厚,完全看不到月亮和星星,明明应该是漆黑一片,但康熙皇帝率领的大部队露营,撑起了一大片帐篷,成百上千的帐篷灯火陆续连成了一片,远远看去,像是满天繁星,灿烂闪烁。

到了二月二十九日这天,康熙一行来到了广宁县羊肠河东,这天天气骤变,虽然已经是春天,但塞外的春天气候变化大,和煦春风突然间就变成了寒风,到晚上又转为雨夹雪。风声、雨声、雪声交织在一起,即使是在帐篷里,也能感受到塞外严寒的天气。

很可能,纳兰这首《长相思》的上片写的是出巡塞外夜晚扎营时的景象,下片则是描写暴风骤雪来临、气候骤变时的情形。

"山一程,水一程",这两句词极言征途遥远,路途跋涉;从北京到山海关外，一路跋山涉水，路途当然是十分艰辛的。不过按照一般人的思路，写了山遥水远的路程之后，接下来是不是该直接写边塞的风光了呢？我们读过很多唐代诗人写的边塞诗，他们的笔下呈现过非常壮观又极其荒凉的塞外风景，例如王维的《使至塞上》："征蓬出汉塞，归雁入胡天。大漠孤烟直，长河落日圆。"再比如岑参的《白雪歌送武判官归京》："瀚海阑干百丈冰，愁云惨淡万里凝。"又如李颀《古从军行》中的"野云万里无城郭，雨雪纷纷连大漠"，等等，都是和中原迥异的塞外风光。

茫茫大漠，风雪交加的严寒气候，是一般诗人笔下的边塞。

因此，在纳兰写道"身向榆关那畔行"的时候，我们似乎就只等着他接下来如何写塞外的苍茫壮阔了，可是紧接着一句"夜深千帐灯"，这就完全不是"正常"的塞外风光啊！

为什么我说它不是正常的塞外风光呢？因为"夜深千帐灯"不是自然的边塞风光，而是那个特殊日子里"人造"的边塞风光。这句词其实是在突出康熙御驾出巡的宏大气势，大队人马扎营之后已经是深夜，无数营帐中透出的万点灯火，远远望去恍若繁星满天，照亮了苍茫漆黑的塞外。这就是纳兰眼中豪迈的大国气度吧！

所以，这首词的一个重要特点，就是将保护御驾出巡的自豪感与思念故乡的孤独感融合在一起，也就是将大国豪情与思乡柔情结合在一起，营造出一种特别的美感。

"夜深千帐灯"是这首词中最有名的金句，也是整首词描写塞外风光最有特点的一句。王国维说这句词足堪媲美唐诗中的"大漠孤烟直，长河落日圆"等经典名句。但"大漠孤烟直，长河落日圆"是实写

金元明清

自然风景,"夜深千帐灯"却只是把自然风景作为背景,更加突出了人与自然共同创造出来的壮美风景。而且,这不是人为刻意去制造的风景,而是皇帝的边塞生活无意中营造出来的、与自然完全和谐融为一体的风景。

当代词学家唐圭璋先生还将"夜深千帐灯"与《花间集》里有"红纱一点灯"的词句进行比较:"人不见,梦难凭,红纱一点灯。"(毛文锡《更漏子》)写的是女子在闺房的灯下,静静思念远方的恋人。"一点灯"突出的是女子的孤独,一个独守空闺的女子陪伴着一点微弱的灯光,寂寞的相思之情呼之欲出。而纳兰性德"夜深千帐灯"则是塞外军营的壮阔景色。同样是写灯光,两种类型的句子相比,"红纱一点灯"的寂寞忧伤,"夜深千帐灯"的苍茫壮阔,境界一小一大,可谓是各尽其妙。

"山一程,水一程,身向榆关那畔行,夜深千帐灯。"寥寥几句,纳兰就让这首词的气势达到了最高潮。可是,当我们刚刚沉浸在壮阔的边塞风光的时候,紧接着,纳兰性德又打出了一张出人意料的牌。他并没有顺着我们的思路,继续去渲染帝王气势和边塞风光,而是笔锋一转,过片"风一更,雪一更"却开始渲染起边塞气候的突然变化了。

暴风骤雪的喧嚣声,聒噪个不停,让他无法入睡,由此引发出词人对故乡之宁静温暖的思念:"聒碎乡心梦不成。"如果这个时候还是在北京温暖的家中,那他早已经安然入睡了吧?如今离家已经那么久、那么远了,他多想在梦里回到故乡,暂时忘掉塞外的风雪交加,享受着家的温暖呢!

在边塞词中融入对家的思念,这是历代边塞诗词的一个共同特点,纳兰的《长相思》描写思乡之情有什么特别之处呢?

他说"故园无此声":我家那里可没有这样风雪严相逼的酷寒啊!

纳兰生于北京长于北京,"故园"当然就是指北京。所谓的"无此声",就是指的"风一更,雪一更",风雪交加的声音。但是在我们的印象中,即便是到了现在,在全球气候变暖的总体趋势下,北京的早春也是完全可能出现"风一更,雪一更"的天气的,可纳兰偏偏要说"故园无此声",说北京没有像塞外这种风雪呼啸的声音,他的真正用意又会是什么呢?

他真正想说的并不是北京的气候有多暖和,而是因为北京有他的家、他的亲人、他温柔的妻子和可爱的儿子。只要是有家、有爱、有亲人的地方,无论气候多么寒冷,都会让人感觉到心灵的安稳平静和温暖踏实。

可见,纳兰性德的边塞词不仅展现出塞外风景的壮观辽阔,展现出御驾出巡的豪迈荣耀,他更愿意渲染因为离别而导致的悠悠思念,这大概就是我们常说的"化百炼钢为绕指柔"吧。

《长相思》解读到这里,还有一个问题是需要我们一起来解答的,那就是我们眼中那位多情公子纳兰性德,为什么会陪同康熙出巡塞外,他当时的身份又是什么呢?

确实,在很多人眼里,纳兰性德是一个多愁善感的才子词人,其实他还有武艺高强的一面。纳兰属于清朝八旗中的满洲正黄旗,是清朝地位最高的阶层、血统最为纯正的贵族。

按规定八旗子弟必须学习骑马射箭,出身高贵的纳兰当然不能例

金元明清

外。从小时候开始,体育锻炼就是他常规性的任务。《清史稿》纳兰传里说他才几岁的时候就开始刻苦练习骑马射箭,长大以后更是能一边策马飞驰,一边拉弓射箭,百发百中,那种威武生猛的样子简直是帅呆了!

康熙十六年(1677)秋,纳兰被康熙皇帝任命为正五品的三等侍卫,相当于皇帝的保镖,就是我们俗话所说的带刀侍卫御前行走。

不知您有没有看过电视剧《还珠格格》或《延禧攻略》?纳兰性德的职业身份就有点类似于《还珠格格》里的尔康,或者是《延禧攻略》里的富察·傅恒,他们都是文能出口成章,随时和皇帝吟诗唱和、应制作文;武能骑马射箭,身手敏捷,无论何时何地都能确保皇帝的人身安全。而且纳兰性德的多情痴情,比起尔康、傅恒来更是毫不逊色。他们的共同特点是文武双全,出身都是纯正的皇室贵族,都受到了皇帝绝对的无条件的信任,可以说是皇帝身边最亲近的人。

就在康熙二十一年,即纳兰护驾出巡长白山的这一年,康熙还下旨升纳兰为二等侍卫,后来又晋升为正三品一等侍卫,跻身于朝廷高官之列,对他恩宠有加。

我们也都知道,康熙跟别的皇帝不同,他是个不太"安分"的皇帝,不喜欢一天到晚待在深宫当中,而是喜欢到处巡视。康熙的一生,最重要的远途出巡至少就有三次东巡,从北京出发,经山海关,至辽宁,最远到吉林乌拉(今吉林省吉林市);六次西巡,从北京出发,远达五台山;六次南巡,南巡一次往返就约有七千里,最远到达浙江杭州、绍兴等地;三次北征,亲征噶尔丹⋯⋯

除了这些远途出巡,赴北京近郊等近距离的巡幸更是频繁发生。例如:康熙一生曾四十八次到木兰围场秋狩,五十三次移驾避暑山庄。皇帝尚且如此勤政,其臣下的忙碌程度也就可想而知了。纳兰性德作为康熙身边最受信任的侍卫,更是忙得席不暇暖。九年的侍卫工作期间,纳兰的足迹往西到了五台山(今属山西),往北上过长白山、医巫闾山(今辽宁闾山),往东南到过泰山,渡过淮河长江到南京一直到扬州、苏州等地,还曾奉旨出使过西域,到过内蒙古、新疆。

自古以来有名的边塞诗词多如牛毛,去过边塞的诗人也不少,但有几个边塞诗人能够幸运地跟随御驾出巡呢?又有几个边塞诗人能真正做到文武双全呢?

寥寥无几!纳兰就是那极少数的几个幸运儿之一。

作为一位文武双修的词人,这些独特经历,尤其是多次出塞巡视的经历,使得纳兰性德的眼界比一般词人更加开阔,他的创作大大拓展了边塞词的意境。在以往的边塞诗词中,主要以两类思想最具代表性:一类是厌战思乡的主题,如唐代诗人李益的《夜上受降城闻笛》:"回乐峰前沙似雪,受降城外月如霜。不知何处吹芦管,一夜征人尽望乡。"一类是渴望驰骋沙场、报效国家的豪情,如陆游的《独酌有怀南郑》中的诗句"投笔书生古来有,从军乐事世间无"即是这一类型的典范。

在词的历史上,向来被视为文人边塞词之鼻祖的范仲淹《渔家傲》词,更是融合了英雄的豪情与思乡的柔情——"浊酒一杯家万里,燕然未勒归无计""羌管悠悠霜满地。人不寐,将军白发征夫泪"。这首词被欧阳修评价为"穷塞主词",意思是在范仲淹笔下,已经将边塞之荒

凉寂寞、将士之孤独思家、功名之遥遥无期写得淋漓尽致,充分表现了范仲淹作为"塞主"——镇守边疆的军事统帅的境况之穷与心情之穷,令人叹为观止。

然而,纳兰写边塞的词,比之范仲淹之作又呈现出了不同的风格。"夜深千帐灯"的豪迈壮阔,"故园无此声"的忧伤缠绵,被纳兰性德完美地糅合在同一首词中。纳兰性德的边塞词不仅展现出塞外风景的壮观辽阔,而且更渲染出因为离别而导致的黯然销魂,将羁旅行役和离别思乡结合起来,更加注意发挥词的闺情本色,因此他的思乡之情主要指向爱情中的相思情感。

纳兰性德还有一首同样写于边塞的词《于中好》,其中也写到在塞外宿营,深夜无眠,他只能整夜整夜听着边塞的风雨交加,不可遏制地思念起远在北京的妻子:

别绪如丝睡不成,那堪孤枕梦边城。因听紫塞三更雨,却忆红楼半夜灯。

紫塞指的是边塞,传说秦国筑长城土色为紫,汉代关塞亦然,故称"紫塞"。红楼是妻子住的地方,丈夫在边塞听着三更夜雨无法入睡,他不由得想象着妻子在家里守着半夜残灯同样也无法入睡。这真是一种相思、两处沉吟的深情牵挂。

这首《于中好》和《长相思》虽然风格不同,但都是从边塞生活转入思乡与相思融合的情感,只是《长相思》中对于家乡和妻子的思念表现得更为含蓄一点而已。

在"夜深千帐灯"的壮观自豪中,咀嚼"故园无此声"的缠绵忧伤,这样"另类"的边塞词,会不会也带给你别样的感受呢?

【拓展阅读】

徐乾学《通议大夫一等侍卫进士纳兰君墓志铭》（节选）：

容若姓纳兰氏，初名成德，后避东宫嫌名，改曰性德。年十七，补诸生，贡入太学。余弟立斋为祭酒，深器重之，谓余曰："司马公贤子，非常人也。"明年，举顺天乡试，余忝主司，宴于京兆府，偕诸举人青袍拜堂下，举止闲雅。越三日，谒余邸舍，谈经史源委及文体正变，老师宿儒有所不及。明年，会试中式，将廷对，患寒疾，太傅曰："吾子年少，其少俟之。"于是益肆力经济之学，熟读通鉴及古人文辞，三年而学大成。岁丙辰，应殿试，条对凯切，书法遒逸，读卷执事各官咸叹异焉。名在二甲，赐进士出身。闭门埽轨，萧然若寒素，客或诣者辄避匿。拥书数千卷，弹琴咏诗，自娱悦而已。

未几，太傅入秉钧，容若选授三等侍卫，出入扈从，服劳惟谨，上眷注异于他侍卫。久之，晋二等，寻晋一等。上之幸海子、沙河，及西山、汤泉，及畿辅、五台、口外、盛京、乌剌，及登东岳，幸阙里，省江南，未尝不从。先后赐金牌、彩缎、上尊、御馔、袍帽、鞍马、弧矢、字帖、佩刀、香扇之属甚夥。是岁万寿节，上亲书唐贾至《早朝》七言律赐之。月余，令赋《乾清门》应制诗，译御制《松赋》，皆称旨。于是外庭佥言，上知其有文武才，非久且迁擢矣。呜呼，孰意其七日不汗死也！

容若既得疾，上使中官、侍卫及御医日数辈络绎至第诊治。于是上将出关避暑，命以疾增减报，日再三。疾亟，亲处方药赐之，未及进而殁。上为之震悼，中使赐奠，恤典有加焉。

容若尝奉使觇梭龙诸羌，其殁后旬日，适诸羌输款，上于行在遣官使拊其几筵，哭而告之，以其尝有劳于是役也。于此亦足以知上所以属任之者，非一日矣。

采桑子
纳兰性德

谁翻乐府凄凉曲？风也萧萧,雨也萧萧,瘦尽灯花又一宵。　不知何事萦怀抱,醒也无聊,醉也无聊,梦也何曾到谢桥。

在纳兰性德的所有作品中,这首《采桑子》并不是最有名的,但却是第一首打动我的纳兰词。很难说清楚当初具体是因为什么而打动我,或许,就是那种淡淡的忧郁情调,那种浓浓的相思情绪,让我莫名心动吧。

这是一首相思词,虽然纳兰性德似乎很想掩饰他真正的情感,所以他故意说"不知何事萦怀抱",故意让人觉得他只是泛泛地抒情,但这首词写到最后,终于还是有一个关键词,泄露了词人真实的内心。

这个关键词就是"梦也何曾到谢桥"的"谢桥"。

"谢桥"是指古代美女谢娘家附近的桥。谢娘是谁呢？唐代的宰相李德裕有一位侍妾谢秋娘,曾经是红极一时的歌女,后来人们就以

"谢娘"代指歌女或者恋人,谢娘所住的地方往往称"谢家"或者"谢桥"。北宋词人晏几道《鹧鸪天》词用到过这个典故:"梦魂惯得无拘检,又踏杨花过谢桥。"晏几道大概是对一位歌女一见钟情,却苦于没有机会与她接近,在漫漫长夜中陷入了苦苦的相思。只有梦魂不受现实的约束,就像杨花一样随风飞起,能够在睡梦中一次又一次地飘到她的身边。晏几道这两句词向来颇为人所称赏,例如:北宋著名的理学大家程颐,平素最看不惯那些写儿女情长的爱情词,还大力宣扬"饿死事极小,失节事极大",可是就连这样古板的人,当他听到有人唱晏几道这两句词的时候,也忍不住夸了一句,真"鬼语也"!程颐的言外之意大约是,晏几道这孩子,亏他怎么想得出来"梦魂惯得无拘检,又踏杨花过谢桥"这样的句子,简直是神来之笔啊!

明白了"谢桥"这个词的寓意,即便纳兰性德想要掩饰,我们也能明白,他真正想要表达的,就是对他心目中那位"谢娘"的相思之情。

"谁翻乐府凄凉曲?风也萧萧,雨也萧萧,瘦尽灯花又一宵。""翻乐府"是指填词,翻的本意是按旧有曲调填写新歌词。乐府原指秦汉时候主管音乐的机构,后来成为一种诗歌体裁的名称,最开始是指乐府这个音乐机构采录或创制的诗歌,渐渐地演变成凡是可以配合音乐演唱的诗歌都可以称为乐府。宋词、元曲原本都是流行歌曲的歌词,也都拥有"乐府"这个别名。纳兰劈头一问"谁翻乐府凄凉曲",其实那个"谁"就是他自己,因为他自己就是那个填词的人。

在"风也萧萧、雨也萧萧"的黑夜里,他将满腔的愁绪都倾诉在新填写的词句中,凄凉的歌曲,仿佛是在应和着窗外萧瑟的风雨声,更增添了词人内心的愁苦。此时此刻,能够陪伴他、懂得他的孤独和他的

金元明清

思念的,似乎就只有那一盏微弱的烛光了:"瘦尽灯花又一宵。"

灯花怎么能瘦呢?实在是因为夜越来越深,灯光越来越昏暗,才让词人联想到自己因相思而消瘦、憔悴的模样吧?所谓"窈窕淑女,寤寐求之。求之不得,寤寐思服。悠哉悠哉,辗转反侧。"(《诗经·关雎》)相思的人,最害怕的,就是一夜无眠的深深黑暗了。

曾经有人评价说纳兰的词"哀感顽艳,有令人不忍卒读者"(谭莹粤雅堂本《饮水集》跋),这种"哀感顽艳"的代表作品,就是《采桑子》这一类风格的词。以前我说过,李清照词集中有三句带"瘦"字的名句,因而得了一个外号叫"李三瘦"。而纳兰性德因为这首《采桑子》中的"瘦尽灯花又一宵",以及他的《浣溪沙》中的"生怜瘦减一分花"、《浪淘沙》中的"红影湿幽窗,瘦尽春光",合起来也得到了一个"三瘦"的雅号。

不过,"瘦尽灯花又一宵"其实也不完全是纳兰的独创,明清之际的词人曹溶《采桑子》词写过"忆弄诗瓢,落尽灯花又一宵";同样是清代词人的吴绮《南乡子》也有"瘦尽灯花红不语"句。纳兰性德的"瘦尽灯花又一宵"和他们实在是有异曲同工之妙。

"谁翻乐府凄凉曲?风也萧萧,雨也萧萧,瘦尽灯花又一宵。"上片营造的是一片萧条、寂寞的意境,一夜无眠,只能独自填词倾诉心声的词人,陪伴他的只有窗外的萧萧风雨和窗内微弱的烛光。

当词人将我们带进那个"瘦尽灯花又一宵"的忧伤意境中的时候,我们可能真的很想知道,究竟是谁,会让我们的多情公子纳兰如此辗转反侧、一夜无眠呢?

可是,我们越想知道,纳兰却越是要隐藏谜底,因此换头一句"不

知何事萦怀抱",就堵住了我们想要一探究竟的好奇心。连他自己都不知道到底是什么事让他萦绕心间,不能释怀,又何况是旁人呢!

"不知何事萦怀抱,醒也无聊,醉也无聊",无聊在这里肯定不是毫无意义、令人讨厌的意思,而是心情郁闷、精神空虚的意思。就好像汉代文学家王逸感叹的那样:"心烦愦兮意无聊。"(《九思·逢尤》)纳兰说,不知道什么事情让我这么难以放下,醒着的时候很郁闷,想一醉方休吧,还是解脱不了。

看来,纳兰是存心不想让我们知道答案了。读这样的句子,我好像看到了一个情窦初开的青春期少年,他明明已经陷入不可自拔的爱情中,可他偏偏就是不肯向别人承认,甚至还要自己欺骗自己,还要欲盖弥彰地说"不知何事萦怀抱"。可他到底又是个不谙世事的少年,被热烈的感情燃烧着,一边努力想要掩饰,一边终于在最后还是不自觉地流露了最真实的心声:"梦也何曾到谢桥"! 连梦魂都不能将他带到日思夜想的"谢娘"那里去,难怪,他宁可一夜无眠,守着萧萧风雨,呆呆地看着灯花瘦尽了。

"不知何事萦怀抱,醒也无聊,醉也无聊,梦也何曾到谢桥。"词读到最后,谜底终于揭开了,原来梦萦魂牵的"谢娘桥"才是让他如此放不下、如此忧伤哀怨的源头啊!

于是,好奇的我们,可能又忍不住追问了,那位"谢娘"到底会是一位怎样的女子呢?

这个谜底,如今看来是无法找到了,因为纳兰性德没有明说,我们当然不能瞎猜。不过在纳兰的一生中,留下过明确痕迹的爱情和婚姻经历,我们还是能够知道的。据我们所知,纳兰一生至少有过四次爱

金元明清

情经历。

第一段感情是他的初恋。在纳兰的少年时代,他和初恋情人曾有过山盟海誓,但外在的压力迫使两人不得不分手,纳兰对这段初恋的悲剧悔恨不已。

第二段爱情,是纳兰和卢氏的婚姻。当然,这段婚姻本来应该是天底下最完美的婚姻:纳兰和卢氏,一个风流倜傥,一片痴情;另一个才貌双全,温柔贤淑。连纳兰自己都满足地感慨,他们真是一对天造地设的神仙眷侣——"一生一代一双人"。可是,这段婚姻只持续了短短的三年,卢氏便去世了,这是纳兰一生中最大的损失。他用尽了一切办法,都没有能够挽回爱人的生命,从此,无数悼亡诗词记录了纳兰思念卢氏的永恒伤痛。

第三段感情经历是纳兰的第二次婚姻。

原配妻子卢氏去世以后,纳兰续娶了官氏为夫人。对于这第二次婚姻,纳兰极少在自己的文字里提到。

除了原配卢氏、继室官氏之外,纳兰还有一房侧室颜氏。不过由于文献的缺乏,颜氏的情况我们了解得很少,我们能够知道的是,纳兰的长子福哥,就是颜氏所生。而纳兰对颜氏的感情,从他自己的文字里也很难找到蛛丝马迹。这似乎只能证明一点:纳兰对官氏和颜氏,也许有一些亲情,但在爱情的程度上,是远远不能和卢氏相比的。

纳兰经历的最后一段感情,是他与一位江南才女沈宛的爱情。

沈宛是清代初年非常有名的女词人,很多清代人编的词集都收录了沈宛的词。比如徐树敏、钱岳编《众香词》(康熙二十九年刊)主要收录明末清初女性词作,其中选了沈宛的五首词。编者介绍沈宛的时候说:"沈宛……适长白进士成容若,甫一年有子。"这个记载是十分可信的,因为此书的主编徐树敏是纳兰的老师徐乾学的儿子,和纳兰有师兄弟之谊,关系十分密切,徐树敏对纳兰和沈宛应该都很熟悉。纳兰祖上是吉林人,籍贯在长白山一带,长白山也是清朝的发祥地,因此纳兰容若又被称为"长白进士"。这个信息说明沈宛嫁给了纳兰容若。当时纳兰已经有续娶的正妻官氏,也就是说沈宛的身份只能是纳兰的妾,而且她还生下了一个儿子。

沈宛有专门的词集《选梦词》面世,只可惜现在我们已经看不到《选梦词》了,她的词只有寥寥几首流传到现在。沈宛的词情致缠绵,凄婉动人,当时就已经流传到了北京。纳兰很可能已经对这位才女慕名已久,并且产生了惺惺相惜的感情。而纳兰作为名扬天下的第一词人,那些凄婉动人的词也早就深深地打动了多情善感的沈宛。

可是,纳兰和沈宛,一个在北京,一个在江南,相隔千里,几乎没有可能见面。纳兰渴望见到这位神交已久的江南才女,能够满足他这种渴望的最佳人选,就是纳兰的至交好友顾贞观。顾贞观和沈宛一样,都是江南人。于是,纳兰就给顾贞观写了一封信,信中这样说:"……闻琴川沈姓有女颇佳,望吾哥略为留意。"这句话意思很明白:我听说琴川有位姓沈的女子挺不错的,希望大哥你帮我多加留意啊!

这个"沈姓"女子当然是指沈宛了。琴川,本来是江苏常熟的别称,原来的意思是琴声歌声遍布的地方;琴川又是绕常熟城的一条河流。信中的琴川很可能是指当时沈宛居住的地方。康熙二十三年(1684)年底,顾贞观送沈宛北上入京,这对有情人排除万难,终成眷属。

金元明清

  然而这段爱情并没有持续多久。也许是相爱容易,相处太难,纳兰和沈宛最终是因为什么原因而分手,外人不得而知,只知道,后来沈宛黯然离开北京。据传,在沈宛返回江南的时候,她的腹中已经怀有纳兰的孩子。这个孩子,成了纳兰的遗腹子,也就是他的第三个儿子富森(也译福森)。但富森后来的生活状况怎么样,没有任何可靠的文献记载,他很可能跟随母亲沈宛流落江南,不知所终。

  沈宛的身份,和《采桑子》中的"谢娘"一样,都是一名歌女。在清代初年,一名汉族歌女和一位皇亲贵胄之间的爱情,注定是无法圆满的,沈宛身份的尴尬很可能是这段爱情破裂的重要原因。

  "不知何事萦怀抱,醒也无聊,醉也无聊,梦也何曾到谢桥。"没有任何证据能够证明,这首《采桑子》的忧伤情绪一定和沈宛有关,但爱情的伤痕,是如此清晰而动人地流淌在多情公子纳兰的笔端,无论何时,都会让我们感慨动容。纳兰还写过一首同样是表达爱情失落的《采桑子》词:

  而今才道当时错,心绪凄迷,红泪偷垂,满眼春风百事非。情知此后来无计,强说欢期,一别如斯,落尽梨花月又西。

  这两首《采桑子》不知道是不是写的同一份爱情,不过两首词描写的情绪却有一定的连续性。"而今才道当时错"写的是刚刚分别时的痛苦和悔恨,而"谁翻乐府凄凉曲"写的是别后长长久久的相思。

  很多时候,爱情的破裂,并非是因为当事人真的犯了什么不可饶恕的大错,就比如说纳兰和沈宛,他们的分离只是因为命运将两个原本可以相爱到老的人,一个安排成了清朝贵族,另一个安排成了江南的汉族歌女。

是命运让他们永远只能相隔千里,相思,却不能相守。

顺便补充说明一下,关于沈宛和纳兰的爱情结局,因为可供参考的文献极度缺乏,学术界的说法颇有些不同:有人认为沈宛嫁与纳兰为妾后并未南归,直到纳兰去世,沈宛都一直待在北京,并生下纳兰的遗腹子富森;也有人认为沈宛从未到过北京,她只是纳兰下江南时同居过一段时间的"婚外恋人"。不过无论是哪种结局,都无法改变这段爱情的悲剧性。

"一别如斯,落尽梨花月又西。"与爱人分别以后的无数个日日夜夜,他们都只能在孤独中相思,在时间的流逝中各自老去……而这样的情绪,正是"瘦尽灯花又一宵"的痛苦煎熬,也正是"梦也何曾到谢桥"的幽幽哀怨吧!

【拓展阅读】

沈宛《菩萨蛮·忆旧》

雁书蝶梦皆成杳,月户云窗人悄悄。记得画楼东,归骢系月中。　醒来灯未灭,心事和谁说。只有旧罗裳,偷沾泪两行。

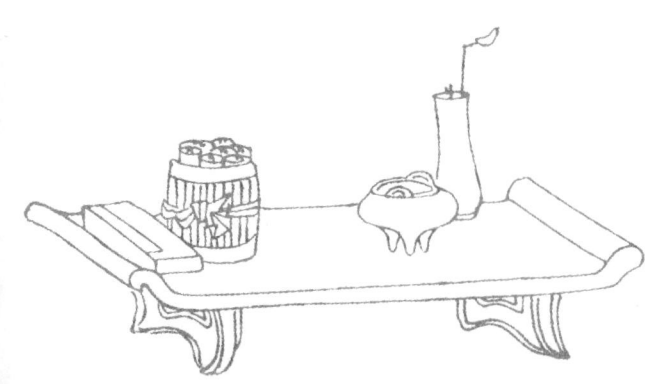

金元明清

临江仙
顾太清

万点猩红将吐萼,嫣然迥出凡尘。移来古寺种朱门,明朝寒食了,又是一年春。　　细干柔条才数尺,千寻起自微因。绿云蔽日树轮囷,成阴结子后,记取种花人。

顾太清是清代一位特别有传奇色彩的女性词人。你一定还记得那部曾经红极一时的电视连续剧《还珠格格》吧?《还珠格格》里有一位男主角五阿哥永琪,这位五阿哥不但文武双全,才华横溢,而且还多情、痴情、专情又深情。五阿哥永琪和还珠格格小燕子发生了一段轰轰烈烈、吵吵闹闹的旷世之恋,上演了一出为爱情而逃出宫廷、宁可放弃皇位继承权也要和小燕子天涯海角去流浪的浪漫剧情。

当然了,《还珠格格》情节纯属虚构,历史上真实的五阿哥永琪可没那么浪漫。历史上五阿哥的福晋是清初著名大学士鄂尔泰第三个儿子鄂弼的女儿,并不是来自民间的还珠格格小燕子。那么,顾太清和五阿哥永琪又有什么关系呢?

顾太清是五阿哥永琪的孙媳妇,是永琪的孙子爱新觉罗·奕绘的侧福晋。顾太清本名春,字梅仙,号太清,她经常以太清春自署,习惯上我们以顾太清来称呼她。

因为电视剧《还珠格格》的走红,说起五阿哥永琪可能是无人不知、无人不晓,可是说起顾太清,她的名气就远远不如永琪了。其实在清代文学史上,真正家喻户晓的并不是五阿哥永琪,而是他的孙媳妇顾太清。

顾太清被誉为"清代第一女词人",与宋代第一女词人李清照遥相呼应;又与清代著名词人纳兰性德双峰并峙,堪称清代词坛上的"绝代双骄"。清代词学家况周颐就说"男中成容若,女中太清春"(《蕙风词话》),能与纳兰性德齐名,其地位可见一斑。这首《临江仙》颇能代表顾太清的词作风格。

词的主题是吟咏海棠花儿。道光十五年(1835)清明节的前一天,顾太清和丈夫奕绘一起,亲手移植了几株海棠花,种在他们的庭院中。为此,她专门填了这阕《临江仙》词。所以词的头两句就是描写海棠花的色泽和姿态:"万点猩红将吐萼,嫣然迥出凡尘。"海棠花还在含苞待放的时候,青翠的绿叶中星星点点隐藏着红艳艳的花蕾,娇媚得仿佛是万朵红霞,又好像是少女明媚娇羞的笑靥,那么超凡脱俗,美得一派天然高贵。

这样美丽的海棠花是从哪里来的呢?"移来古寺种朱门",原来是从一座古寺里移栽过来的,如今种在了王府这样的朱门贵族府邸。顺便再补充一下,顾太清的丈夫奕绘既然是五阿哥永琪的孙子,出身当

金元明清

然是皇族血统了。奕绘的爷爷五阿哥永琪,封荣亲王,谥号为"纯";父亲绵亿袭封荣郡王,谥"恪";荣恪郡王去世之后,世子奕绘降袭多罗贝勒,赏戴三眼花翎。在这里,我们不妨追溯一下奕绘和顾太清传奇的爱情故事。

说来也巧,奕绘和顾太清同年,都出生于清仁宗嘉庆四年(1799)。奕绘于嘉庆四年正月十六降生于北京太平湖荣王府,顾太清的生日则是嘉庆四年正月初五。

同年同月生,似乎命中注定两人的缘分,但在他们出生的时候,各自的家庭环境却有着天壤之别。奕绘一出生便是钟鸣鼎食的皇室贵胄,顾太清早年的人生却颇为凄凉。

顾太清本来并不姓顾,她本姓西林觉罗氏,名春,本名应该是西林春才对,满洲镶蓝旗人。她的祖父鄂昌是清初著名大学士鄂尔泰的侄子。鄂昌曾官居甘肃巡抚,可是乾隆二十年(1755)的时候发生了一场震惊朝野的文字狱——胡中藻《坚磨生诗钞》案,胡中藻是鄂尔泰的门生,鄂昌也因此被牵连获罪,赐死,家产被悉数籍没。显赫一时的西林觉罗氏鄂尔泰家族就此家道中落,所以顾太清一出生就戴着"罪人之后"的帽子,她的父亲鄂实峰因为是"罪人"鄂昌的独生子,一生不能做官,只能靠为他人做幕僚勉强维持一家的生计。

因此,尽管顾太清从少女时代开始就才名远播,且品貌双全,可是因为那顶"罪人之后"的帽子,直到二十二岁她还待字闺中,没有合适的定亲对象。就在她二十二岁这年,也就是道光元年(1821),她走进了五阿哥永琪的荣亲王府。这一年,正是她命运转折的一年,因为她在这一年遇见了五阿哥永琪的孙子——荣王府的世子爱新觉

罗·奕绘。

原来,五阿哥永琪的福晋西林氏是鄂尔泰三子鄂弼的女儿,也就是说顾太清是永琪福晋的侄女儿,她是以这层身份被永琪福晋,也就是自己的堂姑聘为荣王府的家庭教师,主要工作是教荣府的格格们读书认字、诗词唱和。

这一年,既是顾太清命运的转折点,也是奕绘爱情之门真正打开的一年。

同是二十二岁的奕绘早在九年前已经被指婚贺舍里氏,福晋名霭仙,字妙华,人称妙华夫人,比奕绘大一岁,两人已经育有一子一女。然而,懵懵懂懂进入婚姻的奕绘其实还并没有遇见真正的爱情,直到顾太清出现在荣王府。

太清出类拔萃的才华、清新绝俗的容颜,甚至太清眼神中永远抹不去的那缕淡淡的忧郁,都让奕绘心跳不已。从未涉足过爱情的顾太清也感受到了奕绘灼热的眼光,她不得不承认:自己深深爱上了这个男人。

奕绘确实是一个值得认真爱、深深爱的男人。这种值得,不是因为奕绘是五阿哥永琪的孙子,是荣王府的世子,爵位的世袭子弟;也不是因为奕绘潇洒俊逸,风度翩翩,而是因为奕绘浑身散发出来的书香气质。他不仅是一个高贵的贝勒爷,骑射俱佳,更是一名温润儒雅的学者、诗人、词人、书画家,著作等身,藏书万卷,而且还对西洋文化颇有研究,精通数学,甚至向西洋传教士学习了拉丁文。这样一份诗意温雅、积极向上的气质同样深深吸引着太清。两个气质相近、学识相当的同龄人迅速坠入了爱河。

金元明清

奕绘决定:此生一定要娶太清为妻,他要与她光明正大地生活在一起,以夫妻的名义,朝朝暮暮,长相厮守。

可是,当奕绘提出要娶太清为侧福晋的要求时,荣王府顿时炸开了锅。反对得最强烈的还并不是他的嫡妻妙华夫人,而是他的母亲——太福晋王佳氏。因为按照清朝的规定,皇室子弟王、公、贝勒、贝子如果要纳侧福晋,人选只能从本府中各家包衣女子中厘定,太清显然不在此列。更何况,太清家族的罪名并未平反,罪人之后的身份,让她无论如何没有资格入荣王府成为奕绘的侧福晋。

这两条反对的理由非常充分,太清迫于荣王府的压力,为了避嫌,不得不离开荣王府,回到香山的旧居。这一年,太清和奕绘都是二十三岁。

多亏了奕绘对于爱情的这一份执念,在一年漫长的相思与煎熬之后,奕绘终于想到了一个绝妙的办法:他求助于荣王府的一名老仆——二等护卫顾文星家,希望能让太清假冒顾家包衣的女儿,从而能将她纳为侧福晋。

奕绘的坚持最终让家人做出了让步。道光四年(1824),也就是奕绘和太清二十五岁这年,荣王府终于同意了奕绘的请求:让太清冒充顾姓包衣的女儿,呈报宗人府备案,遴选为奕绘的侧福晋。

三年艰难的爱情长跑终于修成正果,只是这门特殊的婚姻使得太清的官方身份从此不再是西林觉罗氏,她的名字不再是"西林春",而是改名为顾春。又因为奕绘号太素,为了与丈夫彼此呼应,她也号为太清。

太清的爱情如此浪漫,甚至她和丈夫的第一个儿子也出生在一个

浪漫的日子：结婚的第二年，也就是道光五年（1825）七月初七，奕绘和太清的长子载钊诞生。奕绘一生育有九个子女（五男四女），四个为妙华夫人所生，五个为太清所生。最为难得的是，妙华夫人三十三岁去世之后，奕绘从此再未续弦，也没有纳妾。太清"九年占尽专房宠"，代行所有嫡妻的权利，荣王府的嫁娶等一应家务大事全部由太清主理，奕绘对太清的尊重与信任可见一斑。这样的婚姻几乎可以说是清朝皇室贵族中的异类，可是奕绘丝毫不在意外界的纷纷议论，他把太清当成唯一的妻子来对待，用情之专，用情之深，在清朝皇室子弟中几乎可以说是绝无仅有。

太清和奕绘的婚姻生活中有太多太多温馨的细节，然而太清印象最为深刻的还是他们一起在天游阁庭前亲手种下海棠花的那个清明节。因为共同的对海棠花的酷爱，他们一起从寺庙里移来海棠花，一起亲手种在庭院中，"明朝寒食了，又是一年春。"一番劳累之后，他们依偎在一起欣赏着自己的劳动成果，在绿叶红花中看到了寒食节之后又一个温暖宜人的春天。

寒食过后便是清明节，这已是农历三月的暮春，可在顾太清看来，海棠花含苞待放的明艳才昭示着春天的真正到来，有海棠花盛开的季节才是真正的春天。

"细干柔条才数尺，千寻起自微因。"别看刚刚种下的海棠还显得有些纤细柔弱，但"千寻起自微因"，寻是长度单位，八尺为一寻。海棠花在他们夫妻的细心照料下，日后等它们长得高大粗壮、绿叶成荫、开花结子的时候，可一定要记得当年种花的这对恩爱夫妻啊："绿云蔽日树轮囷，成阴结子后，记取种花人。""轮囷"即盘曲硕大的样子。

金元明清

一起种下海棠花只是一个开始,他们还能一起迎接一个又一个春天,一起看着海棠树苗壮成长,绿叶成荫,繁花盛开,子满枝头。这不仅仅是几株普通的海棠花,更是他们幸福爱情的见证。

太清是这个世界上最幸运的女子,因为她赢得了一个优秀的男人真挚的爱情,因此即便这段婚姻只持续了十五个年头,在太清的回忆中,这十五年的婚姻,就是她整个的一生。

道光十八年(1838)七月七日,奕绘贝勒逝世,这一年,奕绘和太清都不满四十岁。奕绘的去世,成为太清人生的又一个转折点,甜蜜的婚姻生活戛然而止。太清还未从丧夫的剧痛中缓过来,紧接着就遭遇了激烈的家庭矛盾。太福晋本来就不满意太清罪人之后的身份,只是因为奕绘的坚持才松了口。太清入府后无论是侍奉婆婆与妙华夫人,还是主持家务、善待嫡生子女,尤其是对奕绘的照顾体贴,都表现得无可挑剔,太福晋这才渐渐接受了这个儿媳。可是奕绘一走,在太福晋看来,家庭矛盾立时浮出水面,而且不可调和。

原来,妙华夫人早丧,府中诸事均由太清主持,太福晋生怕侧福晋太清庶出的儿子载钊无端生出"夺嫡"的非分之想。为了维护嫡长子载钧的继承权,太福晋宣称庶出的载钊出生日子不吉利,有"克父"的嫌疑——奕绘去世于七月七日,而这一天恰好是太清长子载钊的生日,这一极其偶然的巧合,成了嫡庶矛盾的直接导火索。太福晋以此为理由,将太清和所生子女赶出荣王府。载钊的生日从此也改为了七月九日。

太清被赶出荣王府后,虽不至于流落街头,缺衣少食,可是生活境况与从前相比不啻天壤之别,她甚至不得不经常当掉一些贵重的衣服首饰来维持孩子们的生活。然而,即便生活如此多磨难,太清身上依然延续着贵族知识女性的从容优雅,她的才情与气质就像一个巨大的磁场,吸引着当时的名媛名士们与之唱和往来,围绕在她的周围,形成了一个类似于文化沙龙的"朋友圈",无数经典诗词作品诞生在这个文化沙龙中,创造了清代词坛的一段佳话。

这样的岁月一直持续到太清五十八岁那年。咸丰七年(1857)六月十六日,奕绘与妙华夫人的嫡长子固山贝子载钧去世,年仅四十,袭爵二十年。载钧没有儿子,按清朝惯例,以奕绘与太清的长子载钊的儿子溥楣入嗣,袭爵镇国公。七月,溥楣迎祖母太清夫人重入荣王府。

时隔将近二十年,太清再一次入住荣王府。而且,这一次身份更为尊贵,荣王府也依旧富贵煊赫。历经嘉庆、道光、咸丰、同治、光绪五朝的顾太清,虽然一生经历过太多的波折磨难,但几个子女在她的精心教养下,成年后都颇有出息,晚年也老有所养。

清德宗光绪三年(1877)十一月初三,七十八岁的太清去世,与奕绘合葬于大南峪。不仅大南峪的苍苍松桧见证着奕绘与太清天荒地老的爱情,一年一度的清明节,荣王府天游阁前脉脉绽放的海棠花,也仍然在幽幽诉说着奕绘与太清当年的旷世绝恋。

【拓展阅读】

奕绘《浣溪沙·题天游阁三首》(其二)

此日天游阁里人,当年尝遍苦酸辛。定交犹记甲申春。　　旷劫因缘成眷属,半生词赋损精神。相看俱是梦里身。(《南谷樵唱》卷一)

金元明清

奕绘《恋绣衾·海棠》

海棠未开颜太娇,碎春心,随风荡摇。莫道开时更好,正愁人、一片粉飘。　　夜深自起移灯照,影玲珑,丰韵最饶。待到花飞子结,尚思量红萼翠翘。

顾太清《海棠春·海棠》

扶头怯怯娇如滴,照银烛、千金一刻。叶补翠云裘,花缀胭脂色。　　华清浴罢疑无力,更生受、东君护惜。亭北牡丹花,试问谁倾国?

琵琶仙
蒋春霖

天际归舟,悔轻与、故国梅花为约。归雁啼入箜篌,沙洲共漂泊。寒未减,东风又急,问谁管、沈腰愁削?一舸青琴,乘涛载雪,聊共斟酌。　　更休怨、伤别伤春,怕垂老心情渐非昨。弹指十年幽恨,损萧娘眉萼。今夜冷,篷窗倦倚,为月明、强起梳掠。怎奈银甲秋声,暗回清角。

我们平时常常说"唐诗宋词元曲",认为词是宋代最有魅力的诗歌体式,当然,宋代也确实是词发展的第一个高峰期。当代学者胡适曾经在他的《词选自序》这篇文章中,将词的全部历史划分为三个时期:第一时期是从晚唐到元初,也就是唐宋两朝,这是词的自然演变时期;第二时期是自元代到明清之际,为曲子时期;第三时期是自清代初期开始到近现代,为模仿填词时期。第一个时期是词的"本身"的历史;第二个时期是词的"替身"的历史,也可说是词"投胎再世"的历史;第

金元明清

三个时期,也就是清代,这是词的"鬼"的历史。

胡适认为,三百年的清代词坛,终究不过是对于宋词的模仿,却也终究达不到宋词的境界。胡适的这种观点确实有一定的代表性,但即便是胡适自己,也不得不承认,词经过了元明两代相对的衰落之后,确实在清朝迎来了它的中兴时期,出现了很多好词人,也创作了不少经典好词。我们熟悉的纳兰性德就堪称是清代词坛翘楚。而蒋春霖和纳兰性德齐名,他和纳兰性德、项鸿祚三位词人被誉为是清代"分鼎三足"的词坛大家。

蒋春霖的词集名《水云楼词》,我的师祖吴梅先生对《水云楼词》的评价极高,他说:"有清一代以水云为冠。"如果有清代词坛排行榜的话,那么在吴梅先生眼里,高居榜首的词人就应该是蒋春霖了。这首《琵琶仙》即是蒋春霖的代表作之一。

或许对大多数朋友来说,蒋春霖这位词人和"琵琶仙"这个词牌都有那么一点儿陌生。别急,我会和大家一一道来。

先来看"琵琶仙"这个词牌。"琵琶仙"是南宋词人姜夔的自度曲。词学家夏承焘先生认为这与姜夔回忆青年时期在安徽合肥时的爱情故事有关,因为姜夔在合肥爱上的是一位琵琶歌女,所以就用"琵琶仙"为这个词调来命名了。在宋代词人中,蒋春霖尤为偏爱姜夔。

宋代那么多顶尖级的一流大词人,为什么蒋春霖独独崇拜姜夔呢?我想,至少有三大原因让蒋春霖选择姜夔作为自己的词坛异代知音。

首先,姜夔不仅是个词人,还是个音律大家,填词谱曲样样在行,是个全能型的音乐制作人。蒋春霖在清代词坛上也是以音律大家闻

名的,他写的词格律特别讲究,音韵特别和谐。而且他自己也确实是个音乐家,擅长多种乐器,尤其擅长品箫。例如在这首《琵琶仙》中,就出现了好几种乐器:"归雁啼入箜篌,沙洲共漂泊。"箜篌就是一种弦乐器,和我们今天常见的竖琴长得有一点儿相似。

再有"一舸青琴,乘涛载雪,聊共斟酌","青琴"本来有两种含义,一种是指青铜木制成的古琴,音色特别好听;另外一种含义是指古代传说中的一位女神,本来是出自汉代才子司马相如的《上林赋》,也是一位能歌善舞的女神,后来青琴也就泛指美貌的歌姬舞女了。

《琵琶仙》中还有这么两句:"怎奈银甲秋声,暗回清角。"琵琶或者古筝演奏时,弹琴的人都会在指尖上套上假指甲,这首词当中的"银甲"指的应该就是银制的假指甲,用来弹奏琵琶这类的弦乐器。"清角"本来也有不同的意思,既可以指清越的号角声,尤其在军队中经常能够听到这种号角的声音,但蒋春霖在这里写的"清角"这个"角"字应该读"jué",是古代五音"宫商角徵羽"当中的角音,古人认为角音清而且特别悲伤。

蒋春霖这首《琵琶仙》学习的正是姜夔创制的《琵琶仙》词,连押韵都是学习姜夔,全部用入声字的韵脚。古人将声调分为平、上、去、入四调,可是现在的普通话里已经没有入声字了,原来的入声字被分别派到了现在的一、二、三、四声里去,倒是南方的大多数地方的方言都保存了入声字。入声字的发音往往会营造出或慷慨激越或悲凉凄切的效果,如果条件允许的话,我们可以用南方方言(如粤语、吴语、闽南语、湘语等)大声朗读一下这首词,感受一下入声字韵脚的味道。如果不会说方言,也可以在用普通话朗读时尽量将入声字读得短促一

金元明清

些,体会一下入声字独特的感觉。

天际归舟,悔轻与、故国梅花为约。归雁啼入筝篌,沙洲共漂泊。寒未减,东风又急,问谁管、沈腰愁削?一舸青琴,乘涛载雪,聊共斟酌。　　更休怨、伤别伤春,怕垂老心情渐非昨。弹指十年幽恨,损萧娘眉萼。今夜冷,篷窗倦倚,为月明、强起梳掠。怎奈银甲秋声,暗回清角!

其次,姜夔这位词人一生都比较落魄,考场上屡试不中,仕途上也是一无所获,以布衣身份终老,是一位江湖词人。但卑微的地位,坎坷的人生反而成就了姜夔孤傲的个性和不与流俗为伍的高洁人品。当时的贵胄公子张鉴是南宋初年著名大将张俊的后代,因为特别欣赏姜夔的才华和人品,多次提出要割赠良田给他以供衣食糊口,并且还愿意出资帮他谋得官爵,但被姜夔断然谢绝。

才华横溢却甘心清贫终老,寄食于人却从未丧失独立的人格,这正是姜夔高洁人品的体现。而蒋春霖在考场、职场上屡屡碰壁,十年北游京师却三次铩羽而归,最后只能靠着荫庇当了一名两淮盐官,在事业上也是怀才不遇。但即便个人命运坎坷沉沦,蒋春霖却始终心怀家国。

蒋春霖生活在清末特别动荡的时代,他生于清嘉庆二十三年(1818),卒于清同治七年(1868)。我们只要简单回顾一下这五十年当中的重大历史事件,就能明白蒋春霖这一生经历过什么了。我在这里只是略微举几个例子:

1840年,鸦片战争爆发,蒋春霖这一年二十二岁。

1851年,太平天国起义爆发,大半个中国被卷入到战争之中。其

间还经历了捻军起义、英法联军侵华等战争,山河破碎,狼烟遍地。在长达十余年的战争中,词人度过了他的中年生涯。他居住的地方离南京和扬州都不远,这两个地方都是清军与太平军反复争夺之处,战况空前惨烈。

位卑未敢忘忧国正是蒋春霖心态的写照,他的词不再局限于传统的爱情闺怨那样狭小的题材,而是反映出磅礴的时代风潮。例如:1847年鸦片战争期间,蒋春霖写下了《木兰花慢·江行晚过北固山》:"看莽莽南徐,苍苍北固,如此山川!"短短几句词,将英侵略军进攻南京,攻陷秦淮、南徐和北固等地的情况交代得清清楚楚,忧国情怀绝不亚于"诗圣"杜甫。

1860年,当英法列强攻陷北京焚烧圆明园之时,蒋春霖悲愤地写下了《渡江云》:"秋生淮海,霜冷关河。纵青山无恙,换了二分明月,一角沧桑。"

1863年,镇江、扬州军因军饷匮乏作战吃力,蒋春霖作《军中九秋词》吟咏军中之物鼓舞士气,他的《烛影摇红·秋幕》词写道:"空庭卷雪,帐殿嬉春,铙歌归去。"洋溢着高昂的战斗情绪。

用一支词笔记录一个时代的历史风云,喷薄一位词人的慷慨情怀,如果说杜甫的诗因此而被称为"诗史",那么蒋春霖的词也堪称一个时代的"词史"。也难怪,蒋春霖被很多学者誉为词史当中的杜甫了。

这首《琵琶仙》写于同治四年,也就是1865年,长达十几年的太平天国运动终于在这一年宣告结束。

这一年,词人已经四十七岁了,离他去世的1868年也只剩下三年金元明清

的时光。时代的风云、个人经历的坎坷不可避免地呈现在这首《琵琶仙》中。蒋春霖早在咸丰七年(1857)的时候就被罢官,罢官的原因文献中没有记载,但应该和他正直不屈的人格追求有关。蒋春霖为官时倾力资助他人,罢官后竟到了贫困潦倒的境地,只能无奈流寓江北达十年之久。

这个时候,战火虽然已经平息,词人却苦于贫穷不能返回故乡。站在与家乡仅仅一江之隔的长江北岸,漂泊江北的羁旅之情、动乱时局的感慨,充塞在词人胸中。

"天际归舟,悔轻与、故国梅花为约。归雁啼入箜篌,沙洲共漂泊。"词一开始就点明了"故国"的主题,用梅花失约来含蓄地寄托思念家乡的悲情。唐代诗人王维写过一首《杂诗》:"君自故乡来,应知故乡事。来日绮窗前,寒梅著花未?"梅花和思乡寄远往往联系在一起,词人的羁旅漂泊之感怀跃然纸上。再加上这个时候,哀音袅袅的箜篌和琴音传来,更添旅人愁绪。

"归雁"显然也寄托着词人的思乡情绪,大雁尚且能够归乡,乱世漂泊的词人却只能遥望故乡。"沙洲共漂泊"用到了苏轼《卜算子》咏雁词的典故:"拣尽寒枝不肯栖,寂寞沙洲冷。"表达词人那种孤高自许的"幽人"气节。

"寒未减,东风又急,问谁管、沈腰愁削?"春天原本是温暖而充满生机的,可是词人却觉得春寒未减,连原本温暖大地的东风似乎都不再温柔,而是急迫地催促着时光迅疾消逝。词人满腔的哀怨喷薄而出:"问谁管、沈腰愁削?"如今又有谁关心自己因为失意而日渐消瘦呢?

"沈腰"是古典诗词当中特别常见的一个典故,因为它用到了南朝时候一个著名的美男子兼大才子沈约的故事。沈约在写给朋友的信中,说自己最近因为生病,瘦得很厉害,每隔几个月,皮带上的孔就要往里移一格;用手握一下手臂,感觉到每隔个把月就要小半分。后人就以"沈腰"指腰肢消瘦。

现在那些一心想减肥的美女,要是碰到这样的好事可能会乐得合不拢嘴,可那时候的男人却没有这份心思,因为"消瘦"的潜台词往往就是伤心,是憔悴。减肥是好事,因为满腔愁绪而生病、而消瘦就不是一件值得开心的事儿了。

"一舸青琴,乘涛载雪,聊共斟酌。"上半阕的最后三句,词人的视线从苍茫的长江又回到他所乘坐的那艘小船,船上有琴声相伴,可以乘涛载雪,可以有人一起借酒消愁。

结句值得我们特别注意,"聊共斟酌",在如此悲凉的思乡情绪中,幸亏还有人陪伴在词人身边,听他倾诉乡愁,陪他饮酒弹琴。那么,这个和他"聊共斟酌"的人是谁呢?

这就要说到蒋春霖和南宋词人姜夔的第三个相似之处了:红颜知己的陪伴。姜夔有一个特别擅长唱歌的侍女叫小红,他们的日常生活状态常常是在漂泊的船上,姜夔吹着箫,小红在他的身边轻声吟唱着姜夔写的词,这样浪漫美丽的场景就记录在姜夔自己的诗篇当中:"自作新词韵最娇,小红低唱我吹箫。曲终过尽松陵路,回首烟波十四桥。"(《过垂虹》)

没想到,时隔六百多年之后,同样浪漫的一幕竟然又出现在了蒋春霖身上。蒋春霖同样善于吹箫、擅长填词,他的身边同样有一位善金元明清

解人意的侍女黄婉君。

蒋春霖自己说过,他平时"每得新词,即命婉君歌之",可见就像姜夔和小红那样,夫唱妇随也是蒋春霖晚年生活的常态。这首《琵琶仙》词前面就有蒋春霖写的一段小序:

五湖之志久矣!羁累江北,苦不得去。岁乙丑,偕婉君泛舟黄桥,望见烟水,益念乡土,谱白石自度曲一章,以箜篌按之。婉君曾经丧乱,歌声甚哀。

白石就是指姜夔了,因为与姜夔类似的遭遇,蒋春霖才用姜夔的自度曲《琵琶仙》写下了这首词,并且以箜篌伴奏、婉君吟唱,表达他的思乡愁绪。

正因为这缕动乱中难得的温情,正因为有婉君这位红尘知己的陪伴,才让词人找到了自我安慰的理由:

"更休怨、伤别伤春,怕垂老心情渐非昨。弹指十年幽恨,损萧娘眉萼。""弹指十年幽恨"是全词的点睛之句。词人既感叹国家十余年的干戈烽火,也感慨自身十年的羁旅漂泊,让"萧娘"和他一起经受着苦难的折磨。这里的萧娘当然就是指婉君了。

其实"萧娘"也是一个很有趣的典故,你是不是觉得诗词当中一出现"萧娘"肯定指的就是美女呢?这样理解当然没错,可是大家有可能不知道的是,"萧娘"最初并不是指美女,而是指男人。

南朝梁的临川靖惠王萧宏长得特别漂亮,性格却很柔弱软糯,尤其在战场上畏手畏脚,所以当时的北魏人很看不起他,把他当女人看待,还送了他"萧娘"这个谑号。这原本带有调侃甚至鄙视的意思,类似于我们今天说的"伪娘",可是后来诗词当中却将错就错,基本上把

"萧娘"当成多情美女的代称了。

婉君自从与蒋春霖结识之后,一直生活在困窘之中,十年相随,十年漂泊,因此,"十年幽恨"恐怕也是蒋春霖对"贫贱夫妻百事哀"的自嘲,是对婉君的一种愧疚之情吧。

"今夜冷,篷窗倦倚,为月明、强起梳掠。怎奈银甲秋声,暗回清角。"蒋春霖不愧是被誉为词中杜甫的大词人,他并没有一味停留在儿女情长中,而是以健笔写柔情,将贫贱不移、清洁贞正之意浸润到词笔之中。

"今夜冷,篷窗倦倚,为月明、强起梳掠",也是杜甫《佳人》诗"天寒翠袖薄,日暮倚修竹"的境界在词中的再现。蒋春霖与婉君携手共经丧乱,伉俪情深,他们的感情在缠绵温馨之中浸润着苦涩。

这首词的歌拍又回到了婉君的歌声与箜篌的乐声当中,清角之音哀声袅袅,不可断绝。此情此景,我们似乎也能随着蒋春霖的那支词笔,听到婉君哀婉凄切的歌声,看到那个动乱时代留下的沧桑图景。

面对亘古未有之英法侵略战争、波澜壮阔之太平天国战争,蒋春霖将一腔血泪倾注于词中,写尽社会陵谷变迁,谱出寒士悲愤心曲,使一度低迷的"词史"之说再次焕发新的光芒,也为清词题材内容的发展注入了新的内涵。

【拓展阅读】

蒋春霖《扬州慢》

癸丑十一月二十七日,贼趋京口,报官军收扬州。

野幕巢乌,旗门噪鹊,谯楼吹断笳声。过沧桑一霎,又旧日芜

金元明清

城。怕双雁、归来恨晚,斜阳颓阁,不忍重登。但红桥风雨,梅花开落空营。　　劫灰到处,便司空见惯都惊。问障扇遮尘,围棋赌墅,可奈苍生。月黑流萤何处,西风黯、鬼火星星。更伤心南望,隔江无数峰青。

蝶恋花

王国维

百尺朱楼临大道。楼外轻雷,不间昏和晓。独倚阑干人窈窕,闲中数尽行人小。　一霎车尘生树杪。陌上楼头,都向尘中老。薄晚西风吹雨到,明朝又是伤流潦。

我曾经说过,在历代最受欢迎的宋词排行榜中,高居榜首的是苏轼的《念奴娇·赤壁怀古》。既然词的经典作品有排行榜,那么如果给评论词的词话著作也做一个排行榜,你觉得哪一部词话能摘得第一名的桂冠呢?

可能绝大多数人的第一个念头一定会是王国维的《人间词话》吧?的确,在那么多的词话著作当中,普及程度最高、最受大众欢迎的应属《人间词话》了。王国维点评别的词人时头头是道,那他自己的填词水平又如何呢?这首《蝶恋花》就是他自己最得意的代表作之一。

在详细解读这首词之前,我还是想先和大家说说王国维这个人。

金元明清

一提起王国维这个名字,我想我们都会不约而同给他贴上一个身份标签——"国学大师"。当年在清华学校——也就是现在清华大学的前身任教的时候,王国维名列清华国学院四大导师之首。

这四大导师,就是个个大名如雷贯耳的陈寅恪、梁启超、赵元任、王国维。

王国维的研究领域很多,他是文学家、历史学家、文字学家、哲学家、考古学家……在甲骨文、历史、戏曲、地理等方面都有很深的造诣,而且他的著作在每个领域都代表了当时研究的最高水准。有个网站发起过一次"20世纪国学大师"的评选活动,王国维毫无争议地名列第一,票数甩出第二名好大一截。

当然这是大家眼中的顶尖学者王国维。其实王国维一直是一个非常谦虚的人,鲁迅甚至说他"老实得像火腿"一样(鲁迅《谈所谓"大内档案"》)。这说明王国维不爱夸夸其谈,并不是那种锋芒毕露的人,而且平时他还经常很谦虚地说自己"才弱",意思就是才华不怎么样,甚至可以说得上是一个很木讷的人,特别不善于言辞。有时候,他和学生在一起,学生向他讨教问题,他就很简单地回答问题,绝对不多说一句话。没有问题的时候,师生就"默坐相对"。老师不说话,学生当然更不敢乱开口,就只看着王老师一支接一支地抽烟,场面可以说是相当尴尬了。有时候,学生问的问题他回答不上来,也直截了当地说:"我也不知道。""这个问题我也没见过。"

怎么样?是不是觉得有些意外啊?世人眼中的国学大师王国维老师,居然是这样一个不苟言笑的人,居然是一个经常承认自己回答不了问题的人。

可就是这样一个一向谦虚的大学者,居然这样评价自己在词坛上的地位:他是继北宋以后,除了少数几个人如辛弃疾、纳兰性德,就几乎没有比得上他的词人了。用王国维自己的话来说,就是"求之古代作者,罕有伦比"。震惊吧?

他让我们震惊的话还不止于此。他说对于唐五代北宋的词,他自愧有所不如,但即便是这些他认为是历史上最优秀的词人其实也有比不上他的地方。这样看来,王国维简直是把自己放在唐宋以来最顶尖词人的行列里去了。

怎么样?原来王国维也有这么狂妄的时候呢!

既然王国维自视如此之高,那么在他自己看来,最能代表他的填词水准的作品又是哪几首呢?他最得意的作品是两首《蝶恋花》和一首《浣溪沙》。这首《蝶恋花》就是王国维最得意的作品之一了。那我们现在就来一起看看,他的词是不是确实像他自己宣称的那样,代表了唐宋以来的最高水准呢?

百尺朱楼临大道。楼外轻雷,不间昏和晓。独倚阑干人窈窕,闲中数尽行人小。　　一霎车尘生树杪。陌上楼头,都向尘中老。薄晚西风吹雨到,明朝又是伤流潦。

起句确实很有气势:"百尺朱楼"凌空而起,说明词人站得高、看得远;而"临大道"又说明词人站在高楼上远眺的时候,眼前没有任何障碍物遮挡他的视线,可以一眼看到很远很广的地方,视野之开阔非比寻常。

词人站那么高,看那么远,有没有什么特别的意图呢?当然有。他真正想要观察的并不是自然风景,而是人世间纷纭的千姿百态。

金元明清

我们都知道,王国维的词话著作名叫《人间词话》,其实他的词集也叫《人间词》,他还写过一篇文章名为《人间嗜好之研究》。可见王国维自己是非常钟爱"人间"这个词的。在他的语境中,"人间"有两层含义:一层是人生,指的是人的生命历程;另一层是人世,指的是人世间,也就是人类社会的意思。在王国维的一百多首词当中,"人间"这个词出现频率高达四十多次,这还不算在《人间词话》等其他著作当中出现的次数。

因为王国维对"人间"的偏爱,他还拥有了一个别号叫作"人间先生",朋友们甚至直呼他为"人间",他在不少后记里署名也是用"人间"一词。

也许正是因为王国维对人类社会以及人类的命运怀着深厚的悲悯情怀,他才希望能够从哲学的高度,去解决人世间的种种苦难和忧患。在这首《蝶恋花》中,"人间先生"王国维一开始就在词中宣称"百尺朱楼临大道",站那么高,看那么远,并不是为了欣赏自然山水,他是试图对人间百态来一番清醒而透彻的审视。因此接下来的两句"楼外轻雷,不间昏和晓",就应该是用天气的变化,来象征人世间的纷纭变化了。

从清晨到黄昏,隐隐的雷声一直不断,仿佛在预示着天气的剧烈变化。站在高楼上的他,俯视着楼下路上来来往往的行人:"独倚阑干人窈窕,闲中数尽行人小。"

我们大概都有过这样的体验,站在高楼上看地面,人、车都显得特别小,就好像蚂蚁一样在地上爬来爬去。

王国维描写的正是这样的体验,当你独自倚在高楼的栏杆上,俯视人世间的时候,原来世间的人显得那么渺小。"百尺朱楼临大道。楼外轻雷,不间昏和晓。独倚阑干人窈窕,闲中数尽行人小。"词的上片貌似纯粹写风景和天气,事实上每一句都有深厚的象征意义。词人站在哲学家的高度,跳出了"人间",又反过来对尘世中奔忙的人类进行着充满悲悯情怀的观照。

那么,他觉得,人世间最应该悲悯的又是什么呢?

词的下片就为我们揭示了王国维思考的答案:"一霎车尘生树杪。陌上楼头,都向尘中老。"大路上车水马龙,扬起的灰尘遮蔽了树梢,让楼上人的视线变得模糊起来。词人这才意识到,其实无论是路上的行人,还是站在高楼上自以为更加智慧的哲学家,他们的命运都是一样的——"都向尘中老",都在万丈红尘的奔忙中一点一点消耗着时光,一步一步走向人生的终点。无论是无比智慧、无比超脱的哲学家,还是无知无觉、随波逐流的普通人,在时间面前,都是渺小的,时间的残酷何曾饶过任何一个人呢!

人世间所有人的宿命,都不过是如此,"陌上楼头,都向尘中老",这真是最悲怆的感怀。

其实"百尺朱楼"还化用了北宋词人晏殊《蝶恋花》中的句子:"百尺朱楼闲倚遍。"只不过,晏殊的词只是以惜春来写离别相思的伤感,而王国维"陌上楼头,都向尘中老"说的就是整个人类不可逆转的悲剧性命运了。不论是楼上的人,还是楼下的人,所有人的命运归宿最终都是一样的,不会因为你的地位、身份的不同而有所改变。正因为如此,人生的悲剧性才带着普遍的意义,而词人的一己之感怀也由此升华到了对于整个人类的怜悯和慈悲。

金元明清

这样的慈悲几乎成了王国维词最重要的主题之一,例如他还有一首《浣溪沙》,其中有这样的句子:"试上高峰窥皓月,偶开天眼觑红尘。可怜身是眼中人。"表达的也是对人类共同命运的悲悯情怀。

"薄晚西风吹雨到,明朝又是伤流潦。"薄暮时分,雷声滚滚,西风劲吹,秋雨绵绵,这一天在风风雨雨中过去了,明天肯定到处都是积水吧?想想,真是让人忧伤。

联想到王国维所处的时代,也许我们就能够理解,王国维忧伤的哪里只是天气的变化呢?他真正忧心的,是那个时代"人间"的种种变局啊。

既然我们已经说到了王国维所处的那个时代,为了更透彻地理解这首词,我们就不得不说说那个时代之于王国维的意义,和王国维对于那个时代的意义了。

我先用一句话来概括那个时代之于王国维的意义吧,那就是新旧文化、中西文化猛烈的撞击,深刻地影响着王国维的思想轨迹。

王国维生于1877年,卒于1927年,浙江海宁人。现代著名诗人徐志摩、当代武侠文学一代宗师金庸,都是他的老乡。

19世纪末、20世纪初正是中国社会剧烈动荡的时期,仅就文化领域而言,西方文化开始猛烈地冲击中国传统文化,许多学者都因此转而提倡新文化。可就在新文化运动即将风起云涌的时候,清华和北大还各自保留着一个"异类",这两位异类学者的标志性形象就是他们的后脑勺都拖着一条长长的辫子。北大的"长辫子"指的是辜鸿铭,清华的这条"长辫子"当然就是王国维了。

这说明,在新文化运动风起云涌的时候,王国维还是一个非常坚

定的传统文化的守护者。或许正是因为这根象征性的长辫子,王国维不仅拥有"国学大师"的身份标签,还得到了一个"晚清遗老"的身份标签。

也难怪大家都把他看成是"晚清遗老",王国维确实也在末代皇帝溥仪身边工作过,他的职务名称是"南书房行走"。这是一个什么性质的官呢?大概相当于溥仪的老师和机要秘书这样的双重身份。能够担任皇帝的老师和机要秘书,当然非得是博学鸿儒才行,像溥仪这样见多识广的人,也非常佩服地承认:无论是新文化的倡导者,还是传统文化的坚守者,能够将新旧文化融会贯通、将中西文化完全打通,真正称得上学贯中西、博古通今的大学者,当代就只有王国维一人!

大家听听溥仪的这个评价,有没有什么值得我们特别注意的地方呢?你可能也注意到了,溥仪的评价,并不是说王国维是一个守旧顽固的老夫子,而是认为他是一个学贯中西的通才。也就是说,如果我们仅仅凭借一条长辫子,就把王国维划到守旧派里面去,那可就是天大的偏见了。

事实上,早在新文化运动之前,王国维就已经是一个睁开眼睛看世界的人了。20世纪初,年方二十出头的王国维,就成了中国第一批留洋学者之一,东渡日本,领略着西方文化的直接冲击。回国之后,他整个一"海归"的派头,长辫子早就剪掉了,梳着当时最时髦的小分头,西装革履,锃亮的皮鞋,满口说的都是大家从来都没听到过的西洋新名词,开口闭口就是康德啊,叔本华啊,尼采啊,或者歌德啊,莎士比亚啊,中间还冷不丁窜出几个英文或日文单词,听得大家一愣一愣的。

没想到吧?那时候的王国维,满怀着年轻人的赤诚和激情,摩拳

金元明清

擦掌,恨不得立刻就能让衰老的中国文化旧貌换新颜。如果说王国维曾经是新文化运动的先驱,他还真的是当之无愧的。

但在经历了青年时代的"全盘西化"之后,人近中年的王国维却越来越清醒地意识到,简单地"拿来"西方文化,并不能从根本上解决中国社会的问题,只有传统的国学,才是中国文化真正应该坚持的方向。于是,他把剪掉的长辫子又留了起来,并且还接受了溥仪的聘用,成为溥仪最信任的"南书房行走"。

直到民国十三年(1924)十一月五日,已经退位将近十三年的末代皇帝溥仪,最终被冯玉祥逼宫,被赶出了紫禁城。当然,王国维"南书房行走"的身份,也在这一天宣告终结。但王国维将后脑勺的那根长辫子一直保留到了他生命的最后一天,无论世事发生再大的变化,他再也没有动摇过。据说,连清华的门卫都知道,那个拖着辫子的老先生是清华的宝贝,来清华找王国维的人,都是王国维最忠实的粉丝,连新文化运动的领袖人物胡适都对王国维充满敬意。清华要成立国学研究院的时候,清华校长曹云祥一开始想到的院长人选本来是胡适,但胡适认为自己不够格,就极力推荐了王国维。

尽管政治身份发生了根本的变化,但仅仅就学术和文化而言,王国维中西文化融通的学术背景,让他的国学研究视野更加开阔,思想境界也更加高远,也许这就是他在《蝶恋花》所宣称的"百尺朱楼临大道"吧;而世纪之交的社会动荡,也正是词中所说的"楼外轻雷,不间昏和晓"吧?

当然,不仅是时代的变化深刻影响着王国维的人生轨迹,王国维的存在,对于中国文化走向现代的意义也同样是深刻的。当他以哲学

家和文学家的双重身份,站在"百尺朱楼"之上,俯视芸芸众生的时候,他的心里,满满地充溢着要主动承担人类苦难的使命感。

"独倚阑干人窈窕,闲中数尽行人小。"尽管一个清醒、智慧的哲学家,注定是孤独、痛苦的,而要用自己的智慧和力量,去唤醒麻木中的人们,那就更是艰难而痛苦的。就像鲁迅在《呐喊自序》中说到的那间"铁屋子"一样:

假如一间铁屋子,是绝无窗户而万难破毁的,里面有许多熟睡的人们,不久都要闷死了,然而是从昏睡入死灭,并不感到就死的悲哀。现在你大嚷起来,惊起了较为清醒的几个人,使这不幸的少数者来受无可挽救的临终的苦楚,你倒以为对得起他们么?

然而几个人既然起来,你不能说决没有毁坏这铁屋的希望。

鲁迅就是清醒地、试图唤醒沉睡中的人们的那个勇士,王国维又何尝不是这样的勇士呢?也许他们想要改变中国文化困境的方法不一样,但目的却是殊途同归的。"一霎车尘生树杪。陌上楼头,都向尘中老。"万丈红尘中奔忙的、渺小的人类啊,人生的欲望,以及和欲望相伴相生的痛苦,何时才是尽头呢?或许正像台湾学者王宗乐所说的那样,王国维这首《蝶恋花》写的就是整个人类的忧伤,"在这一首词中,从昏到晓便是永不停止的时光之流,高楼和大道即是全世界的缩影,妇人和行人即是全人类的代表人物。这就是诗人之眼观察宇宙人生而得到的一种妙悟"。(《〈苕华词〉与〈人间词话〉述评》)

身兼哲学家和文学家两重身份的国学大师王国维,正是站在理性的哲学家的高度上,用充满感性的文学的语言,来表达具有人类普世意义的人生感悟和悲悯情怀。就像王国维研究专家、当代学者彭玉平

金元明清

先生所说的那样:"王国维并非因其一己之遭遇而带来具有明确内涵的忧虑,而是把忧虑看成是从生命远处、底处流淌出来的一种生命本质。诗词创作如果能够准确而充分地体现出这一生命本质,那一定是一流的作品。"(《王国维词学与学缘研究》)

从这个角度来说,王国维那种深厚的"忧生忧世"的悲悯情怀,应该正是他的作品能够跻身于一流经典的主要原因吧。

讲到这里,我忽然觉得王国维对自己词的狂妄评价,其实是有道理的。他在词的传统主题之外开拓了一个更高远更深刻的生命哲学境界。这种境界我们在此前的词史中确实还没有看到,或者说没有如此强烈地感受到,王国维词的价值也正体现在这些地方。

【拓展阅读】

王国维《浣溪沙》

天末同云黯四垂,失行孤雁逆风飞。江湖寥落尔安归。 陌上金丸看落羽,闺中素手试调醯。今朝欢宴胜平时。

王国维《蝶恋花》

昨夜梦中多少恨,细马香车,两两行相近。对面似怜人瘦损,众中不惜搴帷问。 陌上轻雷听隐辚,梦里难从,觉后那堪讯。蜡泪窗前堆一寸,人间只有相思分。

王国维《蝶恋花》

春到临春花正妩,迟日阑干,蜂蝶飞无数。谁遣一春抛却去,马蹄日日章台路。 几度寻春春不遇,不见春来,那识春归处。斜日晚风杨柳渚,马头何处无飞絮。

减字木兰花
罗庄

去年今夕,满酌流霞金盏溢。不负清秋,醉倚西风百尺楼。今年依旧,大地清辉翻白昼。回首神州,一夜乡心万斛愁。

罗庄是民国年间的一位传奇女性词人,可能很多人没有听过她的名字,而她在民国词坛确实又有着特殊的、不可替代的地位,所以与其说我要品读她的代表词作,不如说,我会花更多的时间来聊聊这位词人。那么,我为什么要特别介绍罗庄呢?主要基于三个原因:

首先,当然是她的词确实写得很好。她的词写得好可不是我一个人的主观喜好,而是一批词坛大咖公认的。至于是哪些大咖,作了怎样的评价,接下来我会详细说明。

其次,是因为她出身名门,标准的书香门第,她的交往圈囊括了当时几乎所有的词坛大咖,以她作为切入点,几乎可以看清楚清末民初词坛的总体面貌。

金元明清

最后,是因为她所处的特殊时代以及她个人的特殊经历,使得她的创作既能反映时代共性,又具有不可复制的独特个性。

这三大理由是不是足够让我们产生一些了解她的兴趣呢?

那么,让我们还是先从她的一首词说起吧,罗庄的《减字木兰花》:

去年今夕,满酌流霞金盏溢。不负清秋,醉倚西风百尺楼。　　今年依旧,大地清辉翻白昼。回首神州,一夜乡心万斛愁。

先简单说说这个"减字木兰花"词牌名。《木兰花》是唐代教坊曲,用作词调,和"玉楼春"的格式相差无几,因为欧阳炯词有"同在木兰花下醉"的句子,庾传素词有"木兰红艳多情态,不似凡花人不爱",所以别称"木兰花"。

"减字"则是音乐术语,词的曲调都有定格,可是在具体演唱的时候,歌手对音节、声腔可以随机进行一些变化,甚至转调都有可能。有一档著名的电视音乐节目叫作《我是歌手》,后来改名为《歌手》,这档节目的一个重要卖点就是参加节目的歌手必须翻唱别人的歌曲,而且翻唱还必须得唱出不同于原唱的新特点,因此翻唱之前的编曲等就显得特别重要了。翻唱之后的歌曲与原唱虽然在主旋律上大致相同,但依然会产生一些明显的变化。

唐宋时代也是这样,不同歌手在不同场合演唱同一首曲子,往往会根据自己的需要进行一些改编,例如:在原来的歌词基础上适当增加几个字或者减去几个字,旧曲就变成了新声。减少字数即"减字",又叫"偷声",因为歌词字数减少了,演唱的时候必然减少声腔,反过来也是这样,偷声变律了以后,歌词字数就必然减少。所以在宋词当中减字、偷声往往是连用的,例如晏几道《南乡子》"减字偷声按玉箫",

说的就是这种翻唱的作法。和减字、偷声相反的是添字、摊破,又称为添声、摊声。当然,无论是添字还是减字、偷声还是摊声,翻唱的效果是不是比原唱更出色,那就要考验歌手的演唱技巧和编曲水平了。

齐言的《木兰花》是双调五十六个字,一共八句,每句七个字。罗庄的这首《减字木兰花》则是在这个基础上减掉了十二个字,在第一、三、五、七句各减掉了三个字,变成了双调四十四个字。

说完了词牌名,我们该重点谈谈罗庄这位女词人和她的作品了。这首《减字木兰花》还有一个词题——壬子中秋。说明这首词作于壬子年的中秋节。那么,壬子年是哪一年呢?这就要说到罗庄的生平了。

罗庄(1895—1941),字痦生,一作婆琛,又字孟康,以孟康字行,生于江苏淮安,世为浙江上虞人。目前收集罗庄诗文作品最齐全的是2013年由上海辞书出版社出版的线装《初日楼稿》,共有诗四十五首,词一百六十首,文八篇。

请你重点关注一下罗庄的生卒年,从1895年到1941年,这个年代意味着什么?

它不仅意味着罗庄仅仅活了四十六岁,更重要的是,这一段时间也是中国社会动荡频仍的年代,光是重大历史事件就有清朝灭亡、辛亥革命、军阀混战、北伐战争、抗日战争等。罗庄出身世家,这一系列重大历史事件都不可避免地或直接,或间接地对她的人生产生了影响。

所谓的壬子中秋,就是1912年的中秋节。我们都知道,就在前一年,也就是1911年,辛亥革命爆发;1912年元旦孙中山就任"中华民

金元明清

国"临时大总统;1912年2月12日,清朝末代皇帝——六岁的溥仪宣布退位。这样的国际性大事件对一个弱女子罗庄会有什么影响呢?

影响的过程很复杂,我只简单地说一下影响的结果——1912年4月,罗庄随父亲及全家赴日本京都定居。这一年,罗庄年方十七岁。也就是说,罗庄全家移居日本的一个最重要的原因,就是清王朝的覆亡。流落异国他乡的罗庄虽然年纪轻轻,但正处于多事之秋的祖国依然对她的心态产生了强烈的影响。这首《减字木兰花》就部分地体现了这种影响。

中秋节本应该是阖家团圆的欢乐日子,因此罗庄无比留恋地回忆起"去年今夕",那是一个怎样的中秋呢?

"满酌流霞金盏溢。不负清秋,醉倚西风百尺楼。"去年的中秋之夜,她和亲朋好友欢聚一堂,共赏明月,共醉清秋,美酒佳肴,天上的明月与人间的灯火相映成趣,流光溢彩,那是何等令人沉醉的日子!

时光仅仅过去了一年,天上明月依旧,人间却已是沧桑巨变,而罗庄一家已背井离乡。异国的明月虽然并不逊色于祖国,"今年依旧,大地清辉翻白昼",可是罗庄的心情却不复从前了:"回首神州,一夜乡心万斛愁。"

去年中秋,她满斟美酒,喝下去的是赏月赏秋的豪兴;今年中秋,她喝下去的却是"万斛"乡愁。满目疮痍的神州大地,何时才能恢复往日的平静与神采呢?

显然,这首《减字木兰花》寄寓了罗庄流落异国、心系祖国的乡愁乡心。然而,乡愁,还不是这首词情感的全部。其实,在罗庄的作品中,还隐隐地蕴含着一种遗民情怀。

因为,罗庄不是一个普通的平民女子,她的家庭有着不同寻常的特殊性。我们不妨多花点时间来谈谈罗庄的出身和她的交往圈对她产生的深刻影响。

罗庄的父亲是罗振常。罗振常是清末非常有名的学者、藏书家、词人和词学家,不仅著有词集《徵声集》,词学方面也曾编校过南唐二主李璟、李煜的词和同时代王国维的诗词。

罗庄的母亲张筠是一位女诗人,著有《练潭书屋诗》。张筠曾经回忆说:罗振常经常带着女儿罗庄整理、校勘前人的词集,时不时也为女儿布置作业,让她写上一两首,自己随时批改指教。受到父母这样用心、细心的指点,小小的罗庄很早就体现出诗词创作的天赋。在她十二岁那年,江苏淮安淫雨霏霏,洪水泛滥的危险迫在眉睫。有一天,罗庄随母亲由城南门向西门走,去看望外婆,经过一座名为"太清观"的庙,看到其中积水已深,罗庄随即作诗说:"太清观内水浑浑……力挽狂澜倚重臣。"由担心洪水泛滥联想到国事濒危要依赖重臣,其文才、文心已是初露锋芒。

有这样厉害的父母还不够,罗庄还有一位更厉害的伯父——罗振玉。罗振玉是当时最著名的文物、古文字学者,他对文物的收集、整理、传播与研究,都堪称是当时最突出的人物之一,也是最早引起欧洲学界关注的中国学者之一。可以这么说,王国维能够成为甲骨文研究的大师级人物,罗振玉是当之无愧的领路人。罗振玉与王国维在当时关系非常密切,几乎是同进共退的关系,在王国维担任溥仪的"南书房行走"不久,罗振玉也入宫担任溥仪的师傅,而且此前他们就已经结为了儿女亲家。

因为罗庄父辈与王国维的密切交往,王国维也注意到了罗庄这位小才女,并且对罗庄的词创作大加赞赏,甚至成了事实上的师生关系。

1911年11月,辛亥革命爆发,王国维携家眷随罗振玉东渡日本,寄居在京都,罗振常与罗庄全家亦于第二年春天前往京都。在日本居留期间,罗振常与王国维成了邻居,交往更多,罗庄也有了经常去请教王国维的机会。

王国维在赴日本前已经发表了《人间词》甲乙稿,我此前讲过王国维的《蝶恋花》词,第一句就是"百尺朱楼临大道";罗庄这首词中也有"醉倚西风百尺楼"的句子。像这样类似的意象和创作手法,常常可以看到罗庄模仿、学习王国维的影子。

就连《减字木兰花》当中若隐若现的遗民情怀,显然也与王国维、罗振玉、罗振常这些长辈的影响直接相关。罗庄的妹妹罗守巽回忆说:"先君好与清末遗老往还,如国学大师王国维、前清进士宿儒沈曾植、郑孝胥、叶昌炽、徐乃昌、朱祖谋等,无不相交往。"王国维、罗振玉都曾经在退位后的清朝末代皇帝溥仪身边待过,与清王室的关系非同一般,遗民情结尤其浓厚,这样的情怀势必影响到罗庄。

罗庄大量表现遗民情结的诗词都创作于流亡日本之后。这首《减字木兰花》中的"回首神州,一夜乡心万斛愁"就饱含着思念故国的深厚情怀。她的《满庭芳》词小序也说:"避地至日本西京,山川信美而不能减故国之思。"

再比如说,她的《临江仙》一词也有"惊逢摇落节,倍起故园情"的句子。异国风景虽好,终究不如故乡亲切,于是罗庄宣称:"兴来我欲告山灵,吾乡西子貌,视汝更娉婷。"(《临江仙》),意思是说:我要去告诉西京的山之神灵,我故乡西子湖畔的山水风貌,比起你来,要更加婀娜多姿呢!

按理说,罗庄和王国维、罗振玉应该不一样,她没有得过清朝的功名,更没有在清朝为官的经历,就她本人而言,应该谈不上什么多深的遗民情怀。归根结底,她的遗民情怀主要还是受到身边长辈的影响,而且,在当时的日本,还发生了一件大事:

1912年,明治天皇逝世,日本大将乃木希典和妻子居然双双剖腹自尽。因为当时权奸秉政,乃木大将担心嗣君为所诱惑而动摇国本,于是效仿古人尸谏,切腹自裁以殉明治天皇。

正在日本的王国维、罗振玉兄弟深受此事震撼,经常聚在一起讨论,罗庄回忆说:"……伯父、王姻丈及家大人皆叹仰不置。伯父为道大将轶事,大人每日为据报纸解说其旨,虽吾辈小儿女,亦不能不为动容也。"

以此可见,罗庄的遗民情怀除了辛亥革命的易代事实,罗振玉、罗振常、王国维固有的遗民立场之外,和乃木希典殉国事件的激发也有着一定关系。作为"小儿女"的罗庄既耳濡目染父辈的言行,为之动容,自然也就慢慢沉淀为一种自我的情怀,并且不可避免地呈现在诗词作品之中。

1913年秋,因罗庄母亲张筠不适应异国生活,罗振常携全家回国,定居上海。顺带提一下,1927年9月,罗庄嫁给周延年,成为周延年继室。这位周延年也就是周子美,后来在我的母校华东师范大学工作,20世纪90年代才去世。婚后十年间罗庄育有三子一女。

1937年,日本开始全面侵华战争,"八一三"淞沪抗战事起,病弱的罗庄不得不携一家老小踏上了逃难的旅程。

1941年3月,罗庄因患肺结核病逝。

无忧无虑的童年、经历易代巨变旅居海外的青年、饱经苦难的中年,这便是罗庄一生的缩影。

让我们再回到旅日回国之后的罗庄身上。从日本回来之后,有几年的时间,王国维也寓居上海,一直到1923年充任溥仪的"南书房行走",才离开上海去了北京。沪上这七八年间,罗庄与王国维就文学创作方面的交流得以延续。

王国维曾经夸奖罗庄"闺秀安得如许笔力",对罗庄的才华再三称叹。不仅仅是口头表扬,王国维甚至还将他自己的《词录》稿本以及他亲题书名并附有圈记、批校的《草堂诗馀》《箧中词》等主要典籍都送给了罗振常,主要原因就是罗振常与罗庄父女对词的酷爱以及表现出来的天赋让王国维激赏不已。

更值得一提的是,王国维还承诺要给罗庄的词集撰写序言。非常可惜的是,当1927年6月,罗庄的《初日楼续稿》刊印之时,王国维已经自沉于颐和园昆明湖,这篇没有写成的序言竟然成了永远无法弥补的遗憾。

王国维自沉以后,罗振常由罗庄协助编成《观堂诗词汇编》一书并刊印,王国维生前没来得及整理汇编的《人间校词札记十三种》也都是由罗庄一一录出,详为校勘,并加按语刊发在了《北平图书馆馆刊》第十卷第一号上。

完全可以这么说,罗庄虽未正式行拜师大礼,但与王国维却有着

事实上的师生之谊。

顺带补充一句,其实晚清另外一位词学大家况周颐也非常欣赏罗庄,主动提出要收罗庄为徒,只不过罗振常和罗庄父女更加认同王国维的词学理念,这才婉拒了况周颐的好意,转而投入王国维的门下。

出身书香门第,经历国家易代之乱,与王国维、况周颐等词坛大师关系密切,杰出的天赋与才华令当时词坛瞩目,这些都是罗庄独具的词人特质。而遗民情怀、旅居海外的经历见闻又成为罗庄词作中与众不同的个性特点。这首《减字木兰花》作为罗庄的代表作之一,虽然只有短短四十四个字,却折射了一个时代的动荡和一个传奇词人坎坷的一生。

【拓展阅读】

罗庄《临江仙》

楼外残阳明远水,长空风物凄清。萧萧蒲柳望秋零,惊逢摇落节,倍起故园情。　　见说莼鲈今正美,归心暗逐潮生。兴来我欲告山灵,吾乡西子貌,视汝更娉婷。

罗庄《金缕曲》

九日读李易安"帘卷西风,人比黄花瘦"词句,乘兴赋此。

渐觉风霜肃。弄秋光、数行雁归,无边落木。向晓阴晴浑未定,天气乍寒还燠。早开遍,紫萸黄菊。待去登高成雅集,怕西风、吹损双鬟绿。还闭户,倚修竹。　　堪惊去去光阴速。算人生、几逢佳节,赏心

金元明清

娱目。落帽龙山传韵事,此日高风谁属。但举酒,满倾醹酥。喜得幽人词句在,醉淋漓把卷尊前读。千载下,有余馥。

满江红

秋瑾

小住京华,早又是、中秋佳节。为篱下、黄花开遍,秋容如拭。四面歌残终破楚,八年风味徒思浙。苦将侬,强派作蛾眉,殊未屑! 身不得,男儿列;心却比,男儿烈!算平生肝胆,不因人热。俗子胸襟谁识我?英雄末路当磨折。莽红尘,何处觅知音?青衫湿!

秋瑾,既是一位女词人,更是一位女侠。在词史上,有两位女性作者可以称得上是女侠式的人物,因为她们生活的特殊时代背景、特殊个性气质,让她们跳出了柔弱女性的狭小世界,不仅闯进了原本只属于男子汉的天地,而且更由于特殊的人生选择与经历,她们还创造了大多数男人都创造不了的价值。这两位"女侠",一位是明末清初的柳如是,另外一位就是号为鉴湖女侠的秋瑾了。

作为一名千古难遇的侠女,秋瑾的一生似乎一直在战斗。而我把她一生的战斗分为前后两期:前期为男女平权而战,后期为民族、国家

金元明清

的权利而战！这首《满江红》从创作的时间、地点和主题来看,都属于秋瑾战斗的前期——为争取女性的权利而战的作品。

那么,这首词到底是秋瑾在什么时候、什么地方,又是因为什么样的动机而创作的呢?

答案,让我们随着对词的解读,一一揭晓。

"小住京华,早又是、中秋佳节。"地点,是"京华",也就是京城,今天的北京。说明写这首词的时候,秋瑾正在北京"小住"。

时间:"早又是、中秋佳节。"写这首词时正是中秋节的时候。秋瑾一开始就为我们揭晓了关于创作时间和地点的答案。既然她说是"小住京华",说明她并不是北京人,只是在北京短暂逗留。她为什么会到北京小住,这首词又是写于哪一年的中秋节呢?

要回答这两个问题,就必须简单回顾一下秋瑾的生平。秋瑾是浙江山阴人,也就是今天的绍兴人。

绍兴这个城市你一定不会陌生吧?绍兴自古以来名人辈出,和秋瑾差不多同一时代,绍兴还出了个著名的大文豪——鲁迅。秋瑾出生于1875年,鲁迅出生于1881年,秋瑾只比鲁迅大六岁。1904年,不满三十岁的秋瑾东渡日本留学,而鲁迅早在两年前,也就是1902年赴日本留学。鲁迅和秋瑾在日本的时候交往就挺多的。

鲁迅先生后来回忆起这位女同乡时,曾经这么评价过:"秋瑾姑娘很能干。有话当面说,语气很坚决,不转弯抹角,所以有不少人怕她。她爱唱歌,好合群,性格爽朗,而且善豪饮,讲话精辟,又热心公益,所以很多人喜欢和她接近。虽然秋瑾姑娘生得很秀气,但人品

很高,所以都不敢在她面前讲浮话。"(转引自欧阳云梓著《秋瑾评传》)

1904年东渡日本,应该可以看作是秋瑾战斗的一生前后两期的转折点。她排除万难,争取到赴日留学的机会,原本的目的是想去考察日本女学教育,希望将来学成归国,能够改变中国女性的命运、振兴女学。直到这个时候,秋瑾基本上还是一个追求女性解放的女权主义者。到达东京之后,在《清国留学生会馆同瀛录》登记留学生个人信息时,秋瑾郑重地填上了姓名"秋瑾"——她的原名其实是"秋闺瑾"。从此之后,她去掉了那个"闺房"的"闺"字,而以秋瑾之名行世了。

留学日本之后,秋瑾相继结识了光复会的创始人陶成章、光复会会长蔡元培(回上海后结识)、徐锡麟等。在徐锡麟的介绍下,秋瑾以一介女子身份加入了光复会,迅速成长为一名反清的革命志士。1905年,中国同盟会在日本东京成立,由黄兴介绍,秋瑾又与孙中山相会,随后正式加入了中国同盟会,并且成为同盟会在浙江的主盟人。

因缘际会,原本养在深闺的"大家闺秀",成了一名在枪林弹雨中冲锋陷阵的革命家,为民族存亡奉献了毕生力量乃至生命。

这首《满江红》就是1904年秋瑾赴日留学之前一年,也就是1903年中秋节在北京所作。这首词不仅可以视为秋瑾前期女权思想的宣言,也可以看作是她从女权主义者即将转型为民主革命家的标志性作品。那么,这首词是如何宣示她的女权思想的呢?我们还是继续来金元明清

读词。

"小住京华,早又是、中秋佳节。为篱下、黄花开遍,秋容如拭。"接下来几句貌似描绘秋景,实则是情绪的流露。"为篱下、黄花开遍"显然是化用了李清照的词:"东篱把酒黄昏后,有暗香盈袖。莫道不销魂,帘卷西风,人比黄花瘦。"只不过,李清照写的是重阳节后菊花的枯萎,暗暗比喻自己的形容消瘦。而秋瑾笔下的"为篱下、黄花开遍",应该是为后一句"秋容如拭"作铺垫。

拭,本来是擦拭的意思,又可以引申为"清"的意思,这样理解的话,"秋容如拭"应该可以解释为秋色清澈明净,就好像是刚刚擦拭得干干净净一样。

"四面歌残终破楚,八年风味徒思浙。"这两句前一句化用历史典故,后一句是秋瑾自己的经历与情绪的提炼。历史典故我们当然比较熟悉了,"四面歌残终破楚"显然用的是楚汉相争、项羽自刎乌江亭的典故。《史记·项羽本纪》原文是这样的:"项王军壁垓下,兵少食尽,汉军及诸侯兵围之数重。夜闻汉军四面皆楚歌,项王乃大惊曰:'汉皆已得楚乎?是何楚人之多也!'"项羽听见汉军都在唱楚地的歌曲,认为汉军已尽得楚地,自己再无回天之力了。后来的诗词中就常以"四面楚歌""楚歌""楚歌声"来形容四面受敌,处境孤危。

在秋瑾写下这首《满江红》的1903年中秋节,正是中国四面楚歌的时期。清政府腐败无能,列强环伺,中华民族处于悬崖的边缘。秋瑾虽是女性,却从来不是一个眼界狭小的弱女子,她深刻感受着民族与国家的危难，同时，也为自己的命运悲叹："八年风味徒思浙。"离开她的家乡浙江已经八年了，这八年来，她是多么思念家乡的风味啊！八年的离别，家乡其实并不遥远，但回家却是那么艰难的事情。

词解释到这里，我必须"插播"一下秋瑾在写这首词之前的主要经历。她为什么离开家乡浙江长达八年，想回却又回不去呢？

答案其实很简单，秋瑾是绍兴人，却出生在福建，因为祖父和父亲做官的原因，少女时期的秋瑾曾辗转于福建、台湾和故乡绍兴之间。1890年，秋瑾的父亲秋寿南从台湾调任湖南，全家随行。1895年，因祖父去世，秋瑾曾返回绍兴奔丧，几个月后再随父亲回到湘潭丁忧。

1896年5月17日，因父母之命、媒妁之言，秋瑾嫁给了湖南湘潭的富绅王黻臣的三儿子王廷钧，并且生下了一儿一女。

西方列强与清政府签订了《辛丑条约》之后，因为需要支付巨额赔款，国库空虚的清政府，大开买官卖官之门。1902年，富家公子王廷钧来到北京，花钱捐了一个官儿，秋瑾也随丈夫开始寓居北京。这首《满江红》正是秋瑾来到北京之后的第二年中秋节所作。

这一年，离1895年离开故乡绍兴，正好是八年了，所以秋瑾才会有"八年风味徒思浙"的思乡之叹。

从1875年出生，到1903年暂居北京，这二十八年当中，秋瑾的基本人生轨迹就是在家从父，出嫁随夫，表面上，和一般的传统女性没有什么本质区别。但秋瑾自少年时代起就表现出了与众不同的

豪侠之气,根据陈去病的《鉴湖女侠秋瑾传》记载,秋瑾"好剑侠传,习骑马,善饮酒……明媚倜傥,俨然花木兰、秦良玉之伦也。"明明是花容月貌、清秀可人的江南女子,秋瑾却偏偏浑身上下散发着侠女的风范。来到湘潭之后,她还专门学习了被誉为是湖南"四大名拳"之首的邬家拳。

湖南时期的秋瑾,还与女权运动家、革命家唐群英、葛健豪并称为"潇湘三女杰"。从绍兴的鉴湖女侠,到湖南的"潇湘三女杰"之一,秋瑾成长为一名文武双全、名动江湖的诗人、女侠,成了一名豪气不让须眉的巾帼英雄。后来到了上海,秋瑾又拜蔡桂勤为师,学习华拳和剑术。

蔡桂勤又是谁呢?不熟悉武术的朋友可能不太知道。我记得小时候有一部风靡全国的电视连续剧《霍元甲》,那个时候霍元甲简直成了中国人的集体偶像。1919年霍元甲在上海创办"精武体育会",蔡桂勤就是与霍元甲齐名的精武体育会武术教官,著名的上海拳王、武术大师。

"苦将侬,强派作蛾眉,殊未屑。"正是这样的女儿身、男儿心,让秋瑾发出了不甘命运摆布的激越心声!蛾眉就是指美女了,命运何其荒谬啊,为什么强迫我做一个只能足不出户、三从四德的女子呢?"殊未屑",对这样的命运安排,我就是不屑一顾,我就是不甘沉沦,我就是要打破一切枷锁,我就是要开创一个亘古未有的自由平等的女性世界!

秋瑾就是这样一个特立独行的女侠。明明可以做一个锦衣玉食

的阔太太,成天逛逛街、做做美容,和太太们打打牌,可她偏偏选择了为女性平等而奔走呼号,为民族解放而出生入死。

"苦将侬,强派作蛾眉,殊未屑!"只有了解了秋瑾的人生理想和个性气质,我们才能真正读懂秋瑾对传统女性束缚的强烈愤慨。

然而,如果只是停留在对女性命运的不幸发泄牢骚、怨愤上,那秋瑾也算不上是一位传奇女侠了。有了理想,还要拥有打破桎梏,将理想付诸实现的胆量和智慧,那才是一个真正的巾帼英雄!

秋瑾是这样想的,她也就真的这样做了!读懂了秋瑾的愤慨,对于《满江红》的下片,我们自然而然就能够心领神会了。

"身不得,男儿列;心却比,男儿烈!算平生肝胆,不因人热。"虽然没有男儿身,心却比男儿更加刚烈、更加热血沸腾。"俗子胸襟谁识我?英雄末路当磨折。"这样高远的人生追求和理想境界,普通的凡夫俗子又怎么能够理解呢?

我觉得,这里的"俗子"并非泛泛所指,而是特指秋瑾最熟悉又最陌生的身边人。

说是她最熟悉的人,因为这个人,就是她的丈夫王廷钧。如果仅仅从家世和外貌上看,秋瑾和她的丈夫王廷钧堪称一对璧人。王家的巨额家产完全可以让王廷钧毫不费力、轻轻松松过着纨绔子弟的生活。而王廷钧就是这样一个坐拥家产巨万的富二代。他还是一个美男子,"风度翩翩,状貌如妇人女子"。可是这位富二代、美男子,在秋瑾眼里,却是庸俗之人,不仅不学无术,还花天酒地,纨绔子弟的种种习气集于一身。甚而至于秋瑾曾经痛苦地发出"可怜谢道韫,不嫁鲍

金元明清

参军"(《谢道韫》)的呐喊。

谢道韫是东晋大才女,出身于谢氏名门,嫁给了王羲之的二儿子王凝之。王凝之也是小有名气的书法家,人品还算端正,无论从才华还是从门第出身看,应该都属于比较理想的丈夫人选,从外在条件上来看王凝之和谢道韫是挺般配的一对,但心高气傲的谢道韫对这桩婚姻就是不满。

史书上有这样的记载:谢道韫嫁给王凝之后,不久她回娘家探亲,却丝毫没有新娘子的喜气洋洋,而是一副闷闷不乐的样子。叔父谢安看出她的情绪不大对头,就问她:"王郎是王羲之的公子,各方面条件都挺不错的,你还有什么不满意的呢?"叔父这么一问,戳到谢道韫的痛处了,她忍不住发牢骚说:"我们谢家人才众多,我的父辈有谢尚、谢据这样出类拔萃的人物;同辈兄弟里也有谢玄、谢朗这些俊秀子弟,他们个个都是顶天立地的人才,怎么偏偏我就嫁了这个跟他们有天壤之别的王郎呢?"

言下之意是她娘家出众的人才那么多,可她这个出自谢家的才女,却偏偏嫁了王凝之那么一个平庸的丈夫!

其实凭良心说,要是换了别的女性,嫁给这样的丈夫也许就心满意足了。可是没有比较就没有伤害,正因为娘家有太多杰出人才,才让谢道韫评判人的标准水涨船高了。

秋瑾就是借谢道韫对婚姻的不满,来表达自己对丈夫的不满,为什么她也像谢道韫那样,遇不到南朝大诗人鲍照这样的豪健男儿,却嫁给了这样一个凡夫俗子呢?

命运当真奇怪,秋瑾身为江南女子,偏偏英姿飒爽、性情刚烈;王廷钧身为七尺男儿,偏偏平庸懦弱,没有主见。丈夫根本没有办法理解秋瑾的理想和她的思想境界,他只不过是生活在秋瑾身边的那个最熟悉的陌生人。

就在写下这首《满江红》的前夕,王廷钧与秋瑾再一次爆发夫妻矛盾。根据欧阳云梓《秋瑾评传》的转述,在临近中秋节的时候,王廷钧准备在家宴请宾客,嘱咐秋瑾早做准备。可是当秋瑾准备好了酒菜以后,傍晚时分王廷钧却被朋友拉去逛窑子、喝花酒去了。秋瑾收拾好酒宴,也换上男装出去看戏,王廷钧回来却将秋瑾打了一顿。只许州官放火,不许百姓点灯,秋瑾愤然离家出走。

这样的家庭氛围让秋瑾心灰意冷,再三权衡之后,她终于选择了出国留学,与封建家庭彻底决裂。

"俗子胸襟谁识我?英雄末路当磨折。莽红尘,何处觅知音,青衫湿!""青衫湿"化用了白居易《琵琶行》"座中泣下谁最多,江州司马青衫湿"的诗意。秋瑾从此踏上了寻觅知音、寻求女性自由和民族解放的道路。这样看来,这首《满江红》既标志着秋瑾勇敢改变命运的转折点,又是她追求理想的大胆宣言。

1907 年,徐锡麟在安徽筹划起义失败被处死,作为起义的重要组织者之一,秋瑾被人告密。她虽然事先得知消息,却拒绝逃跑,于 7 月 13 日被清军逮捕,同月 15 日,秋瑾即被杀害,年仅三十二岁。

有人说,鲁迅先生的小说《药》,就是用死刑犯夏瑜来暗示对秋瑾

遇害的愤慨,以"人血馒头"痛斥国民的愚昧麻木。

秋瑾已逝,但鉴湖女侠、潇湘女杰的音容,依然与日月同在。

【拓展阅读】

秋瑾《感怀》

莽莽神州叹陆沉,救时无计愧偷生。

抟沙有愿兴亡楚,博浪无椎击暴秦。

国破方知人种贱,义高不碍客囊贫。

经营恨未酬同志,把剑悲歌涕泪横。

后记

在《杨雨说词》这 120 首作品的讲析之后,我还有很多话想说,可是也许最后我能够说出来的,只有一些发自内心的感谢。

首先,我想要谢谢亲爱的学生们。教学相长是我多年教学和研究生涯中最快乐的状态,我和杨门弟子组建的"喜杨杨"微信群里经常会为了某一首词讨论得热火朝天,其中还包括了早已毕业、忙碌在各自的工作岗位的毕业生,他们年轻而活跃的思维总是带给我莫大的启迪。在本书撰稿的过程中,已经毕业多年的学用、恒畅,在读的鹿园、诗然专门发邮件,对我的讲稿提出具体建议;当我组织网络直播课的时候,声音甜美而且有电台主持经验的雨虹义不容辞地担当了直播主持的重任;经常出差的我,有时候身边没有足够的文献,写稿的时候为了力求准确,一个信息发过去,苗苗总是会在第一时间帮我核对文献,并且拍照发给我,有时还会附上他自己的观点,尽量避免了我可能出现的讹误;璐璐的毕业论文题目是蒋春霖词研究,而我在讲解蒋春霖词之前,璐璐帮我整理了非常完整而细致的相关资料;晓博的毕业论文是罗庄研究,刘欢的论文是朱敦儒词研究,我在讲罗庄词和朱敦儒词的时候,许多文献和观点颇得益于她们的研究成果。

后记

"喜杨杨"是一个超级有爱的集体,也是一个让我无比信赖甚至依赖的大家庭。

我当然还要感谢词学研究圈里的学者朋友们,是他们的研究成果和著作,让我更有信心面对每一首需要诠释的经典词作。例如,词学研究会会长王兆鹏先生关于范仲淹《渔家傲》创作地点的考证,他主持的唐宋文学编年地图也为我提供了许多查找文献的便捷;中山大学彭玉平先生对于王国维词的深入研究让我茅塞顿开,获益良多;因为此前对明代词坛没有特别专门的研究,所以在撰写杨慎《临江仙》一词的评析之前,我还专门把初稿发给同行好友岳淑珍教授,请她帮我把关指正,淑珍姐专攻明代词学研究,当她把仔细修改过的讲稿再发回给我时,我的感动无以言表;还有我的闺蜜、现代文学的研究专家罗维教授,当她得知我准备讲秋瑾词的时候,把她所有有关秋瑾的文献资料悉数相赠。

我很庆幸,我选择了一个充满着智慧、力量和友爱的学术圈。

《杨雨说词》的主要内容最初是以音频课的形式在喜马拉雅首发,系列课程名为《杨雨品历代名家词》。因此,我还要感谢喜马拉雅这个平台,让我终于有一个机会这么集中地来诠释我最挚爱的词。记得喜马拉雅的工作人员最早联系到我的时候,是希望我能够讲述那些普及度较高,或者中小学教材里入选率特别高、最被人所熟悉的唐诗宋词。可是我却提出来,我只想讲我自己最擅长的专业领域中的词,我也想借这个机会比较系统地梳理一下词的发展历史和那些风格迥异的历代词人。不得不说,我这个要求提得相当任性,因为相对而言,词确实比较小众,而且我选择的篇目里不乏大众认知度很低、在词史上却很

有代表性的作品,用"曲高和寡"来形容并不过分。所以,我要感谢喜马拉雅的宽容,宽容了我的这份"任性"。

谢谢上海教育出版社的策划编辑李光卫先生,感谢他对这部书稿的青睐和极其负责的态度与严谨的专业精神。光卫兄是我在华东师范大学中文系的师弟,只是我读博士时他读硕士,同在一个校园却并不相识,没想到毕业多年后,还能因读词而再度结缘。

谢谢施议对先生慷慨题词并序。施先生是我最敬重的词坛前辈之一,亦是先师邓乔彬先生的好友,在词学研究的道路上对我关爱有加,颇多批评指点,我亦素以师礼事之。施先生以沈祖棻先生《涉江词》句集为题词,令我颇感惶恐,亦倍加珍惜。

最后,我最想要感谢的,还是陪伴着我度过120首词鉴赏的每一位读者朋友。相对于唐诗而言,词确实有些"阳春白雪",因此当我决定以历代名家词为解说对象的时候,其实就有了足够的心理准备:知音不会太多,但一旦成为知音,就值得我的珍惜与感恩。因此,哪怕我在出差的间隙因为要赶稿而不能和其他同行者一起去当地旅游景点放松的时候;哪怕我在高铁上或者在候机的空当,仍然在翻阅文献、思考合适的讲述角度的时候……我都没有丝毫的抱怨。

因为你的耐心,值得我所有的付出。谢谢你!

感谢的话是永远都说不完的。请允许我用我非常喜爱的苏轼的一首词来作为《杨雨说词》的结束语吧。苏轼的这首《八声甘州》就是写他与至交好友的暂时离别:

有情风万里卷潮来,无情送潮归。问钱塘江上,西兴浦口,几度斜晖?不用思量今古,俯仰昔人非。谁似东坡老,白首忘机。　　记取

后记

西湖西畔,正春山好处,空翠烟霏。算诗人相得,如我与君稀。约他年、东还海道,愿谢公雅志莫相违。西州路,不应回首,为我沾衣。

"算诗人相得,如我与君稀。"同样,我也将这首道别的词送给你。最后,祝每一位读者朋友平安喜乐,让我们一起将平凡的日子过得有声有色、有滋有味。

图书在版编目（CIP）数据

杨雨说词 / 杨雨著. — 上海：上海教育出版社, 2019.7
ISBN 978-7-5444-9169-3

Ⅰ. ①杨… Ⅱ. ①杨… Ⅲ. ①词(文学) – 诗歌欣赏 – 中国 Ⅳ. ①I207.23

中国版本图书馆CIP数据核字(2019)第132537号

策　　划	李光卫
责任编辑	高立群　顾　翊
	余佳家　吴廷廷
	张嘉恒　李光卫
封面设计	陆　弦
插图编辑	余佳家
音频剪辑	纪冬梅
封面绘画	张秋波　丁筱芳　汪家芳

杨雨说词
杨　雨　著

出版发行	上海教育出版社有限公司
官　　网	www.seph.com.cn
地　　址	上海市永福路123号
邮　　编	200031
印　　刷	上海盛通时代印刷有限公司
开　　本	640×978　1/16　印张 67.75
字　　数	724千字
版　　次	2019年7月第1版
印　　次	2019年7月第1次印刷
书　　号	ISBN 978-7-5444-9169-3/I·0142
定　　价	198.00元

如发现质量问题，读者可向本社调换　电话：021-64377165

品读流传千古的名篇
感受中华文化的韵味

品诗词故事，汲先人智慧，承中华精神。

- 这是一本配有古诗词品读交流群的读物
- 建议读者配合二维码一起使用本书

本书配有读者微信交流群，群内提供读书活动和资源服务。帮助读者更好地阅读本书，聆听词作的韵律之美，走进古诗词的流彩意境，重返传统文化的精神源头。您还可以与阅读本书的其他读者，分享阅读心得。

入群步骤

第一步 用微信扫描本页二维码。
第二步 加入本书古诗词品读交流群。
第三步 入群参与读书活动，并领取阅读资源。

微信扫描二维码
加入本书古诗词品读交流群